FIONA MITCHELL

Venezianischer Reigen

Buch

Die freiberufliche Fotografin Helen trennt sich von ihrem Freund und möchte ein neues Leben beginnen. Sie glaubt, in ihrer Beziehung einiges verpasst zu haben, und möchte deshalb ihre Freiheit in jeder Hinsicht auskosten. Sie zieht nach Berlin, wo sie auf Vermittlung ihrer Freundin Nina einen interessanten Auftrag erhält. Helen soll den denkmalgeschützten Garten einer Villa am Schlachtensee porträtieren. Sowohl der Villenbesitzer Jasper als auch der Journalist Adrian, der den Text zu den Bildern schreiben wird, zeigen Interesse an Helen, doch diese bleibt auf spielerischer Distanz.

Bei einer großen Feier in Jaspers Villa lernt Helen den Italiener Nicola kennen, der in einem alten venezianischen Palazzo lebt, den er selbst renoviert hat. Nicola lädt Helen zum Karneval nach Venedig ein. Helen spürt ein Prickeln, denn Nicola hat eine höchst erotische Ausstrahlung. Nina ist alles andere als erfreut, als sie von den Plänen ihrer Freundin erfährt, denn Nicola macht nicht nur wegen seines exzellenten Geschmacks, sondern häufig auch wegen seiner exzentrischen Lebensweise Schlagzeilen.

Doch Helen lässt sich nicht abhalten und reist nach Venedig. Dort führt Nicola sie zu ganz speziellen Maskenbällen. Was Helen hier erlebt, übersteigt selbst ihre kühnsten erotischen Fantasien. Schnell gerät sie in einen Rausch und kostet die Zeit des Karnevals voll aus. Schon bald hat Helen einen Favoriten, den sie auf verschiedenen Bällen trifft und mit dem sie alle Grenzen überschreitet. Da er stets eine Maske trägt, weiß sie nicht, wer er ist. Als Helen wieder nach Berlin zurückkehrt, merkt sie, dass sie auch Jasper und Adrian mehr begehrt als vor ihrer Abreise. Gleichzeitig ist sie auf der Suche nach dem Mann hinter der Maske …

Autorin

Fiona Mitchell lebt in Hamburg, wo sie als Reisejournalistin und selbständige Marketingberaterin arbeitet. Ihre Entscheidung für das Bücherschreiben fiel 2004 nach der Veröffentlichung einer Kurzgeschichte. Nach der Publikation eines heiteren Frauenromans hat sie sich erfolgreich dem Genre des erotischen Romans zugewandt.

Fiona Mitchell

Venezianischer Reigen

Roman

GOLDMANN

MIX
Papier aus verantwortungsvollen Quellen
FSC® C014496

Verlagsgruppe Random House FSC-DEU-0100
Das FSC®-zertifizierte Papier *Holmen Book Cream* für dieses Buch
liefert Holmen Paper, Hallstavik, Schweden.

1. Auflage
Originalausgabe Februar 2011

Umschlaggestaltung: Uno Werbeagentur München
Umschlagfoto: visum/buchcover.com
Redaktion: Marion Voigt
BH · Herstellung: Str.
Satz: Uhl + Massopust, Aalen
Druck und Bindung: GGP Media GmbH, Pößneck
Printed in Germany
ISBN: 978-3-442-47432-5

www.goldmann-verlag.de

Küsse sind der Liebe Sprache

(Johann Georg Keil)

1

Es hatte wieder angefangen zu schneien. Vorsichtig stieg Helen die Steinstufen zum Spreeufer hinab; wenn sie nicht bald das *Duke* erreichte, waren ihre neuen Pumps hin. Das Treffen im Restaurant war Ninas Idee gewesen. Helen hätte es sich lieber in Ninas Küche gemütlich gemacht, aber Nina hatte sich wie immer durchgesetzt. Die Redakteurin hatte die Einwände ihrer Freundin mit einer Handbewegung weggewischt und spontan ein paar Freunde angerufen.

»Es ist mein erster Abend in Berlin«, hatte Helen gemault.

»Eben«, war die resolute Antwort gewesen.

Helen schüttelte sich den Schnee aus den kurzen blonden Haaren und betrat das Restaurant. Für einen winzigen Moment ließ sie die aufgekratzte Stimmung auf sich wirken, dann begann ihr Blick zu arbeiten. Es gab keine Deckenleuchten. Stattdessen teilten Tischlampen aus buntem Muranoglas den großen Raum und verliehen ihm angenehme Proportionen. Ihr weiches Licht fiel als farbiger Schatten auf die roh verputzten Wände und berührte wie zufällig die großformatigen Bilder, allesamt Zeugnisse der Neuen Berliner Schule. Helen konnte nicht anders. Sie kniff die Augen zusammen und formte ihre Hände zu einem Rahmen. Über das *Duke* waren schon einige Bildberichte erschienen, aber soweit sie wusste, hatte sich noch niemand mit der Kunst hier auseinandergesetzt.

»Du kannst es einfach nicht lassen.«

Erschrocken fuhr Helen zusammen, als sie Ninas Stimme hörte. Sie lächelte ertappt und zuckte mit den Schultern. Ja.

Sie war Fotografin, und das mit Leidenschaft. Sie konnte ihren Blick nicht einfach abstellen wie eine Herdplatte. Ihre Augen waren immer im Job, immer auf der Suche nach dem perfekten Motiv. Nina schüttelte mit gespieltem Unverständnis den Kopf, griff seufzend nach Helens Hand und zog ihre Freundin mit beschwingtem Schritt zu einem der größeren Tische im hinteren Bereich des Restaurants.

Von den sechs Gästen, die dort auf sie warteten, kannte Helen nur Thilo. Er war, wie Nina es gern spöttisch nannte, ihr charmanter Begleiter in horizontalen Lebenslagen, aber Helen wusste, dass dieser immer leicht angeekelt wirkende Beau für ihre Freundin weit mehr war als das. Sie hauchte brav dem wie stets vollkommen uninteressiert aussehenden Thilo über den Tisch hinweg einen Kuss auf die Wange und fragte sich zum wiederholten Mal, was Nina an diesem Mann fand. Aus dem Augenwinkel heraus sah sie, wie Nina mehrmals kurz zu Thilo hinüberschaute, als warte sie auf eine Reaktion. Doch von seiner Seite kam nichts. Er beschäftigte sich ausgiebig mit seinem Besteck und malte mit dem Zeigefinger kleine Kreise auf das Tischtuch. Helen hatte ein sicheres Gespür für Situationen. Zwischen den beiden bestand eine eigenartige Spannung, darüber konnten auch nicht die launigen Bemerkungen hinwegtäuschen, mit denen die Redakteurin die anderen Gäste am Tisch vorstellte und für eine zwanglose Atmosphäre sorgte. Mit ihren Neckereien und kleinen Provokationen schaffte Nina es schnell, Helen in das Gespräch einzubinden, aber die Anstrengung, mit der sie ihre Aufgabe als Gastgeberin erfüllte, konnte ihr die Fotografin deutlich anmerken. Beide Frauen waren erleichtert, als der Kellner den Aperitif brachte.

»Willkommen in Berlin, liebe Helen.« Nina hob ihr Glas und stieß mit ihrer Freundin an. Die anderen Gäste folgten, bis auf Thilo. Er drehte sein Glas vor sich hin und her, dann schenkte er Helen einen tiefen Blick und beugte sich leicht vor.

»Ich will dich«, sagte er leise.

Helen spürte, wie sie errötete. Die Situation war ihr peinlich. Sie sah zu Nina hinüber, deren Anspannung sich scheinbar etwas gelöst hatte. Kichernd hörte sie den Ausführungen ihres Kollegen Adrian zu, der von seiner letzten Pressereise nach Vietnam erzählte. Helen schaute sich in der Runde um, doch außer ihr schien niemand Thilos Äußerung gehört zu haben. Sie spürte seinen Blick, als sie hastig ihr Glas leerte. *Du kannst jetzt so tun, als hättest du ihn nicht verstanden*, sagte sie zu sich selbst, *oder du spielst das Spiel mit.*

»Und wenn ich nicht will?«

»Wie süß.« Sein schöner Mund verzog sich fast unmerklich. Ein Hauch von Verachtung umspielte seine Mundwinkel, als er sie offen ansah. Helen setzte sich aufrecht hin. Wenn sie etwas nicht leiden konnte, dann Überheblichkeit. Sie holte tief Luft und suchte nach einer möglichst patzigen Antwort, da spürte sie eine sanfte Berührung an ihrem Knöchel. Es war ein Fuß, ein nackter Fuß. Augenblicklich hatte Thilo Helens Aufmerksamkeit. Sie betrachtete ihn mit einer Mischung aus Schreck und Verwunderung über so viel Frechheit, und er grinste wissend und lümmelte sich dabei immer tiefer in seinen Sessel hinein. Der Fuß erreichte Helens Knie.

»Helen? Möchtest du Brot?«

Helen schrak auf, zum zweiten Mal an diesem Abend. Die junge Frau, die rechts neben ihr saß und sich als Kaja vorgestellt hatte, wedelte mit einer matt glänzenden Metallschale vor ihrer Nase hin und her. Als sich die Fotografin mit einem Nicken bediente, beugte sich ihre Nachbarin ganz nah zu ihr.

»Er wird dir die Küche zeigen wollen. Geh mit. Er ist gut.«

Kaja nahm sich nun auch ein Stück Brot aus der Schale und zeigte damit auf Thilo, der gerade aussah, als würde er vor Langeweile sterben. Als sie Helens konsternierten Blick registrierte, lachte sie hell auf.

»Ich weiß, wovon ich rede, meine Liebe.«

Thilo verdrehte die Augen und stand auf. Langsam, sodass es alle am Tisch mitbekamen. Umständlich nestelte er eine Zigarette hervor, suchte ausdauernd nach seinem Feuerzeug und verschwand, beide Utensilien wie Trophäen schwenkend, Richtung Eingang.

»Nicht böse sein.« Kaja nahm Helens Hand und drückte sie fest. »Thilo ist – wie soll ich es sagen – sehr besonders, und deine Freundin ist nicht ohne Grund so nervös. Immerhin hat er, bevor du kamst, vor versammelter Mannschaft angekündigt, dass er es heute noch mit dir treibt. Wenn ich Nina wäre … aber ich bin nicht Nina, und die beiden scheinen einen gewissen Thrill aus solchen Situationen zu ziehen. Du solltest also kein Mitleid mit ihr haben, sondern das tun, wonach es dich … sagen wir mal … drängt.«

Helen nickte, aber sie verstand überhaupt nichts. Sie ließ ihren Blick von Gast zu Gast schweifen und stellte fest, dass sich alle an ihrem Tisch wunderbar unterhielten. Da zupfte Kaja sie am Ärmel und deutete hinter sich. Helen folgte und entdeckte einen Kellner, der ihr auf einem Silbertablett ein Kärtchen entgegenhielt.

Zieh dein Höschen aus. Ich kann es kaum erwarten. T.

Paralysiert betrachtete Helen die Nachricht, dann sagte sie laut:

»Das ist ein Missverständnis. Bitte gehen Sie.«

In ihren Schläfen pochte es. Sie traute sich nicht, den Blick zu heben und Nina anzusehen. Sie fühlte sich durchschaut, dabei hatte sie doch gar keine Schuld an alldem, und was konnte sie dafür, wenn Nina ihrem Freund eine solche Spielwiese bot.

»Braves Mädchen.«

Thilo hatte sich fast unbemerkt wieder in seinen Sessel gleiten lassen und grinste Helen an. Sie hielt seinem Blick stand, was sein Grinsen nur verstärkte. Helen spürte ein Kribbeln in sich hochsteigen. Als die Vorspeisen gebracht wurden, nutzte sie die Gelegenheit, sich im Waschraum kaltes Wasser über den Puls laufen zu lassen. Sie betrachtete sich ausgiebig im bodenlangen Spiegel des Boudoirs und versuchte sich vorzustellen, welche Wirkung sie auf Männer hatte. Sie sah eine Frau Mitte dreißig, mit kurzen blonden Haaren und ausdrucksvollen großen grauen Augen. Sie war schlank, sie hatte lange Beine – aber war sie attraktiv? Spielerisch zog sie den Rock etwas hoch. Kurze enge Röcke standen ihr weitaus besser als längere, so viel war sicher. Für lange Röcke war sie einfach nicht schmal genug. *Zieh dein Höschen aus …* sollte sie es wirklich tun? Nina war ihre Freundin. Aber vielleicht war ja alles ein Spiel, und sie, Helen, war nichts als eine Figur auf dem Spielbrett. Nina, da war sie sich sicher, würde sie niemals in eine unkontrollierbare Situation bringen. Helens Herz klopfte hart. Dann griff sie entschlossen unter ihren Rock, zog den Slip aus und steckte ihn in ihre Handtasche. Ihre Hand zitterte ein wenig, als sie ihren Lippenstift ansetzte. Sie war dabei, sich auf ein Abenteuer einzulassen – nein, sie war bereits mittendrin. Helen versuchte, eine möglichst unbeteiligte Miene zu machen, und ging langsam zu ihrem Tisch zurück. Als sie sich wieder auf ihren Platz gesetzt hatte, beugte sich ihr Thilo entgegen.

»Du erkennst es am Gang einer Frau, ob sie … etwas … anhat. Und du riechst es, also zumindest ich rieche es, Helen.«

»Lass ihn. Er braucht das. Ziemlich gaga, was?« Kaja drückte Helens Hand und hob ihr Glas. Helen spürte ihr Herz rasen. Sie prostete Kaja zu und schob ihren Sessel weiter an den Tisch. Nina kommentierte gerade Adrians Berichte und erntete dafür den einen oder anderen kleinen Applaus. Und sie, Helen, öffnete ihre Schenkel und gewährte Thilos Füßen Zugang.

»Noch ein Dessert?« Der Kellner stand hinter Helen und reichte ihr die aufgeschlagene Karte. Unentschlossen betrachtete sie die Auswahl an Süßspeisen. Die Buchstaben tanzten vor ihren Augen hin und her; es war ihr nicht möglich, sich zu konzentrieren. Thilos Füße ruhten an den weichen Innenseiten ihrer Schenkel, nur hin und wieder, wenn ihre Anspannung etwas nachließ, brachte er sich mit einer Bewegung in Erinnerung. Helen sah sich um. Ihre Tischnachbarin Kaja flirtete heftig mit Adrian, der ihre Annäherungsversuche aber nur halbherzig erwiderte. Seine Aufmerksamkeit galt Nina, die ihren Begleiter Thilo mittlerweile vollkommen ignorierte. Sie schien Thilo damit provozieren zu wollen, doch der hatte sich tief in seinen Sessel geschoben, spielte mit seinem Weinglas und blickte gelangweilt vor sich hin. Ab und an sah er auf die Uhr, was Helen als absoluten Affront empfand.

»Ich habe Sie nicht verstanden. Ein Dessert für Sie?«

Helen bemerkte, dass der Kellner immer noch neben ihr stand.

Sie wollte gerade antworten, da kam Thilo ihr zuvor.

»Wir nehmen die Campari-Zabaione«, sagte er ruhig und gab dem Kellner seine Karte zurück.

»Und wenn ich keinen Campari mag?« Helen zog ihre Beine zurück und setzte sich wieder aufrecht hin.

»Das ist ziemlich egal, weißt du.« Thilo blieb in seinem Sessel liegen und prostete ihr zu. Er lächelte sie an, doch seine Augen blieben kalt. Helen fühlte sich auf einmal unwohl. Sie wusste nicht, ob sie wirklich die Nerven hatte, dieses Spiel mitzuspielen. Instinktiv blickte sie zu Nina hinüber, die weiterhin intensiv mit dem Reiseredakteur beschäftigt war. Für einen Moment trafen sich die Blicke der Frauen. *Es ist alles in Ordnung*, sagten Ninas Augen, dann wandte sie sich Adrian zu und küsste ihn leidenschaftlich. Helen schluckte. Ihren ersten Abend in Berlin hatte sie sich anders vorgestellt.

»Komm.«

Sie spürte, wie sich eine Hand auf ihre Schulter legte.

»Ich zeig dir die Küche. Bei der Zabaione gibt es nämlich einen Trick.«

Thilo half ihr galant beim Aufstehen und schob ihren Sessel beiseite. Ohne auf die anderen am Tisch zu achten, zog er Helen an der Hand hinter sich her in Richtung Küche. Kellner kamen ihnen entgegen, schwer beladen, murrten über die Störung. Thilo zog sie weiter den Gang hinunter, dann bugsierte er sie durch eine schmale Tür, auf der in eleganter Schrift klein geschrieben stand: privat.

»Das ist nicht die Küche.« Helen wusste, wie blöd das klingen musste, aber ihr Hirn war leer, und ihr fiel nichts anderes ein. Thilo nickte und schloss sanft die Tür.

»Eine gute Zabaione braucht zehn Minuten«, flüsterte er an ihrem Ohr, »die Zeit sollten wir nutzen.«

Ohne ihre Antwort abzuwarten, drückte er sie an die Wand und hob ihr Kinn zu sich hoch. Helen spürte ihr Blut in den Adern rasen. Sie stand hier im Büro des Restaurantleiters mit einem Mann, den sie weder gut kannte noch besonders mochte, dessen Ausstrahlung sie sich jedoch nicht entziehen konnte. Verlegen schloss sie die Augen.

»Sieh mich an, Helen.«

Wenn ich ihn jetzt anschaue, gibt es kein Zurück mehr, dachte sie und zögerte. *Es ist alles in Ordnung…* Sie rief sich Ninas Blick in Erinnerung und öffnete die Augen. Thilo grinste, doch diesmal war es echt. Sein Gesicht kam näher; sie spürte einen zarten Kuss an ihrem Hals, auf ihrem Mund. Helen stöhnte auf und war gleichzeitig erstaunt über ihre heftige Reaktion. Sie hatte Lust auf ihn, und wie.

»Bleib so.«

Thilo fuhr mit seinen Händen leicht über ihre Brüste, den Bauch und ging dabei vor ihr in die Hocke. Er umfasste ihre

Knie, streichelte ihre bestrumpften Beine hoch bis zu den Lenden. Langsam schob er den Rock hoch und legte seine Hände auf ihre Hüftknochen. Helen zitterte. Sie wusste, er betrachtete sie und genoss ihre Erregung. Ob sie wollte oder nicht, es machte sie an. Sie spürte seinen Atem auf ihrem Venushügel und gleich darauf seine Zunge, die sich schnell einen Weg zwischen ihre Schenkel bahnte. Helen holte tief Luft. Sie konnte ihre eigene Lust riechen, spürte, wie sie immer feuchter wurde unter seinem Kuss. Thilo ließ sich Zeit. Er fand seinen Rhythmus und drang dabei immer tiefer in sie ein, saugte an ihrem Kitzler, leckte ihn, bis er hart war. Helen ließ es geschehen. Sie blendete die Vorgeschichte dieser Begegnung ebenso aus wie die Tatsache, dass sie jederzeit überrascht werden konnten, griff nach Thilos Schopf und drückte sein Gesicht noch tiefer zwischen ihre nassen Schenkel. Sie konnte sich nicht daran erinnern, wann sie so gut geleckt worden war. Thilo schien kein Interesse daran zu haben, mehr mit ihr zu tun als das, was er mit seinen Lippen tat; er trieb sie mit seinen Küssen immer weiter in ihre Erregung hinein, machte ab und zu eine kleine Pause, horchte auf ihren Atem und begann von neuem. Helen zitterte. Als sie sich mit den Händen an der Wand hinter ihr abstützte, spürte sie, dass sie schweißnass waren. Sie ließ sich etwas an der Wand hinabgleiten, um sich ihm besser öffnen zu können. Er nahm diesen Hinweis auf und ließ seinen Zeigefinger in sie hineingleiten, dann seinen Mittelfinger. Helen heulte leise auf. Er spreizte die Finger in ihr und ließ sie fühlen, wie geschwollen und nass sie inzwischen war. Das Gefühl war unglaublich.

»Mach was«, stöhnte sie.

Thilos Antwort war ein Nicken, dann stießen seine Finger zu, blieben in ihr, stießen wieder zu. Helen jaulte leise auf. Sie war kurz davor, und beim nächsten Stoß würde sie kommen. Thilos Zunge umspielte vorsichtig ihren Kitzler, er saugte daran. *Es ist alles in Ordnung*, dachte Helen, dann ergab sie sich einem Gefühl, das so stark war wie nichts sonst. Der Orgasmus nahm sie mit sich, durchzog ihren ganzen Körper, füllte sie ganz aus. Erschöpft ließ sie sich zu Boden sinken. Sie öffnete die Augen und sah in Thilos Gesicht. Er lächelte sie an und half ihr aufzustehen.

»Wir müssen noch in der Küche vorbeigucken«, sagte er wie nebenbei, als er die Bürotür hinter sich schloss. Helen nickte. Sie fühlte sich wunderbar und schrecklich zugleich, wobei das Wunderbar irgendwie überwog. Kommentarlos drückte ihnen die Küchenhilfe die Glasschalen in die Hand. Der Weg zurück zum Tisch erschien Helen endlos. Sie hatte das Gefühl, im nächsten Moment zu stolpern. Schon von weitem versuchte sie Nina auszumachen; sie musste ihrer Freundin in die Augen sehen und wissen, was sie fühlte. Doch Nina war nicht da, genauso wenig wie Adrian. Helen war erleichtert und bestürzt zugleich. Ob Nina sauer war und die Runde verlassen hatte? Immer noch aufgewühlt und zittrig rutschte sie in ihren Sessel. Als sie nach ihrem Weinglas griff, spürte sie eine Hand auf ihrem Arm. Es war Kaja.

»Mach dir keine Gedanken. Nina kommt gleich zurück.«

Helen sah die Frau neben sich offen an.

»Ist das in dieser Runde so üblich? Jeder mit jedem?«

Kaja erwiderte ihren Blick mit unerwartetem Ernst.

»Du bist hier in einem sehr auserwählten Kreis gelandet, Helen. Heute Abend hast du Thilo kennengelernt. Du solltest dich auf weitere angenehme Begegnungen freuen.«

Kaja rückte ganz nah an Helen heran.

»Ich finde es schön, dass Nina dich mitgebracht hat. Ich mag nämlich Frauen wie dich.«

Sie berührte sanft Helens Wange. Helen atmete tief durch. Ja genau. Sie war da in etwas hineingeraten. Und nach dem ersten Schrecken musste sie sich eingestehen, sie mochte es.

Und sie war neugierig auf das, was da kommen würde. Als hätte Kaja ihre Gedanken erraten, sagte sie: »Das erste Mal ist sehr wichtig. Es kann so viel schiefgehen. Aber du scheinst ein schönes Erlebnis gehabt zu haben. Zumindest guckst du so ...«

Kaja puffte Helen freundschaftlich in die Seite und hob ihr Glas.

»Auf diesen schönen Abend – und dass noch viele folgen!«

Helen nahm ebenfalls ihr Glas und sah in die Runde. Adrian war bereits wieder an seinem Platz, dafür fehlte jetzt Thilo, und Nina war auch noch nicht wieder aufgetaucht. Sie konnte sich denken, was das bedeutete, und lächelte. Endlich fühlte sie an diesem Abend etwas wie Entspannung. Sie nahm einen tiefen Schluck und fing dabei Adrians Blick auf. Er schien sie schon eine ganze Weile zu betrachten, denn seine Augen ruhten konzentriert auf ihrem Gesicht. Als er spürte, dass er ihre Aufmerksamkeit hatte, sprach er sie an.

»Wir haben morgen unseren ersten Job zusammen, hat Nina dir schon davon erzählt?«

Als Helen verneinend den Kopf schüttelte, griff Adrian sein Glas und setzte sich ihr gegenüber auf Thilos leeren Platz. Jetzt nahm Helen ihn zum ersten Mal bewusst wahr. Er sah genauso aus, wie man sich landläufig einen Reisejournalisten vorstellt. Dschungeloutfit, unrasiert, ein bisschen Indiana Jones, aber alles ein wenig zu gestylt, um richtig lässig zu wirken. Helen kannte sich aus mit Styling. Dieser Mann hatte Stunden damit verbracht, um so auszusehen. Unwillkürlich musste sie grinsen. Adrian grinste zurück. Dann erzählte er in kurzen Worten von dem Auftrag, den sie am kommenden Tag gemeinsam zu erfüllen hatten. Es ging um einen denkmalgeschützten Garten in Berlin. Das Kunstmagazin, für das Nina und er arbeiteten, würde in der nächsten Ausgabe darüber berichten, verbunden mit dem Porträt eines bekannten Unternehmers. Dieser hatte sich nach einigen Anläufen Ninas Dickkopf gebeugt und nicht nur sich, sondern auch sein Anwesen für die Reportage zur Verfügung gestellt. Dickkopf? Helen musste schmunzeln. Es war erstaunlich, wie Nina sich auf jeder Ebene durchsetzen konnte. Doch schon war sie wieder beim Thema. Adrians Ausführungen hatten ihr Interesse geweckt.

»Ein Garten im Winter? Wer will sich denn einen verschneiten Garten angucken?«

Sie runzelte die Stirn und schob ihr Glas zu Adrian, um sich von ihm nachschenken zu lassen. Ihr neuer Kollege legte den Kopf etwas schief und kratzte sich nachdenklich am Kinn. *Auch so eine einstudierte Pose*, dachte Helen amüsiert. Der Reporter schien ihr Lächeln als Kompliment zu deuten und beugte sich ihr über dem Tisch entgegen.

»Lass dir etwas einfallen, du bist die Künstlerin von uns beiden. Ich knöpfe mir den Besitzer vor und du dir den Park.«

Helen nickte. Das war keine leichte Aufgabe.

»Kennst du den Eigentümer?«, wollte sie wissen.

Adrian schüttelte den Kopf. Der bisherige Kontakt sei über Nina gelaufen, und von Schöning sei sowieso nicht besonders angetan davon, dass nicht Nina, sondern er das Interview führen würde. Helen horchte auf.

»Meinst du Jasper von Schöning?«

Wieder ein Nicken. »Sag bloß, du kennst ihn.«

Jetzt war es die Fotografin, die den Kopf schüttelte. Nein, sie kannte ihn nicht, aber als Architekturfotografin war ihr die Geschichte vieler Bauwerke geläufig.

»Einer seiner Vorfahren war Hofmarschall des Prinzen Carl von Preußen.«

Adrians Blick war ein einziges großes Fragezeichen. Helen wollte nicht belehrend wirken, deshalb erklärte sie nur kurz: »Dieser Marschall hat in der Villa Schöningen gewohnt, direkt an der Glienicker Brücke. Die Villa wurde damals für ihn gebaut, und es gab letztes Jahr viel Theater um ihre Renovierung.«

Bei ihren letzten Worten blitzte etwas wie Verstehen in den Augen ihres Gesprächspartners auf. Adrian schmunzelte, dann sagte er leise:

»Ich sehe schon, wir sind ein gutes Team.«

Wie zur Bekräftigung drückte er ihre Hand. Helen ließ es geschehen.

»Gehen wir?« Ninas Stimme klang aufgeräumt und heiter. Aus den Augenwinkeln sah Helen, dass Thilo inzwischen zurückgekehrt war und nach dem Kellner winkte. Auch er machte einen sehr zufriedenen Eindruck. Die Fotografin erhob sich und schlenderte neben Kaja zur Garderobe. Erst jetzt fiel ihr auf, wie klein und zart Kaja war. Und wie jung. Ein Taxi hielt draußen an der Spreebrücke; Kaja schlüpfte in ihren Mantel und drückte Helen einen Kuss auf die Wange. Dann war sie fort. Die Fotografin trat vor die Tür; es schneite nicht mehr. Wie ein frisches Leintuch lag der Schnee über der Stadt. Helen blickte auf ihre Schuhe. Die hatten diesen Abend unbeschadet überstanden, und sie, Helen, hatte endlich wieder einmal gespürt, was das heißt: intensiv leben. *Willkommen in Berlin*, dachte sie und winkte den nächsten Wagen heran.

2

»Es ist wirklich beeindruckend.« Helen stand oben auf der breit ausladenden Treppe der klassizistischen Villa neben dem Besitzer des Anwesens und betrachtete voll Bewunderung die Architektur der Parkanlage. Die streng geometrische Anordnung der Pflanzen und Bäume nach englischem Vorbild war auch jetzt in der Winterzeit gut zu erkennen. Sie kniff die Augen zusammen und überlegte. Der erste Eindruck hatte sie förmlich erschlagen; es fiel ihr schwer, sich für Bildausschnitte zu entscheiden. Sie seufzte leise und schüttelte den Kopf. Im Sommer wäre es eine Erstklässlerarbeit gewesen, aber im Januar – und dann bei dem Wetter… Sie zog den Reißverschluss ihrer Daunenjacke ganz hoch und sah den Mann neben sich offen an.

»Das wird alles andere als einfach werden.«

Die Antwort war ein leicht amüsierter Blick. Vollkommen entspannt stand der Hausherr neben ihr, die Hände tief in die Taschen seiner Winterjacke vergraben. Nun sah er sich wie prüfend um und nickte kaum merklich.

»Wenn Sie das so meinen, Helen… Verzeihung – ich darf doch Helen sagen? Nachnamen sind so förmlich. Finden Sie nicht auch? Bitte nennen Sie mich Jasper.«

Er winkte nach einem Angestellten, der sich in angemessener Entfernung aufhielt, und drückte Helen kurz darauf einen Thermobecher in die Hand.

»Falls Sie keinen Kaffee mögen, haben Sie Pech gehabt. In diesem Haushalt wird kein Tee getrunken. Und nun möchte ich mit Ihnen auf Motivsuche gehen. War das richtig ausgedrückt?«

Er fasste die Fotografin leicht am Arm und schlenderte mit ihr die verschneite Treppe hinunter. Helen spürte bei all der Leichtigkeit eine gewisse Dominanz, und sie wusste nicht, ob ihr das gefiel. Dieser Mann war ein Jäger, er war es gewohnt zu bekommen, was er wollte, und sie hatte das unbestimmte Gefühl, dass sie auf seiner Jagdliste stand.

Jasper nahm sich Zeit für seinen Gast und durchwanderte mit Helen den ganzen Park. Er zeigte ihr die Fischbassins, den Irrgarten, die kleinen Lauben und Liebesnester und natürlich den Chinesischen Pavillon, der nach dem Vorbild des Pavillons von Sanssouci erbaut worden war. Helen sagte nicht viel. Sie hörte seinen Ausführungen interessiert zu und spürte bald, dass ihm diese Anlage sehr am Herzen lag. Plötzlich blieb er stehen.

»Sie haben da etwas im Haar …«

Helen holte tief Luft. Der älteste und plumpste Anmachspruch der Welt. Ihre Blicke trafen sich. *Er hat blaue Augen*, dachte sie und gab sich Mühe, etwas empört zu klingen.

»Machen Sie das immer so?«

»Ich weiß nicht, was Sie meinen.«

»Das sehe ich anders.«

Jasper tat, als habe er sie nicht verstanden. Er fixierte eine Stelle an ihrem Kopf, dann streckte er vorsichtig seine Hand aus und löste irgendetwas Undefinierbares aus ihren strubbeligen Strähnen. Helen spürte ein leichtes Flattern im Bauch.

»Mir ist kalt.«

Das war gelogen, aber sie hielt es für ratsam, die Parkbegehung zu beenden. Jasper nickte und legte wie selbstverständlich den Arm um ihre Schulter. Im Gleichschritt stapften sie durch den Schnee zurück zur Treppe, wo Adrian stand und sich an seinem Thermobecher festhielt. *Ich bin unprofessionell*, schalt sich Helen. *Ich habe ihn total vergessen.*

Adrian sah auch heute aus wie just dem Urwald entkommen; er schenkte Helen ein schiefes Lächeln und wandte sich dann sofort Jasper zu. Nach einem letzten Blick auf den verschneiten Park gingen sie alle zurück in die Villa, wo der Hausherr sie direkt zum Kamin bat.

Helen horchte in sich hinein. Sie spürte, irgendetwas in Jaspers Art hatte sie berührt, irgendwie angemacht – aber sie konnte nicht sagen, was es war. Sie betrachtete die beiden Männer, die direkt am Feuer saßen und mit Anekdoten ihr Revier absteckten. Die zwei waren so unterschiedlich, wie sie unterschiedlicher nicht sein konnten. Der eine kantig, sportlich, ein Berufsjugendlicher irgendwie, der andere ruhig, beherrscht, aber äußerst willensstark. *Wie stark der Wille ist, möchte ich lieber nicht wissen*, überlegte Helen und hatte unwillkürlich das Bild einer Frau vor Augen, die in Jaspers Armen vor Lust schrie. *Ich bin unmöglich*, dachte Helen. *Ich denke nur noch an Sex. Der Abend im* Duke *ist mir nicht bekommen.*

»Was? Eine Einladung?«

Nina stand am Küchenschrank und löffelte Vanillejoghurt in sich hinein. Helen saß am Tisch und schob ihren leeren Becher von sich. Sie nickte und griff nach ihrem Weinglas.

»Yepp. Er findet den Bericht sen-sa-tio-nell.«

»Sen-sa-tio-nell«, äffte Nina nach und stellte ihren Becher ebenfalls beiseite. »Und deshalb lädt er dich und Adrian ein? Das glaubst du doch wohl selbst nicht.«

»Doch. Glaube ich.« Helen sah ihre Freundin ernst an.

»Adrian und ich haben einen super Job gemacht. Ein Kamikaze-Job war das, das weißt du ganz genau: einen Garten im Winter zu fotografieren. Und dann noch einen so außergewöhnlichen. Sehr witzig. Aber es hat geklappt, und nun sind Adrian und ich bei Jasper zu Gast.«

Helen durchforstete mit ihrem Löffel ein weiteres Mal den Joghurtbecher. Nina seufzte und ging auf ihre Freundin zu, legte ihr den Arm um die Schulter.

»Entschuldige. Ich bin gerade eifersüchtig.«

»Eifersüchtig? Du hast mich Thilo geradezu auf dem Tablett serviert, und du bist eifersüchtig? Dazu besteht kein Grund, wirklich nicht, Nina.«

Die Redakteurin nahm ihr Weinglas und setzte sich bei Helen auf den Schoß.

»Thilo … und diese Leute aus dem *Duke* … das ist das eine. Es macht Spaß, es ist ein bisschen bohémien, aber das war es dann auch. So wie du Jasper beschreibst, ist er ein interessanter Mann, und gerade das ist es, was ich vermisse: einen Kerl mit Esprit …«

Nina drehte ihr Glas hin und her. Helen spürte, dass ihre Freundin ihr etwas sagen wollte, aber wohl nicht so recht wusste, wie. Schließlich ergriff Helen das Wort.

»Es ist eine förmliche Einladung zu einem förmlichen Dinner. Als Dankeschön an den Redakteur und an die Fotografin. Und mehr nicht.«

»Ehrlich?« In Ninas Augen standen Tränen.

»Ja klar, ehrlich«, antwortete Helen und drückte ihre Freundin an sich.

»Störe ich? Ich hoffe nicht.«

Unbemerkt hatte Thilo Ninas Wohnung betreten und steuerte nun geradewegs auf Nina zu. Er griff sie hart in den Nacken und zwang sie, ihn anzusehen. Als sich ihre Blicke trafen, küsste er sie zärtlich. *Die sind beide nicht ganz dicht*, dachte Helen und wollte aufstehen. Sie schob Nina von ihrem Schoß.

Lieber würde sie den Rest des Abends im Gästezimmer verbringen als mit diesen Selbstdarstellern. Als sie nach ihrem Glas griff, spürte sie Thilos Hand auf ihrem Arm.

»Bitte bleib.«

Helen sandte Nina einen verwirrten Blick zu, aber Ninas Augen antworteten: *Es ist alles in Ordnung… Na gut*, dachte Helen. *Showtime.*

Seine Hände waren fordernd. Thilo hatte ihre Bluse mehr aufgerissen als aufgeknöpft. Jetzt hob er ihre Brüste aus den BH-Schalen und biss sanft in die kleinen hellen Nippel. Helen hielt sich mit beiden Händen am Küchenstuhl fest, sie wagte kaum zu atmen. Nun war Thilo an ihrem Nabel angelangt. Er versuchte, ihr die Bluse von den Schultern zu schieben, während er sich hingebungsvoll um die kleine Vertiefung in ihrem Bauch kümmerte. Helen half ihm mit der Bluse und stöhnte auf; Thilo war ein Virtuose mit seiner Zunge, aber sie brauchte mehr. Sie spürte Ninas Hände in ihrem Nacken.

»Nimm sie.«

Die Stimme ihrer Freundin klang fremd in Helens Ohren. Thilo zog sich zurück, für einen kleinen Augenblick fühlte sich Helen schutzlos. Dann spürte sie, dass jemand ihre Schenkel auseinanderzog. Sie traute sich nicht, die Augen zu öffnen. Ihr Instinkt sagte ihr, dass Nina die Situation vollkommen unter Kontrolle hatte und dass sie nur ein Appetithäppchen für die beiden war…

Thilos Stoß holte sie aus ihren Gedanken in die Wirklichkeit zurück. Sein Schwanz war groß und hart und so tief in ihr, dass sie kaum Luft bekam. Hinter sich hörte sie Nina schwer atmen. Und noch einmal Thilo. Er schob sich so tief in sie hinein, dass sie ihn bis zum Nabel hoch spüren konnte. Intuitiv fasste sie nach seinen Handgelenken; sie waren nass und kalt.

Das ist die Lust, dachte Helen und wartete auf den nächsten Stoß. Der war so heftig, dass sie aufschrie.

»Alles gut«, sagte Nina leise und gab ihr einen zarten Kuss auf den Mund. Helen spürte, wie heiß ihr Atem war. Aber sie traute sich immer noch nicht, die Augen zu öffnen.

Jetzt war Thilo wieder ganz nah.

»Lass los, Baby, lass einfach los ...« Seine Stimme streichelte ihr Ohr. Helen spürte seine Hände, seine Zunge, wie sie über ihren Körper wanderten, eine Erkundung im Schnelldurchgang. Technisch präzise, aber irgendwie ohne Gefühl, zielgerichtet eben. Helen stöhnte auf, als sich sein Kopf zwischen ihren Schenkeln vergrub. Sein Mund war jetzt genau da, wo sie ihn spüren wollte. Er war wirklich gut, sehr gut sogar. Helen rutschte etwas auf dem Stuhl hinunter, um ihre Schenkel noch besser öffnen zu können. Sie spürte Ninas Hand, die ihr sanft die Haare aus dem verschwitzten Gesicht strich. Ansonsten blieb ihre Freundin passiv und überließ es Thilo, sie von einer Lustwelle zur nächsten zu jagen. Seine Küsse wurden immer härter, er lutschte so fest an ihr, dass es fast wehtat. Helen wand sich vor Erregung, aber dann war da wieder Ninas Hand an ihrer Schulter, die sie beruhigte. Plötzlich ließ Thilo von ihr ab.

»Ich glaube, sie ist so weit.«

»Das werden wir ja sehen.«

Helen spürte, wie Nina ihre Hand nahm und sie zu sich hochzog. Sie öffnete die Augen. Ihre Freundin schien vor Verlangen zu glühen. Sie gab Helen einen zarten Kuss auf die Wange und zog sie wortlos hinter sich her ins Schlafzimmer, wo Thilo bereits auf die beiden wartete. Auch er schien vor Lust zu brennen. Sein Atem war heiß, als er Helen küsste.

»Komm zu mir, Süße, na komm schon.«

Thilo setzte sich auf die Knie und drückte Helens Kopf in seinen Schoß. *Schade, dass du nicht Jasper bist,* dachte sie und begann vorsichtig, ihn zu liebkosen. Thilo quittierte ihre Zärtlichkeiten mit tiefen, seufzenden Lauten, dann ließ er sich in die Kissen zurücksinken, wo Nina ihn küssend in Empfang nahm. Es dauerte nicht lange, und seine Beine begannen zu zittern. Helen lächelte und hielt inne. Sie blickte zu Nina hoch, die ebenfalls von ihrem Liebhaber abgelassen hatte. Mit einem unergründlichen Lächeln sah sie Helen an und sagte leise: »Du hast Recht. Erst sind wir dran.«

Helen nickte. Die beiden waren wirklich kein Liebespaar, sie hatten einfach Spaß miteinander, und es gab keinen Grund, an diesem Spaß nicht teilzuhaben. Sie schob sich hoch und lag nun an Thilos Seite. Er atmete schwer. Mit einem Ruck zog er sie auf sich. Sein Schwanz war heiß und hart. Helen genoss es, seine Erregung zu spüren, als sie ihn in sich aufnahm.

Langsam begann sich sein Becken unter ihr zu bewegen; Helen sah ihn an, sie suchte in seinen Augen nach etwas, was über die Lust an der Lust hinausging, doch sie fand nur das. Jetzt wurden seine Bewegungen stärker, rhythmisch, er fasste sie an den Hüften und hielt sie so, dass er so tief wie möglich stoßen konnte. Helen mochte Hände an ihrem Körper, und Thilo hatte schöne, kraftvolle Hände. Sie hatte ihre Scheu inzwischen so weit hinter sich gelassen, dass sie sich im Zimmer umsah. Dieser Mann unter ihr war attraktiv, und er tat ihr gut, aber er war vollkommen austauschbar. Und Nina schien es nicht anders zu bewerten, das sagte zumindest ihr Blick.

Thilos Stöße wurden heftiger, auf seiner Stirn bildeten sich feine Schweißperlen.

»Möchtest du kommen?« Nina leckte zart über seinen Mund. Seine Antwort war ein tiefes Seufzen.

»Erst Helen«, flüsterte sie an seinem Ohr und bedeckte sein Gesicht mit vielen kleinen Küssen. Ihr Liebhaber erwiderte ihre Berührungen vorsichtig, fast behutsam, während er Helen von seinem Schoß hob und sich nach einem letzten Kuss für Nina auf Helen legte. Er betrachtete sie aufmerksam, als wollte er so erfahren, was ihr besonders guttun würde in diesem Moment. Helen lächelte ihn an und verstand. Sie drückte seinen Kopf gegen ihren Bauch und schob sich unter ihm höher in die Kissen, wissend, dass Nina direkt neben ihr lag und das alles beobachtete.

Thilos Zungenspiel war einfach wunderbar. Helen spürte, dass er sich vollkommen auf sie konzentrierte, und das machte es ihr leicht, sich ganz hinzugeben. Dieses Mal noch viel mehr als im *Duke*. Er hatte sich ihre empfindlichsten Stellen gemerkt, wusste genau, wie er sie zum Vibrieren bringen konnte. Intuitiv zog Helen die Beine an. Sie wollte ihn so intensiv spüren wie möglich. Seine Zungenspitze glitt langsam an ihrem Kitzler entlang, und wieder. Und wieder. Helen konnte sich nicht mehr bewegen. Da war dieses Beben in ihr, ganz tief, das mit jeder Sekunde heftiger wurde und alles mit sich fortriss. Als sie irgendwann wieder ruhig atmete, spürte sie Ninas Hand an ihrer Wange.

»Es ist alles in Ordnung«, hörte sie Nina flüstern. Dann schlief sie ein.

»Sie sind also die Frau, die ein Faible für winterliche Gärten hat.«

Helen blickte sich um, sie hatte gar nicht bemerkt, dass jemand neben ihr stand. Wie aus dem Nichts war auch Jasper auf einmal da.

»Ich muss mich dafür entschuldigen, dass ich ein so schlechter Gastgeber bin. Helen – darf ich Ihnen meinen alten Freund Nicola vorstellen? Uns verbindet nicht nur die Bewunderung für Ihre fabelhaften Fotografien, sondern auch die Liebe zur Architektur. Nicola bewohnt einen Palazzo in Venedig. Aber davon soll er Ihnen selbst erzählen.«

Er sah seinen Freund aufmunternd an und raunte Helen beim Weggehen noch schnell zu: »Wenn er sich so lange konzentrieren kann in Ihrer Gegenwart.«

Mit einem Schlag war Helens Interesse geweckt. Der Abend hier bei Jasper schien nicht so förmlich zu werden, wie sie erst gedacht hatte. Ihr Gastgeber hatte ein gutes Händchen dafür, seine Gäste miteinander bekanntzumachen, und bereits jetzt beim Empfang war die Atmosphäre angenehm und entspannt. Aus den Augenwinkeln heraus sah Helen, dass auch Adrian mit Gesprächspartnern versorgt war. Sie musste also keine Rücksicht auf ihn nehmen und konnte sich nun ganz Jaspers Freund widmen. Nicola wartete, bis sie ihn ansah, dann reichte er ihr seinen Arm und sagte leise: »Lassen Sie uns ein paar Schritte gehen, *Signorina*. Ich habe ein Angebot für Sie, das Sie vielleicht interessiert.«

Die Fotografin nickte. Sie hakte sich bei dem Italiener ein und ließ sich von ihm in den Garten führen. Der Abend war kalt, und die ersten Sterne waren zu sehen. Nicola schaute in den Himmel und seufzte.

»Viel mehr wird es wohl nicht werden. Berlin ist zu hell …« Seine Augen suchten ihren Blick.

»Oder was meinen Sie, *Signorina* Helen?«

Helen zuckte mit den Schultern. Sie ließ ihn jetzt auflaufen, aber es war ihr egal. Ihre Gedanken waren bei Jasper.

»Was kann ich für Sie tun, Nicola?«

Nun war es der venezianische Gast, der mit den Schultern zuckte. Er trat einen Schritt zurück und nahm ihre Hände.

»Sie wissen wirklich nicht, wer ich bin. Jasper hat Ihnen nichts erzählt. Habe ich Recht?«

Helen schüttelte den Kopf. Es war ihr unangenehm, einen möglichen Prominenten nicht erkannt zu haben, aber sie hatte für den Gesellschaftsteil der Presse nichts übrig. Helen spürte, wie sie rot wurde, aber lügen wollte sie auch nicht.

»Auch wenn ich Ihnen damit nahetrete, aber nein, ich habe keine Ahnung, wer Sie sind.« Sie lächelte schüchtern, was Nicola zu einem Handkuss veranlasste. Dann nahm er vor ihr Haltung an und zog einen imaginären Hut vom Kopf. Er schlug wie ein Offizier die Hacken zusammen und sagte in militärischem Ton: »Gestatten Sie, dass ich mich vorstelle. Nicola di Venturi, Bildhauer. Wohnhaft in Venedig im Palazzo …«

»… im *Palazzo Fiore*«, beendete Helen den Satz. Sie war ein Idiot. Sie würde nicht einmal den amerikanischen Präsidenten erkennen, wenn er direkt vor ihr stände. In ihrem Kopf erschien ein Bild nach dem anderen. Di Venturi war regelmäßiger Gast bei allen großen Kunstevents, aber im Gegensatz zu anderen Künstlern ließ er sich nicht zwischen den Mühlen des Kunstbetriebs zermahlen. Er verkaufte seine Werke nur, wenn er wirklich Geld brauchte. Helen spürte, dass Nicola sie amüsiert beobachtete. Als sie ihn anlächelte, nickte er.

»Der Palazzo ist noch nie fotografiert worden seit seiner Renovierung«, sagte er sachlich und sah Helen ernst an. Die Fotografin spürte ihr Herz schlagen.

»Sie werden die Erste sein, der ich Zutritt gewähre. *Prima Donna* im wahrsten Sinn. Das heißt, wenn Sie möchten.« Er schaute auf seine Schuhspitzen, aber Helen entging nicht, dass er grinste.

Für eine Sekunde war sie fassungslos. Ihre kleine Welt stand still. Die besten Architekturfotografen der Welt waren an diesem Mann abgeprallt, und sie lernte ihn bei einem privaten Essen kennen und erhielt ein Angebot. Helen schluckte. Hoffentlich war das alles kein Scherz. Sie blickte sich um, doch sie waren allein im winterlichen Park.

»Darf ich Ihrem entzückenden Schweigen entnehmen, dass Sie mich besuchen werden?«

Helen nickte stumm. Ihr Gesicht glühte. Dankbar hakte

sie sich wieder bei dem Bildhauer ein, der sie die verschneiten Treppenstufen hinauf sicher zurück in den Empfangssaal führte.

»Da freut sich aber jemand!«

Jasper kam ihnen mit gefüllten Gläsern entgegengelaufen. Nicola grinste und schaute wieder auf seine Schuhspitzen. Helen nahm das Glas, das ihr Jasper reichte.

»Die Überraschung ist Ihnen wirklich gelungen.«

Endlich ein vernünftiger Satz aus meinem Mund, dachte Helen. Allmählich schien sie ihre Fassung zurückzugewinnen. Sie schenkte dem Gastgeber ihr schönstes Lächeln. Jasper hielt ihrem Blick stand und stieß mit ihr an, dann sagte er leise an ihrem Ohr: »Ich könnte in Ihren Augen ertrinken.«

»Ich werde mir ein Taxi rufen. Muss morgen früh raus.«

Adrian hatte sich zu der kleinen Gruppe gesellt, deren Mittelpunkt Nicola war. Helen, die Jaspers Arm um ihre Schultern herum genoss, drehte sich zu ihm um.

»Ich bleibe noch«, sagte sie leise.

»Verstehe.« Adrian lächelte sein schiefes Cowboy-Lächeln und machte eine ausladende Verbeugung vor dem Gastgeber. Dann war er fort.

»Ich wage nicht, mir Hoffnungen zu machen, aber ich frage Sie dennoch: Wie lange werden Sie – bei mir – bleiben?«

Jasper hatte sie fest an sich gezogen. Helen spürte die Wärme, die von ihm ausging, seinen Duft; es war etwas Erdiges darin, etwas sehr Besonderes. Am liebsten hätte sie ihre Nase in seine Achseln gesteckt, um mehr über diese Duftkomposition zu erfahren, aber das verbot sich natürlich in der Öffentlichkeit. Also schloss sie die Augen und stellte sich vor, sie beide wären ganz allein in dieser Villa, sie beide hätten alle Zeit der Welt und Lust auf Nähe.

»Helen? Helen!«

Die Fotografin schrak aus ihrem Tagtraum hoch. Nicola stand vor ihr, anscheinend aufbruchbereit, und hielt seine Arme weit geöffnet. Mit hölzernen Schritten ging sie auf ihn zu.

»Ich erwarte dich, *mia cara*. Bald.«

Er umarmte sie traditionell und küsste sie auf den Mund, vorsichtig, dann gab er sie frei. Helen hörte, wie ein Wagen auf dem Kiesweg vor der Villa anhielt.

»Jasper weiß, was zu tun ist. *Andiamo*!«

Helen sah den Gastgeber fragend an. Der drehte sich jedoch abrupt um und verschwand im hinteren Teil des Foyers. Wenig später kehrte er mit ihrer Daunenjacke zurück.

»Sie sollten jetzt besser gehen, Helen. Ich kann sonst für nichts garantieren.«

Nachdenklich und verwirrt schlüpfte Helen in ihre Jacke. Durch die Scheiben neben der Eingangstür sah sie, dass ein weiteres Taxi den Hof befahren hatte. Ohne sich von Jasper zu verabschieden, wandte sie sich zum Gehen. Irgendetwas in seinen Augen hatte sie verstört. Sie wollte nur noch weg, und zwar so schnell wie möglich.

»Helen?«

Jasper stand auf einmal neben ihr. Seine Augen waren ganz dunkel. *Das liegt wahrscheinlich nur am Licht*, dachte Helen.

»Bekomme ich keinen Kuss?«

Jetzt war er so nah, dass sie die Wärme seines Körpers spüren konnte. Helen wich seinem Blick aus. Sie hatte für Szenen dieser Art nichts übrig, und es war offensichtlich, dass Jasper sie mochte. Vielleicht sogar mehr als das. Jasper öffnete die schwere Eichentür, verstellte ihr jedoch den Weg.

»Kein Kuss? Mögen Sie keine Küsse?«

Helen sah ihn strafend an. Sofort ließ Jasper sie passieren. Sie war schon fast an ihm vorbei, da hörte sie ihn flüstern: »Du weißt nicht, was es heißt, ungeküsst zu sein, aber du wirst es lernen.«

So ein Spinner. Ein reicher Depp und ein absoluter Spinner. Helen saß im Taxi und ließ die letzten Minuten in Jaspers Haus Revue passieren. Wie konnte er ihr nur einen so dämlichen Spruch mit auf den Weg geben. Das war nicht nur blöd, das war einfach stillos.

Als Helen eine halbe Stunde später bei Nina eintraf, war sie immer noch verärgert, doch als sie die Treppen hochstieg, spürte sie, dass etwas anders war als sonst. Die Wohnung nahe der jüdischen Synagoge in Mitte war hell erleuchtet, und ihre Freundin saß am Küchentisch und spielte mit dem Korkenzieher. Sie hatte geweint. Helen sah sich um, doch Thilo war nirgends zu entdecken. Anscheinend waren sie beide allein. Die Fotografin ging zaghaft auf Nina zu. Alles Herrische war aus ihr entwichen wie Luft aus einem undichten Ballon. Nina war zu einem Häufchen Elend zusammengeschmolzen, dessen einziges Interesse anscheinend der Klappfunktion des Kellnermessers galt.

Helen nahm sich einen Stuhl und setzte sich ihrer Freundin gegenüber.

»Ist Schluss?«

»Wieso soll Schluss sein?« Nina zog die Nase hoch.

»Du siehst traurig aus.«

Nina zuckte mit den Schultern, dann fing sie wieder an zu weinen. Schließlich nahm sie sich zusammen und sah Helen an. Tränen kullerten über ihre Wangen und ließen sie jung und verletzlich aussehen.

»Ich habe immer gedacht, mir passiert das nicht. Und nun – PENG. Falsch gedacht.«

Helen verstand gar nichts. Sie stand auf, holte sich ein zweites Glas und goss ihnen beiden etwas ein. Der Prosecco war warm. Das würde morgen üble Kopfschmerzen geben. Sie hob ihr Glas, aber Nina wehrte ab.

»Nee, lass mal.«

Helen legte den Kopf schief. Dann hielt sie ihrer Freundin das Glas ein zweites Mal entgegen und sagte möglichst forsch: »Na komm schon. Du tust ja gerade so, als wärst du schwanger.«

»Bin ich auch«, hauchte Nina.

Helen stellte ihr Glas so hart auf dem Tisch ab, dass der Stiel abbrach.

»Was?«

»Ich bin schwanger, verdammte Scheiße.«

Bei den letzten Worten hatte Nina mit der Faust auf den Tisch geschlagen. Jetzt fiel sie wieder in sich zusammen und weinte bitterlich.

»Von wem?«

»Weiß ich nicht.«

Helen glaubte ihren Ohren nicht zu trauen. Die Frage nach der Vaterschaft war für sie nur eine Floskel gewesen. Und nun das. Sie rückte näher an Nina heran und nahm ihre Hände, drückte sie, zog sie schließlich ganz in ihre Arme. Nina ließ es geschehen und weinte noch heftiger. Helen fühlte sich vollkommen überfordert. Sie war eine Frau, die über fast jedes Thema diskutieren konnte. Aber eben nur fast. Kinderkriegen gehörte nicht dazu.

»Wie lange?«, fragte sie vorsichtig und suchte Ninas Blick.

»Ganz schön lange«, antwortete Nina mit bissigem Unterton. Dann setzte sie matt nach: »Es ist zu spät, verstehst du. Unter normalen Voraussetzungen krieg ich keine Indikation mehr. Vierzehnte Woche. Tja, das war es dann wohl. Du darfst Mutti zu mir sagen.«

»Vierzehnte Woche? Und du hast nichts gemerkt?«

»NEIN«, schrie Nina auf einmal, »ich habe nichts gemerkt, Frau Oberlehrerin. Ich hab ein Magengeschwür. Mir ist oft schlecht.«

»… und Thilo ist nicht der Vater?«

Nina schüttelte den Kopf und sah ihre Freundin traurig an.

»Ich weiß es nicht. Mir geht es ziemlich dreckig, Helen. Mir bricht gerade mein ganzes Leben weg. Ich will das alles nicht.«

Helen ging nicht darauf ein. Sie holte sich ein neues Glas, trank einen Schluck warmen Prosecco und schüttelte sich. Dann nahm sie den Kopf ihrer Freundin in beide Hände und gab ihr einen zarten Kuss auf den Mund.

»Woher weißt du es? Warst du beim Arzt?«

Nina nickte. Sie war zur Routinevorsorge bei ihrer Frauenärztin gewesen, und die hatte ihr anhand eines Ultraschallbildes die vermeintlich frohe Kunde mitgeteilt. Die Redakteurin kramte in ihrer Tasche und legte Helen das Foto hin. *Das sieht wirklich schon wie ein kleiner Mensch aus*, überlegte Helen. *Würde mir auch nicht gefallen, dass mir auf einmal die Kontrolle genommen wird. Durch so ein kleines Etwas …*

»Es ist so groß wie ein Hamster«, sagte Nina schniefend und lächelte unsicher. Helen drückte ihre Hand.

»Es hat deinen Dickkopf geerbt, ganz klar.«

Nina sah die Fotografin verständnislos an. Helen drückte Nina einen weiteren Kuss auf den Mund.

»Es hat so lange mit seiner Entdeckung gewartet, damit du es nicht mehr loswerden kannst. Ganz schön schlau.«

Jetzt erschien ein breites Grinsen auf Ninas Gesicht. Sie schien zu verstehen, was Helen meinte. Still betrachtete sie das Ultraschallfoto und nickte. Helen griff ihr in den Nacken und begann, Ninas verspannte Muskeln zu massieren. Sie würde ihr erst morgen erzählen, dass sie bereits am Wochenende nach Venedig fliegen wollte.

3

Helen nahm ihren Koffer vom Band und ging langsam in Richtung Ausgang. Sie hatte es nicht eilig. Das Flugzeug war früher gelandet als geplant, und Nicola erwartete sie bestimmt noch nicht. Sie schaltete ihr Handy ein und hatte sofort eine SMS im Display. *Ich weiß nicht, was ich machen soll.* Das war von Nina. Helen stellte die Tastensperre ein und steckte das Handy in die Brusttasche ihrer Daunenjacke. Sie wusste auch nicht, was sie in der Situation machen würde, doch sie konnte und wollte sich mit dem Thema jetzt nicht auseinandersetzen. Sie war immer noch müde von vergangenen durchdiskutierten Nächten, die ohne Ergebnis geblieben waren. *Welches Ergebnis hätte es auch sein sollen*, dachte die Fotografin. *Es ist eh zu spät.* Sie straffte die Schultern. Da draußen wartete ein sonniger Wintertag in Venedig auf sie. Ganz allmählich stieg etwas wie Vorfreude in ihr hoch. Venezianischer Karneval … Masken … der *Palazzo Fiore* …

»*Signorina* Helen, wie ich annehme?«

Der junge Mann, der auf einmal vor Helen stand, lächelte sie freundlich an. Seine gebräunte Haut stand in auffälligem Kontrast zu den ausgeblichenen hellen Haaren. Lange Ponysträhnen hingen ihm tief ins Gesicht. In seiner weiten Jacke und den ebenso weiten Hosen sah er aus wie ein Surfboy, der vom letzten Sommer übrig geblieben war. Er zog die Augenbrauen hoch, als wartete er auf eine Reaktion, aber Helen sah ihn nur stumm an. Ihre Enttäuschung darüber, dass Nicola sie nicht selbst abholte, wie er es gestern noch in einem langen Telefonat versprochen hatte, war ihr deutlich anzumerken.

»Ich bin Justin«, sagte der Surfboy schließlich, um das Schweigen zu brechen, »Nicola hat mich gebeten, dich abzuholen.«

»Oh, natürlich – Entschuldigung.«

Helen streckte ihm ihre Hand entgegen.

»Ich fürchte, ich bin noch nicht ganz angekommen. Außerdem hab ich die letzten Nächte nicht so viel geschlafen.«

Justin lächelte wieder und hielt ihre Hand fest, einen Moment zu lang, wie Helen fand. Dann nahm er ihren Koffer und machte ihr ein Zeichen, ihm zu folgen. Sein Gang erinnerte sie an Videos von Hip-Hop-Bands, wo sich junge Kerle mit schweren Schritten an brennenden Mülltonnen vorbei durch ihr Lied tanzen. Sie musste schmunzeln. Das war also Justin.

Die Fahrt vom Flughafen zum Schiffsanleger verging schnell. Justin plauderte munter drauflos und unterbrach sich nur, wenn er Schimpftiraden auf andere Autofahrer niederprasseln ließ. Helen bekundete mit dem einen oder anderen Nicken, dass sie zuhörte, doch in Wirklichkeit war sie weit weg. Die Landschaft lief wie ein schneller Film am Wagen vorbei; auch hier in Venetien lag etwas Schnee. Justin redete, und Helen war bei Nina, dann sprangen ihre Gedanken wieder zurück zum ersten Abend im *Duke*. Sie dachte an Jasper, von dem sie seit dem Dinner vor ein paar Tagen nichts mehr gehört hatte, versuchte, sich an seinen Duft zu erinnern. Ob sie ihn verstimmt hatte? Seine Bemerkung, als sie gegangen war, klang immer noch in ihr nach. *Du weißt nicht, was es heißt, ungeküsst zu sein …*

»Kaugummi?«

Justin hielt ihr einen bereits ausgewickelten Streifen unter die Nase. Als sie ablehnend den Kopf schüttelte, lachte er und schob sich den Kaugummi selbst in den Mund.

»Du bist ziemlich schweigsam, Helen.«

Er legte ihr eine Hand auf das Knie. Helen schob die Hand fort und strich sich durch das Haar. *Wieso bin ich jetzt verlegen?*, dachte sie. *Dieser Kerl hier ist nur ein kleines freches Bürschchen.*

»Du redest doch die ganze Zeit«, konterte sie und versuchte, souverän zu klingen, »... da kriege ich doch gar kein Wort dazwischen.«

Justin kaute mit offenem Mund und schmatzte dabei. Die Situation gefiel ihm, das war ihm anzumerken.

»Wie kommt es, dass du so gut Deutsch sprichst?«, wollte die Fotografin nun wissen.

»Das kommt daher, weil meine Mutter Deutsche ist und wir lange in Deutschland gelebt haben, bevor wir wieder nach Venedig zurückgekehrt sind.«

Wie um seine Worte damit zu unterstreichen, kaute er nickend weiter. Dann legte er wieder seine Hand auf Helens Bein. Helen seufzte unwillig und wollte sie erneut wegschieben, aber Justin fasste fester zu.

»Bei uns laufen die Uhren etwas anders, Helen. Du solltest dich beizeiten daran gewöhnen.«

Helen wusste nicht, was sie darauf erwidern sollte. Sie wurde wütend.

»Lass mich sofort los«, zischte sie und griff nach seinem Handgelenk. Justin lachte. Helen kniff in seinen Arm, was Justin nicht weiter beeindruckte. Stattdessen deutete er mit dem Kinn nach vorn und sagte: »Guck mal, da ist schon der Anleger. Wenn wir das nächste Schiff bekommen, werden wir es bis zum Engelsflug schaffen.«

Helen folgte seinem Blick. Wirklich, nicht weit vor ihnen sah sie Stege und Buden. Um diese Uhrzeit gab es noch kein Gedrängel um die Plätze, und sie hatten freien Blick auf die Lagune. Justin tätschelte ihr Knie, dann parkte er den Wagen und half Helen auszusteigen. Sie war immer noch zornig über seine Unverschämtheit, aber als er ihr mit treuherzigem Blick ihre Fahrkarte in die Hand drückte, konnte sie ihm einfach nicht länger böse sein. Sie lächelte kopfschüttelnd, und Justin lächelte zurück. Dann nahm er ihre Hand und deutete einen Handkuss an. *Du bist wirklich ein ganz schönes Früchtchen*, dachte Helen.

Wenige Minuten später standen sie nebeneinander an Bord eines der Schiffe, die die Lagunenstadt mit Touristen füttern, und ließen sich den Fahrtwind um die Ohren wehen.

»Erzähl mir was vom Engelsflug«, bat Helen. Justin nickte heftig unter seinen langen Ponyfransen und machte eine große Kaugummiblase, die ihm im nächsten Moment im Gesicht klebte. Jetzt war es Helen, die lachen musste. Sie stupste ihn in die Seite.

»Na los, Justin.«

Der Engelsflug, lernte Helen, war ein uraltes Ritual, mit dem die Hochphase des hiesigen Karnevals eingeläutet wurde. Dabei stürzte sich in jedem Jahr ein als Engel verkleidetes junges Mädchen vom Campanile auf den Markusplatz hinunter.

»Heutzutage natürlich an einem Drahtseil«, setzte Justin hinzu und beschrieb mit seiner Hand einen weiten Bogen.

Helen nickte und schloss die Augen. Sie stellte sich vor, welchen Mut es kostete, sich aus hundert Metern Höhe in die Menge fallen zu lassen, und drehte sich ihrem Begleiter zu, um ihn weiter über diese Tradition auszufragen, da spürte sie seine Lippen auf ihrem Mund. Erschrocken wich sie zurück, doch Justin ließ sich nicht beirren. Er zog sie wieder an seine Seite und küsste sie ein weiteres Mal. Seine Berührung war sanft und vorsichtig und stand im krassen Gegensatz zu seinen frechen Annäherungsaktionen.

»Warum machst du das?« In Helens Stimme lag eine gewisse Schärfe. »Habe ich dich vielleicht darum gebeten?«

Justin legte den Kopf schief und sah sie geduldig an. »Du hast dich auf ein Abenteuer eingelassen, Helen, und alles, was ich mache, ist, dich auf das, was kommt, vorzubereiten.« »Ein Abenteuer? Seit wann ist es ein Abenteuer, einen Palazzo zu fotografieren?«

Helen löste sich aus seinem Arm und band sich ihren Schal fest um den Hals. Der Fahrtwind war kalt. Justins Blick blieb ruhig, aber seine Mundwinkel zogen sich leicht angewidert nach unten. *Wie bei Thilo*, dachte Helen, *derselbe Ausdruck, dieselbe Verachtung*. Sie wandte sich ab und betrachtete die Lagunenstadt, die ihnen am anderen Ufer entgegenwuchs. Noch wenige Minuten und sie würden anlegen. Justin hatte anscheinend die Lust an weiteren Plänkeleien verloren. Bewegungslos stand er an der Reling, das Gesicht in den Fahrtwind gestreckt. Erst als das Schiff anlegte, kehrte das Leben in seinen drahtigen Körper zurück. Wortlos griff er nach Helens Handgelenk und zog sie eilig vom Schiff herunter, kaum dass der Bootsmann das Schiff vertäut hatte.

»*Benvenuta a Venezia*«, sagte er leise, aber es klang mehr wie eine Drohung als wie ein Willkommensgruß. Dann nahm er ihren Koffer und winkte einen alten Mann herbei, der in einiger Entfernung auf dem Steg stand. Die beiden schienen sich zu kennen, denn sie begrüßten sich ausführlich. Der Alte zog vor Helen seine Mütze und war, bevor sie etwas sagen konnte, bereits mit ihrem Gepäck im Touristengewimmel verschwunden. Justin tippte auf ihre Schulter.

»Da lang, *Signorina*.«

Helen hatte sich ihre erste Begegnung mit Venedig anders vorgestellt. Sie wollte sich alles in Ruhe ansehen, jeden Schritt und jeden Blick genießen. Doch nun hatte sie Mühe, Justin durch die immer voller werdenden Gassen zu folgen. Die Minuten vergingen, aber nach jeder Biegung erschloss sich eine neue. Helen blieb stehen. Sie spürte, sie war vollkommen orientierungslos. Irgendwo weit vor ihr war Justin, sie konnte ihn nicht mehr sehen. Erschöpft blickte sie sich um. Die Wintersonne war hell, aber kraftlos, und ein paar aufziehende Schneewolken nahmen ihr mehr und mehr den Glanz. Helen drehte sich um die eigene Achse, ließ Masken und Nichtmaskierte an sich vorbeiziehen. Sie horchte in sich hinein und versuchte, ihr Gefühl für diesen Ort zu bestimmen. Sie war noch keine Stunde hier, und schon erschien ihr diese Stadt als seelenfressender Moloch.

»Da bist du ja.« Justin war ganz außer Atem. »Ein Glück, dass du auf mich gewartet hast.« Er japste immer noch nach Luft. »Sonst hätte ich dich nicht wiedergefunden.« Seine Augen strahlten. *Grüne Augen*, dachte Helen, *und dunkle Wimpern …*

Für einen Moment ruhte sein Blick auf ihr, wurde tief, fast zärtlich. Dann nahm er wortlos ihre Hand und zeigte mit dem Kinn in die Richtung, aus der er gekommen war.

»Wir müssen uns beeilen, Nicola und die anderen sind schon da. Na komm.«

Er verfiel in leichten Trab, und Helen tat es ihm nach. Eine Biegung noch, dann ein Tor. Und da lag er schon, der Markusplatz.

Die Pracht der Kostüme war unbeschreiblich. Angefangen bei den kostbaren Gesichtsmasken bis hin zu den edlen Stoffen der Gewänder. Helen war vollkommen fasziniert. Sie ließ sich von Justin in das Gedränge hineinziehen; ihre Augen suchten nach Nicola und seiner Begleitung. Aufgeregt zupfte sie Justin am Ärmel.

»Wo sind sie denn? Ich kann sie nicht finden.«

Justin sagte nichts, sondern blickte konzentriert nach vorn, wo sich eine Dreiergruppe aus der Menge gelöst hatte. Es waren ein Dreispitz, eine Dame mit Sonnenmaske und eine Figur, ausstaffiert wie eine Columbine. Wohl kalkuliert in ihrer Langsamkeit schritten die drei auf Helen und Justin zu. Helen durchlief ein leichter Schauer. Das hier war eine vollkommen andere Wirklichkeit, eine Parallelwelt. Wie hatte Justin gesagt? Ein Abenteuer. Der Dreispitz verbeugte sich tief und hauchte einen Kuss auf ihre Hand. Dann zeigte er auf die Damen, die rechts und links von ihm standen.

»Helen, darf ich Ihnen Camille vorstellen? Sie ist die Sonne meines Lebens, meine Quelle der Energie und der Freude.«

Camille deutete einen Gruß an und rückte näher zu dem Dreispitz, der nun auf die andere Frau zeigte.

»Meine kleine Marisol. Sie sorgt für die Aufregung in meinem Leben, denn wer wüsste die Sonne zu schätzen, wenn es nicht auch Donner und Blitz gäbe?«

Marisol knickste kaum merklich; Helen bemerkte, wie jung die Augen hinter der weißen Gesichtsmaske waren und dass dieses Augenpaar alles andere als entspannt blickte. *Sie fühlt sich nicht besonders wohl in dieser Situation*, dachte Helen. *Das kann ich verstehen …*

»Zu Justin muss ich Ihnen wohl nichts mehr sagen, meine Liebe, Sie hatten ja bereits das Vergnügen … Ein Vergnügen im Übrigen, das auch ich sehr zu schätzen weiß.«

Bei Nicolas letzten Worten spannte sich Justins durchtrainierter Körper. Er schenkte Helen einen provozierenden Blick und lächelte in sich hinein. Justin schien dem Bildhauer sehr nahe zu sein und genoss es sichtlich, dass ihre Beziehung auch als solche vor einer Fremden gewürdigt wurde. Helen schwieg. Sie spürte die Blicke der anderen auf sich gerichtet und wusste, sie musste irgendetwas sagen, um die Situation aufzulockern.

»Entschuldigen Sie, Nicola, ich bin etwas überfordert mit

all den neuen Eindrücken. Camille, Marisol«, sie blickte die kostümierten Frauen an und versuchte, deren Augen hinter den Masken zu entdecken, »... und natürlich Nicola und Justin ... ich danke Ihnen allen sehr, dass ich bei Ihnen zu Gast sein darf.«

Helen hatte das Gefühl, dass man sich gerade ein erstes Urteil über sie bildete. Etwas unsicher blickte sie zu der Dreiergruppe, wartete auf eine Reaktion. Endlich sah sie, wie der Dreispitz zustimmend nickte. Ihre Worte waren anscheinend genau nach Nicolas Geschmack gewesen.

»Es ist mir – uns allen – eine Ehre, *Signorina* Helen.«

Wie um das Signal zum Aufbruch zu geben, klatschte er in die Hände und machte eine Geste, ihm nun in Richtung Campanile zu folgen. Camille und Marisol gesellten sich in ihren rauschenden Seidenroben wieder an die rechte und linke Seite des Bildhauers und hakten sich bei ihm ein; Justin griff nach Helens Hand und zog die Fotografin mit sich, immer der schnell vorauseilenden Dreiergruppe hinterher.

4

»Ich weiß nicht, was ich sagen soll.«

Aus Helens Stimme klang echte Ergriffenheit. Vor wenigen Augenblicken hatte ihnen ein Diener die Haustür geöffnet. Nun stand sie, fassungslos und mit pochendem Herzen, in der Eingangshalle des Palazzo. Nicola brummte etwas und nahm ihre Hand. Vorsichtig setzte Helen einen Fuß vor den anderen. In der Mitte der Halle angekommen, ließ der Dreispitz ihre Hand los und drehte sich mit ausladender Geste einmal um die eigene Achse.

»Sehen Sie sich um. Für diesen Anblick könnte ich sterben, meine Liebe.«

Helen entging nicht, dass in der Stimme ihres Gastgebers ungeheure Zärtlichkeit lag, und Stolz. Sie nickte scheinbar ruhig, doch ihre Augen waren bereits bei der Arbeit. Der Saal bestach in seiner Gesamtwirkung durch eine Konstruktion mit kühn geschwungenen Säulen, die sich an ihren Enden verjüngten und sich mit der Decke vereinigten. Fresken, perfekt restauriert, gaben dem Raum Farbe und Tiefe. *Und Leidenschaft*, dachte Helen. *Dieser Saal ist wie eine schöne, hingebungsvolle Frau.* Ihr Blick traf den des Bildhauers. Er schien sie die ganze Zeit beobachtet zu haben.

»Ich sehe, Sie haben die Ausstrahlung dieses Saales erspürt, *Signorina.* Das Besondere kann sich nicht verleugnen, schöne Helena – niemals. Schöne Helena … Ich darf Sie doch so nennen, *Bellissima*?«

Nicola kam ihr bei den letzten Worten so nahe, dass sie seinen Atem an ihrer Wange spüren konnte. *Bellissima* … Die Fotografin genoss diesen Moment der Intimität; dieser Saal und dieser Mann hatten eine starke erotische Ausstrahlung auf sie, und Helen fragte sich, was wohl als Nächstes käme.

»Mein Diener wird Sie zu Ihrem Zimmer führen. Um acht erwarten wir Gäste zum Nachtmahl. Es wäre wunderbar, ganz wunderbar, wenn Sie daran teilnehmen würden.«

Nicola fasste sie schwungvoll um die Taille und machte mit ihr ein paar wiegende Schritte auf dem kostbaren Mosaikboden. Er summte dabei, hielt sie ganz fest, lachte.

»Ich möchte mit Ihnen tanzen, Helen, bis zum Morgen.«

Nach einer letzten kleinen Drehung hielt er inne. Galant gab er sie frei, und die Fotografin entdeckte zu ihrer Überraschung einen livrierten Diener neben sich. Der Mann begrüßte sie mit einer tiefen Verbeugung und machte ihr ein Zeichen, ihm die Treppe hoch auf die Galerie zu folgen. Helen wandte sich um, um Nicola zu danken, doch der Dreispitz war bereits in den Schatten hinter den Säulen verschwunden.

Nachdem der Diener die hohen Fensterläden geöffnet hatte, ließ er sie allein. Helen blickte sich im Zimmer um. Der Raum war nicht groß, aber mit Liebe zum Detail ausgestattet. Sie warf sich mit einem kindlichen Juchzer auf das große Himmelbett, das bereits einladend aufgedeckt war. Von hier aus konnte sie ihr Refugium ganz genau in Augenschein nehmen. Ihrem Bett gegenüber befand sich die schwere Zimmertür, daneben stand ein schmaler, antiker Schrank. Rechts vom Bett gab es einen gemauerten Kamin mit ausladendem Sims und einem prachtvollen, an einigen Stellen blinden Spiegel darüber und zur Linken zwei hohe Fenster, durch die helles Licht von der *Canal*-Seite in den Raum fiel. Die Fotografin ließ sich in die Kissen fallen und fixierte den kunstvoll bestickten Baldachin über ihrem Kopf. Sie streckte die Arme weit von sich und atmete tief aus. Es ging ihr blendend. Sie würde eine Fotostrecke abliefern, so einzigartig, so kühn, so … Ein Klopfen ließ Helen aus ihren Gedanken aufschrecken. Es klopfte wieder, dann öffnete sich langsam die Tür, und eine junge Frau huschte in das Zimmer, unter dem Arm irgendetwas, das in Stoff eingeschlagen war.

Es war die Columbine vom Markusplatz, Marisol. Sie trug jetzt keine Maske, und Helen sah sofort, dass sich die andere nicht gerade wohl in ihrer Haut fühlte. Sie setzte sich gerade im Bett auf und machte Marisol ein Zeichen, zu ihr zu kommen. Die junge Frau nickte und legte ein großes Stoffbündel und zwei kleine Leinensäckchen am Ende des Bettes ab. Dann raffte sie ihre Röcke und setzte sich neben Helen.

»Was ist das?« Helen deutete mit dem Kinn auf das Bündel. Marisol versuchte ein Lächeln, aber ihre Augen blieben ernst. »Das ist das Kostüm für deine … Premiere. Es stammt aus dem Fundus von Camille, und sie hat mich gebeten, dir beim Anziehen zu helfen. Allein wirst du das mit dem Mieder kaum schaffen.«

Helens Augen leuchteten; ihre Neugierde war geweckt. Sie krabbelte an das Bettende und entfernte das schützende Baumwolltuch.

»Das ist ja ein Traum.« Sie breitete das Kleid vor sich aus. Der Stoff war schwer und matt und von kräftiger, purpurner Farbe. Vorsichtig glitt sie mit der Hand über die kühle Seide.

»Ich möchte mich gern noch schnell duschen«, wandte sie sich an Marisol, »wo sind hier die Bäder?« Diese stand auf und ging zu dem schmalen Schrank neben der Zimmertür. Helen konnte nicht sehen, was genau die junge Frau machte, doch der Schrank klappte zur Seite und gab den Blick auf ein geräumiges Badezimmer frei. Die Fotografin beschloss, das weder zu kommentieren noch einen Gedanken an den Sinn einer solchen Konstruktion zu verschwenden. Alles, was sie wollte, war eine heiße Dusche, und zwar jetzt. Als sie wenige Minuten später in ihr Zimmer zurückgeschlendert kam, stand die Columbine am Fenster und schien das Treiben am *Canal* zu beobachten.

»Ich bin bereit, wenn Sie es sind«, sagte Helen mit tiefer Stimme. Marisol blickte sich zu ihr um, ihr Gesicht war wie aus Stein. Helen seufzte.

»Hey, Marisol, das ist doch dieser Spruch von Hannibal Lecter, bevor er wieder irgendetwas Gemeines macht, na komm schon. Sei doch mal fröhlich. Was habe ich an mir, dass du so ernst guckst? Habe ich dir irgendwas getan? Wohl kaum.«

»Du hast mir nichts getan, aber dass du da bist, reicht schon, Helen. Nicola ist verrückt nach dir, seit Tagen gibt es kein anderes Thema bei uns. Er ist durch nichts und niemanden zu befriedigen. Selbst Justin ...«

Marisol schluckte. In ihren Augen glitzerten Tränen.

»Es ist nicht immer leicht zu teilen, weißt du.«

Helen nickte. Sie verstand Marisols Andeutungen, und ihre Vorfreude auf den ersten Abend hier in Venedig bekam einen leichten Dämpfer. Doch dann schob sie diese trüben Gedanken weit fort und widmete sich ihrer Kleidung.

»Was ist mit Dessous?« Helen blickte fragend zu Marisol hinüber. Die schüttelte verneinend den Kopf.

»Unter den Roben tragen wir nichts. Du wirst bald sehen, warum.«

Helen nickte wieder und ließ die Frage nach dem Warum offen. Es war offensichtlich, dass sie Teil einer erotischen Scharade werden sollte, und sie wollte nicht darüber nachdenken, ob ihr das gefiel. Nicht jetzt. Sie legte ihr Badetuch zur Seite und ließ sich von der jungen Frau in einen voluminösen Unterrock hineinhelfen. Dann reichte Marisol ihr ein Paar Strümpfe, die mit einem Band direkt unter dem Knie gehalten wurden. Wortlos zog Helen sie an. Nun folgte das Kleid. Wie ein Panzer legte sich das Mieder um Brüste und Bauch, und Helen konnte kaum atmen, als Marisol sie mit schnellen Griffen schnürte. Sie warf einen Blick in den Spiegel über dem Kamin und sah zwei hübsche Frauen aus einer anderen Zeit. Die eine im Stil der Columbine gekleidet, die andere in purpurfarbene Seide gehüllt. Marisol, die gerade noch damit beschäftigt gewesen war, den Spitzenbesatz an Helens Dekolleté zu richten, blickte nun ebenfalls in den Spiegel. Sie legte den Kopf schief und lächelte.

»Nicht schlecht«, sagte sie leise, »aber das Beste kommt noch. Erst mal das«, sie hielt Helen ein paar zierliche Seidenpantoffeln unter die Nase, »... und dann das!«

Mit triumphierender Geste zog sie eine kunstvoll verzierte, ebenfalls in Purpur gehaltene Gesichtsmaske aus einem kleinen Leinensäckchen. Es war eine Halbmaske, deren Ränder mit bunten Vogelfedern versehen waren.

»Vergiss nicht, dir rote Lippen zu malen – und einen Schönheitsfleck. Nicola liebt das.«

Bevor Helen etwas erwidern konnte, hatte sich die schwere Tür hinter Marisol geschlossen. Helen versuchte, in dem ungewohnt engen Oberteil kontrolliert zu atmen, und machte ein paar Schritte auf und ab. Dann schlüpfte sie vorsichtig in die Schuhe, legte die federnbesetzte Maske an und trat vor den Spiegel. *Wer immer mich da anschaut*, dachte sie, *ich bin das nicht.*

»Meine schöne Helena.« Nicola stand am unteren Ende der Treppe und erwartete sie mit ausgebreiteten Armen. Helen hielt die Röcke gerafft und stieg langsam eine Stufe nach der anderen hinunter. Bei ihrem Gastgeber angekommen, gewährte sie ihm eine Umarmung. Der Bildhauer presste sie fest an sich und gab ihr einen formellen Kuss auf die Wange. Irritiert bemerkte Helen, wie erregt Nicola war, und löste sich aus seinem Griff. Der Bildhauer schien ihre Gedanken lesen zu können, denn er lachte schallend und zog sie sofort wieder an sich, um sie noch fester in den Arm zu nehmen.

»Nimm es als Kompliment«, flüsterte er, dann ließ er sie los und nahm ihre Hand, um sie in den Speisesaal zu führen. Als Helen den Raum betrat, musste sie einen Moment innehalten, um das alles auf sich wirken zu lassen. Die Restaurierung war ein Meisterwerk. Sie befand sich in einer intakten Kulisse des sechzehnten Jahrhunderts. In großen Kandelabern brannten Kerzen, in dem riesigen Kamin glühten Holzscheite. An der langen Tafel, auf die sie zuschritten, saßen an die zwanzig Masken.

Als Nicola und Helen näher kamen, erhoben sich alle von ihren Stühlen. Die Damen knicksten, die Männer machten eine Verbeugung. Helens Augen suchten nach den anderen Bewohnern dieses Hauses, doch sie konnte keinen von ihnen erkennen. Ihre Sinne schienen ihr nicht zu gehorchen; zu viele Details überall. Sie hörte ein helles Klack-Klack und begriff endlich, dass es ihre Absätze waren. *Keine Musik,* dachte Helen, *es ist mucksmäuschenstill, bis auf meine Schuhe …*

Nicola führte sie zu ihrem Platz an der Stirnseite des Tisches, dann nahm er viele Meter entfernt von ihr seinen Platz an der gegenüberliegenden Seite ein. In dem Moment, als er sich setzte, schien die Anspannung im Saal zu weichen. Es wurde geredet und gelacht; von irgendwoher kam auf einmal Musik. Nicola erhob sich und hielt eine kurze, launige Ansprache. Er hieß Helen auch im Namen seiner Lieben, wie er sich ausdrückte, im *Palazzo Fiore* willkommen und brachte einen Toast auf sie alle aus. Helen spürte, dass ihre Wangen zu glühen begannen. Sie versuchte, sich auf das Essen zu konzentrieren, aber es gelang ihr nicht. Immer wieder dachte sie daran, was Marisol gesagt hatte, und rutschte zunehmend unruhig auf ihrem Stuhl hin und her. Um sie herum wurden nun offen Küsse ausgetauscht, und die Gesellschaft formierte sich nach und nach zu Pärchen, die sich miteinander vergnügten – vor ihren Augen, aber ohne sie einzubinden. War sie vor nicht einmal einer Stunde noch der Mittelpunkt der Tafel gewesen, kümmerte sich nun niemand mehr um sie. Mit jedem Glas Wein ging es frivoler zu, und bald sah Helen hier und dort eine nackte oder halbnackte Dame, die sich, nur durch ihre Maske geschützt, den Zärtlichkeiten ihres Tischherrn hingab. Als wäre Helen überhaupt nicht anwesend, verloren sich die Gäste in ihren Liebesspielen. Helen spürte, wie die Erregung der anderen auf sie übersprang. Sie rieb ihre bloßen Schenkel unter den schweren Röcken aneinander, wusste genau, wie nass sie bereits war. Sie dachte an Jasper und daran, wie wohl sie sich in seiner Nähe gefühlt hatte. Nun wurde es lauter. Die maskierten Körper nahmen mehr und mehr die lange Tafel in Besitz, schoben Geschirr und Gläser zur Seite, gaben sich ihrer Lust hin. Helen atmete schwer. Sie wünschte sich, jetzt auch so dazuliegen, in der Anonymität der Maskierung, sie war bereit für dieses Abenteuer … Eine Stimme dicht bei ihr schreckte sie auf. Es war Justin. Sie hatte ihn gar nicht kommen hören.

»Steh auf«, sagte er leise, »ich zeig dir was.«

Helen schob ihren Stuhl zurück und sah Justin an. Er trug Kostüm und Maske eines Harlekins und war nur an seinen langen blonden Haaren zu erkennen. Justin zögerte nicht. Er griff Helen an den Schultern und drückte ihren Oberkörper nach vorn auf den Tisch. Bevor sie sich ihm entziehen konnte, hatte sich Justin hinter ihr in Position gebracht und ihr die Röcke bis in die Taille hochgeschoben. Mit der einen Hand hielt er sie im Nacken fest und drückte sie tief auf das Holz des Tisches. Helen wandte sich um, so gut sie konnte unter seinem Griff.

»Ich warne dich, Justin. Wenn du mich anfasst …«

»Dann?«, fragte er und schlug Helen provozierend auf ihren nackten Hintern. »Na sag schon, was dann?«

Helen stöhnte auf. Ihre Pobacken brannten wie Feuer.

»Lass mich sofort los.«

»Das war nicht sehr überzeugend, liebe Helen.« Wieder gab ihr Justin einen Klaps. Dann drängte er sich so nah es ging zwischen ihre Schenkel, öffnete sie. Helen stöhnte auf. Was Justin tat, war unverschämt, aber sie konnte sich dem Reiz der Situation nicht entziehen. Als sie seine Hände an den Pobacken fühlte, gab sie ihren Widerstand auf und streckte ihm ihren Hintern noch mehr entgegen. Ihre Beine begannen zu zittern; sie selbst konnte riechen, wie erregt sie war. *Wie muss das erst auf einen Mann wirken*, dachte sie. Sie wusste, dass Justin sie betrachtete; ihr lief ein Schauer nach dem anderen über den Rücken. Endlich zog er ihr die Backen auseinander und drang in sie ein. Fast enttäuscht registrierte sie, dass es nur sein Daumen war, der sich in ihr bewegte. Sie spannte die Muskeln an, um sich möglichst eng um ihn zu schließen, und begann, sich den massierenden Bewegungen seines Daumens hinzugeben. Justins Fingerarbeit war gut, sehr gut sogar, und er hatte sie schnell an dem Punkt, von dem sie gern sagte, dass der kleine Tod nicht mehr weit sei. Mit seiner freien Hand knetete er ihre Brüste, kniff in die harten Nippel. Justins Lippen liebkosten ihren Nacken, ihre Schultern, ihren Hals. Die Schellenglocken an seiner Kappe klimperten hell, aber die Fotografin hörte nichts. Nicht wirklich. Wieder traf sie sein Kuss. Helen stützte sich auf dem Tisch ab und blickte über die Tafel hinweg, ohne wirklich etwas zu sehen. Sie war vollkommen auf sich konzentriert, so wie jedes Mal, wenn sie dem Orgasmus nahe war. Justin schien das zu spüren. Er zog den Daumen aus ihr heraus und umspielte mit allen Fingern vorsichtig ihren Kitzler.

»Du bist ganz nass, Helen«, sagte er mit rauer Stimme und fasste härter zu. Helen bäumte sich auf. Dieser junge Kerl war so selbstverliebt wie Thilo, aber darüber wollte sie jetzt nicht nachdenken. Sie wollte ihn endlich in sich haben, seinen harten Schwanz spüren, und zwar tief. Helen presste sich an ihn, rieb sich an seinen Fingern. Er musste doch merken, dass sie so weit war. Sie griff hinter sich und zog seinen Kopf ganz nah an ihren Mund heran.

»Fick mich endlich«, sagte sie so ruhig wie möglich. Justins Antwort war ein kehliges Lachen.

»Ich bin doch nicht lebensmüde, *Signorina*. Nicola reißt mir den Kopf ab und alles andere auch, wenn ich meiner Lust folge. Also genieße es so, wie es ist.«

Nicola … Helen gab Justin frei und ließ ihren Blick umherwandern. Sie entdeckte den Bildhauer am anderen Ende der Tafel; er war allein. Als sich ihre Augen trafen, setzte Nicola sein Glas ab und warf ihr eine Kusshand zu. In diesem Moment der unverhofften Nähe war nichts mehr in Helen außer Lust. Sie hielt seinen Blick fest, als der Orgasmus sie mit sich riss. Jetzt hob er sein Glas und prostete ihr zu. Er genoss dieses Szenario genauso wie sie, das war ihm anzusehen. Nicola stand auf und kam mit langsamen Schritten auf sie zu. Helen stöhnte auf, als der Hausherr neben sie trat und ihr die Hand in den Nacken legte. Justin zog sich ohne eine weitere Berührung zurück, und Nicola nahm Helens Hand. Er küsste ihre Fingerspitzen und ordnete ihre Röcke. Dann winkte er einen Diener herbei und machte eine Geste in Richtung Galerie.

»Für den ersten Abend war das, glaube ich, Aufregung genug, meine Liebe. Schlafen Sie gut.«

Aufgewühlt von dem, was sie in den letzten Stunden erlebt hatte, trat Helen an eines der hohen Fenster und blickte in das schwarze Wasser des *Canal Grande*, in dem sich die Lichter der Uferlaternen wie Edelsteine spiegelten. Hier und da trieben Boote vorbei; sie hörte Lachen. Ein feiner Nebel senkte sich auf die Häuser der Lagune herab und berührte bereits die Dächer der Palazzi. Der Mond hatte einen Hof; morgen würde es keinen Sonnenschein geben so wie heute. Die Fotografin nahm noch einmal das Bild des nächtlichen Kanals in sich auf, dann zog sie die bunten Brokatvorhänge vor die Fenster. Sie trat an den Kamin und legte ein paar Holzscheite nach, damit sie morgen nicht in einem eiskalten Zimmer würde aufwachen müssen. Da war wieder ein klopfendes Geräusch. Helen horchte und blickte zur Tür, die sich im selben Moment öffnete. Abermals war es Marisol, die mit leisen Schritten hereinkam. Ohne ein Wort der Entschuldigung zu verlieren, ging sie auf Helen zu.

»Allein schaffst du es nicht mit dem Mieder, also dreh dich um.« Sie trat hinter die Fotografin und befreite sie mit geübten Handgriffen aus der Enge der seidenen Korsage. Helen holte tief Luft und wollte sich gerade umdrehen, da sagte Marisol leise: »Beweg dich nicht.«

Helen gehorchte und spürte, wie die andere begann, ihr vorsichtig das schwere Kleid von den Schultern zu schieben. Raschelnd fiel es zu Boden. Helen hielt die Luft an. Weiche Lippen küssten ihren Hals, ihre Schulterblätter; zarte Finger glitten über ihr Rückgrat bis zu den Pobacken und drückten sie fest. Die Fotografin erschauerte. Nach der Begegnung mit Justin war sie vollkommen erschöpft gewesen, doch nun fühlte sie neue Energie in sich aufsteigen. Und eine heftige Erregung. Marisol schien sich auch auszuziehen, jedenfalls hörte es sich so an. Wieder machten zu Boden fallende Gewänder ein raschelndes Geräusch. Helen konnte der Versuchung, sich umzudrehen, kaum noch widerstehen. Sie trat von einem Bein auf das andere, erwartete eine Berührung, einen Kuss, irgendetwas. Und da war sie schon, die Hand der kleinen Columbine. Marisol war dicht hinter sie getreten und schob ihre Arme unter Helens Achseln hindurch, bis sie ihre Brüste greifen konnte. Die ließ es geschehen, drückte den Rücken durch, schob sich in die knetenden Hände hinein. Marisol machte einen Schritt nach vorn, zum Bett hin. Helen verstand und ging ebenfalls einen Schritt nach vorn. Und noch einen. Dann ließ sie sich in die Laken fallen und drehte sich um.

Marisols Gesichtsausdruck war ein ganz anderer als am Nachmittag. Ihre Züge waren weich, und ihre mandelförmigen Augen glänzten. Sie richtete sich vor Helen auf und präsentierte Helen ihre schönen, kleinen Brüste. Helen verstand und begann, sie vorsichtig zu erkunden, bemerkte fasziniert, wie schnell die Brustwarzen unter ihren Berührungen hart wurden. Sie blickte hoch in Marisols Gesicht; die junge Frau hatte die Augen geschlossen und sah wunderschön aus. Helen spürte ihre eigene Erregung wachsen. Ihre Säfte sammelten sich, sie konnte spüren, wie die Feuchtigkeit aus ihr heraustropfte. Marisol hatte die Arme hinter ihrem Kopf verschränkt und gab sich vollkommen hin. Helens Herz pochte hart gegen ihre Rippen. *Wie kann mir eine Frau so viel Lust machen?*, dachte sie. Sie zog die Brüste an sich heran, saugte an den Nippeln, knabberte daran. Marisols Reaktion war ein leises Jammern. Ansonsten überließ sie Helen jede Aktivität. Die Fotografin ließ von den mädchenhaften Rundungen ab und küsste Marisols Bauch, den Nabel, die Scham. Im Gegensatz zur gängigen Mode war sie nicht rasiert. Kleine, seidige Locken bedeckten den Venushügel und verjüngten sich in einem schmalen Strich zum Nabel hin. Helen berührte den feinen Haarflaum und schob sacht die Schamlippen auseinander. Dazwischen glänzte alles vor Nässe. Sie fasste Marisols Becken und drückte sie hinunter in die Kissen. Marisol seufzte und öffnete ihre Schenkel. Helen stupste mit der Nasenspitze gegen ihren Kitzler und entlockte Marisol damit ein zufriedenes Gurren, dann rutschte sie so nah sie konnte an sie heran und begann sie zu lecken. Sie wusste nicht, warum sie das tat, aber sie wusste, dass sie nicht anders konnte. Es war wirklich so, wie Justin es ihr bei der Autofahrt vom Flughafen zum Anleger gesagt hatte: Hier galten andere Spielregeln.

»Jetzt du.« Marisol hatte sich plötzlich aufgesetzt und gab Helen einen leidenschaftlichen Kuss. Die Fotografin war etwas verunsichert.

»Ich hab gar nicht gemerkt, dass du gekommen bist.«

»Bin ich auch nicht«, flüsterte die andere an ihrem Gesicht und leckte ihr mit einer trägen Bewegung über den Mund, »aber nun bist du an der Reihe. Ich bekomme meine Belohnung, sagen wir mal, von anderer Stelle.«

Helen verstand nichts, aber sie hatte auch nicht vor zu fragen. Sie streckte sich vor Marisol aus und erwartete ihre Liebkosungen, doch die hüpfte vom Bett und öffnete kurz die Zimmertür.

»Ich habe noch jemanden eingeladen, wenn du nichts dagegen hast.«

Mit einem Satz war Marisol wieder im Bett, und Helen sah aus den Augenwinkeln, dass es Justin war, der sich nun auch dem Bett näherte. Er grinste sie an, berührte sie jedoch nicht, sondern touchierte allein Marisol, die sich ihrerseits nun hingebungsvoll um Helen kümmerte. Die Fotografin spürte, wie Marisols Zunge immer tiefer in sie eindrang, und schloss die Augen. Als sie sie wieder öffnete, blickte sie in Justins Gesicht. Er schien Marisol das zu geben, was diese eben als Belohnung bezeichnet hatte. Helen nahm das rhythmische Klatschen, das Justin mit seinen Stößen erzeugte, nur aus weiter Ferne war. Sie spürte vielmehr eine Hitze, die sich überall in ihr ausbreitete, sich durch ihre Lenden fraß, in die Tiefe ihres Schoßes hineinfloss wie ein heißer Lavastrom. Ihr Höhepunkt war so heftig, dass sie laut aufschrie. Marisol ließ von ihr ab und rutschte an Helens Bauch hoch, legte ihren Kopf an ihre Brust, hielt sich an ihr fest. Dann schrie auch sie vor Lust, krallte sich in Helens Arme. Helen zuckte zusammen vor Schmerz und sah, wie Justin über Marisol zusammensank. Sie versuchte, noch etwas zu sagen, doch im nächsten Moment war sie eingeschlafen.

5

Was meinen Sie, Nicola – so?« Helen wedelte mit dem Polaroid, um es im Luftzug schneller zu trocknen, und hielt es ihrem Gastgeber selbstsicher unter die Nase. Sie wusste, das Motiv war einfach gelungen. Nicola schien ernsthaft beeindruckt zu sein. Er nahm das Sofortbild und machte eine Verbeugung.

»Ich wusste es, meine Liebe – Sie haben diesen liebenden Blick für die Dinge, Sie spüren das Wesen darin… Ich bin mehr als froh, dass Sie bei uns sind, Helen. Und, wenn ich mir das erlauben darf«, seine Augen blitzten schelmisch, »ich weiß nicht, wann ich jemals eine so bezaubernde Frau meinen Gast nennen durfte.« Er deutete einen Handkuss an und schnippte das Polaroid achtlos in eine Ecke. Helen sah dem Fotostreifen nach, wie er in sanftem Flug den Mosaikboden erreichte, und wandte sich wieder ihrer Kamera zu. Das kalte Winterlicht würde harte Schatten auf die Fresken malen, aber genau das war es, was sie wollte: eine Provokation.

»Helen.« Wieder war es Nicola, der sie ansprach. Die Fotografin setzte vorsichtig ihre Kamera ab und blickte den Künstler offen an. Zwischen ihren Augenbrauen stand eine steile Falte – sie mochte es nicht, bei ihrer Arbeit gestört zu werden.

»Ja?« Ihre Stimme ließ keinen Zweifel aufkommen. Sie wollte jetzt in Ruhe ihren Job machen. Nicola reichte ihr ein Glas Wein und hob seines, um mit ihr anzustoßen.

»Ich weiß, dass es sich nicht gehört, einen Kreativen bei der Arbeit zu stören, aber ich muss wissen, ob Sie mir – und damit meine ich nur mich –, also ob Sie mir die Ehre erweisen, uns heute Abend auf einen Maskenball zu begleiten. Bitte sagen Sie ja. Ich bitte Sie darum.«

Helen sagte nichts.

»Bitte.« Nicola ging vor ihr auf die Knie und legte ihre freie Hand auf seinen Kopf. »Sie wissen doch, wie sehr ich Sie begehre, meine schöne Helena.«

»Nicola!« Das war Camille. Schnell erhob sich der Bildhauer und lächelte die Fotografin etwas verlegen an. Helen drückte ihm ihr Glas in die Hand und wandte sich wieder ihrem Motiv zu. Camilles trippelnde Schritte kamen näher. Sie war in bester Laune, das war unübersehbar. Sie hielt ein Blatt Papier in der Hand und reichte es an ihren Mann weiter, ohne von Helen Notiz zu nehmen.

»Er kommt, mein Liebling, er wird uns besuchen. Schon heute Abend wird er beim Maskenball dabei sein. Herrlich!«

Camille umtanzte Nicola auf eine etwas aufgesetzte Art, wie Helen fand, aber in diesem Haushalt wunderte sie sich über nichts mehr. Nicola schien der Inhalt der Nachricht ebenfalls sehr zu gefallen. Er nahm seine Frau in den Arm, gab ihr einen zärtlichen Kuss und schien wirklich gehen zu wollen. Zumindest schritt er mit Camille in Richtung Tür. *Endlich*, dachte Helen. *Endlich kann ich meinen Job machen.* Nicola war schon hinter der letzten Säule verschwunden, da steckte er noch einmal den Kopf in den Saal.

»Ich werte Ihr Schweigen als Zustimmung, meine Schöne!« Dann war er wirklich fort. Helen versuchte sich zu sammeln. Diese Aufnahmen würden ihr den internationalen Durchbruch bringen. Wenige Minuten später hörte sie erneut Schritte. Dieses Mal war es Justin, der neben sie trat. Er grinste sie an und blies sich eine lange Ponysträhne aus dem Gesicht.

»Wollen wir nachher auf dem Markusplatz noch schnell was trinken gehen, bevor der offizielle Teil anfängt?«

Helen seufzte. Sie hatte weder Zeit noch Lust, mit ihm zu diskutieren. Und was war gegen einen kleinen Spaziergang einzuwenden – sie hatte ihr Pensum trotz der Störungen mehr als erfüllt. Für einen Moment war Stille, dann beugte sie sich zu ihm und sagte leise: »In einer Stunde unten an der Treppe. Abgemacht?«

Justin schaute sie verwundert an. Er hatte sich wohl auf lange Überredungsversuche eingestellt. Nachdenklich betrachtete er die Fotografin und sagte ebenso leise: »In Ordnung, schöne Helena. Du lernst schnell.«

Helen saß in ihrem Zimmer am Kamin und betrachtete die Ergebnisse des Tages. Der Beamer, den sie bei ihren Aufträgen immer dabeihatte, projizierte ihre Aufnahmen auf die große freie Fläche zwischen Kopfende und Baldachin des Bettes. Es fiel ihr schwer, selbstkritisch an die Beurteilung der Bilder heranzugehen. Sie nahm einen Schluck Wein, stellte das alte Kristallglas wieder auf den Sims und drückte auf »ff«. Eine weitere Variation des Motivs erschien auf der rau verputzten Wand. Helen seufzte und beschloss, eine Sicherungskopie zu erstellen. Dann fiel ihr Blick auf ihr Handy. Eine SMS, und zwar von Nina. *Ruf mal an, bitte. N.* Helen sah auf die Uhr. Sie hatte noch genau eine Stunde, um sich fertig zu machen, und sie war mehr als aufgeregt. Das erneute Angebot von Marisol, ihr beim Ankleiden zu helfen, hatte sie aus verschiedenen Gründen zu gern angenommen. Einer davon war: Sie wollte diese mädchenhafte Frau wieder spüren.

»Nina? Wie geht es dir?« Helen versuchte, sich so gut wie möglich auf die Stimme ihrer Freundin zu konzentrieren.

»Ach …«, Ninas Stimme klang klein und dünn, »so lala. Ich

wollte einfach nur wissen, wie es so ist in der Lagunenstadt. Bist du schon am Fotografieren?«

»Nina.« Helens Stimme bekam einen ungeduldigen Klang. »Hier ist irre viel los den ganzen Tag, und die sind alle total verrückt in diesem Haus, glaub mir. Und ich muss mich noch umziehen. Die Bagage hier nimmt mich mit zu einem Maskenball.«

»Na dann viel Spaß«, war die einsilbige Antwort. »Übrigens«, jetzt kam doch noch Leben in Ninas Stimme, »Adrian hat gesagt, er will auch nach Venedig. Angeblich zum Interview mit deinem Gastgeber.«

»Angeblich?« Helen hatte ein Klopfen an der Tür gehört und öffnete. Marisol kam hereingeschwebt und ließ sich auf das Bett fallen. Helen setzte sich ebenfalls aufs Bett und genoss, dass Marisol ihr viele kleine Küsse auf den Hals und das Dekolleté gab. Sie musste das Telefonat beenden, sie konnte sich keinen weiteren Moment mehr konzentrieren.

»Und das Baby?«

»Alles in Ordnung. Sag mal, interessiert dich das nicht mit Adrian?« Helen hörte eine gewisse Aggressivität aus Ninas Stimme.

»Ehrlich gesagt nicht.« Sie schob ihre Hand in Marisols tiefen Ausschnitt und spürte, wie die Brustwarze hart wurde. Sie lächelte Marisol an.

»Sollte es mich interessieren?«, fragte sie nach. In Gedanken war sie bereits ganz woanders.

»Er ist verliebt in dich.« Jetzt klang Nina regelrecht trotzig. *Sehr gut*, dachte Helen, *endlich ist sie wieder die Alte*. Bevor sie etwas erwidern konnte, hatte ihre Freundin aufgelegt.

Kopfschüttelnd legte die Fotografin ihr Handy beiseite. Als es wenige Sekunden darauf wieder läutete, kümmerte sie sich nicht darum. Ihre ganze Aufmerksamkeit galt der Frau neben ihr.

»Was hast du mir heute zum Anziehen mitgebracht?« Sie strich über Marisols Wange und öffnete mit ihrer Zunge den Mund der anderen. Marisol stöhnte leise, dann zog sie eine große Tasche zu sich auf den Schoß und begann wortlos, diese auszupacken. Die Farbe des Stoffes war schwer zu beschreiben; er schillerte wie ein Opal in hellem Türkis. In regelmäßigen Abständen waren kleine Perlen aufgestickt, die aus der Entfernung betrachtet ein Rautenmuster ergaben. Dieses Mal waren Rock und Oberteil einzeln anzuziehen, was bei der Schwere und Steifheit des Stoffes ein Vorteil war. Helen ließ sich von Marisol ausgiebig die Brüste liebkosen, bevor sie sich in das Mieder einschnüren ließ. Der Ausschnitt war so tief, dass es nur einer etwas zu schnellen Bewegung bedurfte, und sie würden hinausfallen. Helen machte einen Witz darüber, und Marisol kicherte. Dann half sie Helen, in den Rock zu steigen, verband ihn mit dem Oberteil und klatschte begeistert in die Hände.

»Du wirst die Schönste sein heute Abend. Die *Signori* werden sich nach dir die Finger lecken.«

Helen sah Marisol ernsthaft an.

»Das glaube ich kaum. Die Schönste … das bist du, Marisol.« Die Fotografin bemerkte, wie eine intensive Röte über Marisols Gesicht huschte. Doch genauso schnell, wie er gekommen war, war der Moment auch schon wieder vorbei.

»Hier.« Die junge Frau hatte eine Maske aus der Tasche gezogen und gab sie Helen. »Und denk daran: Du darfst sie nicht absetzen. Es gehört zu unseren Regeln. Egal, was geschieht, ganz gleich, was dir ein Kavalier verspricht: Es ist nur eine Prüfung deines Willens. Setzt du die Maske ab, wird dich im nächsten Moment ein Diener holen und aus dem Haus werfen.«

Helen legte die Stirn in Falten. »Es ist doch nur ein Maskenball. Erotisch angehaucht, vielleicht sogar mehr, denke ich mir.

Aber nur ein Maskenball. Und überhaupt. Warum erzählst du mir das? Wäre es nicht an Nicola, mich über diese Reglements zu belehren?«

Marisol schüttelte den Kopf. »Glaub mir bitte. Ich habe in den letzten Jahren schon so einiges gesehen. Und ich habe gemerkt, wie impulsiv du bist. Darum sage ich dir: Genieße es, und beherrsche dich, und bleib anonym.«

Sie gab Helen einen zarten Kuss auf den Mund und stand auf. Schwungvoll drehte sie sich um die eigene Achse, breitete die Arme aus und sagte schwärmerisch: »Wir werden einen wundervollen Abend haben, ganz bestimmt.«

❧

Noch eine letzte Biegung, dann unter der kleinen Brücke hindurch, und da war er endlich, der Steg. Justin manövrierte das kleine Motorboot geschickt bis zur Treppe und legte längsseits an. Fast lautlos sprang er auf den Steg und begann, das Boot zu vertäuen. Die silbernen Schellen an der kostbar bestickten Kappe begleiteten jede seiner Bewegungen mit hellem Klingeln.

Er ist ein wunderschöner Harlekin, dachte Helen. Unwillkürlich fiel ihr ein, wie sie am Nachmittag gemeinsam über den Markusplatz geschlendert waren.

Sie wandte den Blick von ihm ab und versuchte, sich zu orientieren. Es gelang ihr nicht. Ein *Canale* sah bei Dunkelheit genauso aus wie der andere. Das samtschwarze Wasser, das sie hergetragen hatte, lag bereits wieder glatt wie ein Spiegel unter dem Kiel. Sie blickte nach oben; der Nachthimmel über den hohen Steinmauern der Häuser und Palazzi schwamm in grauen Winterwolken. Helen wickelte sich, so gut es ging, in ihr Seidencape. Ihr war kalt.

»Morgen gibt es bestimmt Schnee«, sagte Nicola. Er reichte ihr die Hand, um ihr beim Aussteigen zu helfen. Helen erschrak. Sie hatte nicht bemerkt, dass er neben sie getreten war. Sie raffte die bestickten Satinröcke und erhob sich. *Die Perlen glänzen wie Tränen*, dachte sie. Im Gegenlicht der Uferlaternen wirkten Nicolas Dreispitz und der lange Umhang fast bedrohlich. Unvermittelt machte er einen Schritt auf sie zu, fasste sie an der Taille und presste sie an sich.

»Ich begehre dich, das weißt du.« Nicolas Stimme war rau vor Erregung. »Und heute Nacht werde ich dich besitzen, im Schutz der Masken, so ist es Brauch – gefällt dir der Gedanke, mir zu Diensten zu sein, schöne Helena? Zu Liebesdiensten …« Helen erwiderte nichts. Ihr Herz raste. Bis zu diesem Moment hatte sie sich eingeredet, sie würde auch heute nur Zuschauerin sein, Voyeurin, Elevin der Lust, so wie gestern. Dass Justin sie an der Tafel so kunstvoll befriedigt hatte, zählte nicht. Er gehörte zum inneren Kreis, zur *famiglia*. Doch nun, das wusste sie, wurde es ernst. Da warteten noch ganz andere Erfahrungen auf sie. Männer … und Frauen. Ihre Zeit war gekommen.

»Mach unserer Novizin keine Angst.« Das war Camille. Sie schob sich an Helen vorbei und ließ sich von Justin auf den Steg helfen. Marisol folgte ihr. Der Dreispitz schüttelte den Kopf und hob Helen etwas an, damit Justin sie leichter zu sich hochziehen konnte. Dann ging auch er von Bord.

Bis zum Palazzo der Casparis war es nur ein kleines Stück, und Camille hatte, was das Anwesen betraf, nicht zu viel versprochen auf dem Weg hierher. Hinter hohen schützenden Mauern lag das quaderförmige Gebäude inmitten eines kleinen Gartens. *Ein verwunschener Zaubergarten*, dachte Helen, *ich muss den Besitzer fragen, ob ich diese winterliche Schönheit fotografieren darf.* Sie griff nach Nicolas Arm, um mit ihm Schritt zu halten. Die anderen drei waren bereits oben auf dem Treppenabsatz angekommen und wurden vom Gastgeber begrüßt. Dieser hatte die Figur des Scaramouche gewählt und machte eine lebhafte Bewegung, als er Nicola entdeckte. Er schien ihn trotz der Kostümierung zu erkennen.

»Ist sie es, mein Freund? Die, von der wir sprachen?«

»Sie ist es. Und denk daran, Scaramouche: Der erste Tanz gehört mir.«

»Der erste Tanz! Du bist ja richtig prosaisch heute, Nicola.« Helen hörte den Gastgeber unter seiner Maske lachen. Dann schien er sich auf seine Pflichten zu besinnen und begrüßte Helen mit einer tiefen Verbeugung.

»Ich freue mich auf alle Tänze, die da kommen werden, *Signorina* Helen. Willkommen im Hause Caspari.«

Scaramouche verbeugte sich noch einmal, dann wandte er sich den nächsten Freunden des Hauses zu. Nicola griff nach Helens Hand und zog sie in die hell erleuchtete Eingangshalle. Ein Meer von Kerzen sorgte nicht nur für Licht, sondern auch für Wärme. Ein Diener nahm ihr den Umhang ab. Immer mehr Masken strömten in den Saal, nahmen nach und nach von den Treppen und Galerien Besitz, warteten. Ein Diener schloss die Tür. Scaramouche betrat die Halle und klatschte in die Hände.

»Löscht das Licht.«

»Meine Dame?« Jemand war hinter Helen getreten und berührte leicht ihre Schulter. Sie stand auf der Galerie und blickte auf die Masken hinab, die sich im Schutz der Kostümierung liebten. Es kam ihr vor, als stände sie hier bereits eine Ewigkeit, doch niemand schien sich für sie zu interessieren. Jetzt vielleicht? Sie drehte sich um und blickte in das starre Gesicht eines schwarz gewandeten *Dottore*.

»Ich möchte Sie bitten, mir zu folgen, *Signorina*. Da wartet ein Herr auf Sie.« Helen dachte an Nicolas Bemerkung mit dem ersten Tanz. Sie wusste, was damit gemeint war. Die Maske des *Dottore* führte sie einen Flur entlang, an dessen Ende eine geöffnete Tür zu sehen war. Ein schwacher Lichtschein fiel in den Gang. Ohne weiter nachzudenken, trat sie ein. Vor einem verlöschenden Kaminfeuer saß ein Mann, aber es war nicht der Dreispitz und auch nicht Scaramouche. Es war – irgendjemand. Er trug das Kostüm eines Galans. Seine weiße Maske hatte einen Schönheitsfleck auf der Wange, und seine Perücke war weiß gepudert. Er machte ihr eine Geste, näher zu kommen.

»Zeig mir, was du unter deinem Rock trägst.« Seine Stimme klang hohl und fremd. Obwohl … Helen war verunsichert. Sie überlegte, ob sie ihn am Abend zuvor vielleicht schon gesehen hatte, aber an einen Galan konnte sie sich nicht erinnern.

»Hast du mich nicht verstanden?« In der Stimme des Mannes lag eine gewisse Schärfe. *Vielleicht ist das ja alles nur ein Spiel,* dachte Helen. *Nicola ist bestimmt ganz in der Nähe. Er wird es nicht zulassen, dass man ihn um seinen ersten Tanz bringt.* Sie wich ein Stück zurück.

»Untersteh dich zu gehen.« Der Galan war aufgestanden. Helen drehte sich zur Tür. Sie konnte sich nicht vorstellen, dass das, was dieser Mann mit ihr vorhatte, ihr Spaß machen würde. Sie berührte die Türklinke. Im nächsten Moment war er bei ihr.

»Nicola bringt dich um, wenn du mich anfasst«, sagte Helen so ruhig wie möglich. Der Galan zuckte mit den Schultern.

»Wer sagt denn, dass ich dich berühre? Ich habe dich nur gebeten, deine Röcke zu raffen. Mehr nicht.« Langsam schlenderte er zu seinem Sessel am Kamin zurück und ließ sich hineinfallen.

»Also das Ganze von vorn, *Signorina*. Zieh deinen Rock hoch.«

»Und wenn ich es nicht tue?« Helens Stimme wurde lauter.

»Dann fliegst du hier raus. Ganz einfach.« Der Mann streckte entspannt die Beine von sich. Helen dachte nach. Sie hatte gewusst, auf was sie sich einlassen würde. Sie hatte es gewollt. Und sie wollte es immer noch. Aber so ... Erst jetzt merkte sie, wie sehr sie sich in Gedanken auf Nicola konzentriert – oder sollte sie besser sagen gefreut? – hatte. Nun saß hier ein fremder Mann und gab ihr Anweisungen.

»*Signorina*, es warten noch andere Damen auf mich. Also bitte. Und komm ein Stück näher, sonst sehe ich nichts.«

Helen ging zum Kamin. Langsam zog sie den Rock hoch und bot ihm ihre Scham. Sie war so nah an seinem Gesicht, dass er sie hätte lecken können. Stattdessen legte er ihr die Hand auf den Venushügel und drückte ihn vorsichtig.

»Zieh deinen Rock aus«, sagte er leise.

Helen löste ein paar Bänder und ließ den schweren Satin auf die Erde gleiten. Vorsichtig stieg sie aus der Stoffwolke und trat wieder an den Galan heran. Er schien es nicht anders erwartet zu haben, denn er nickte zufrieden und machte ihr ein Zeichen, noch näher zu kommen. Helen spürte Erregung in sich hochsteigen. Vielleicht schaute Nicola ihnen beiden ja zu. Ja, so musste es sein. *Nicola*, dachte sie, *du weißt nicht, wie viel Lust ich dir jetzt machen werde ... pass gut auf ...* Sie nahm eine Hand des Mannes und legte sie sich auf den Bauch. Sie spürte die Wärme seiner Haut durch das feine Leder hindurch. Der Galan schien es nicht eilig zu haben. Er strich mit dem Zeigefinger um ihren Nabel, zeichnete die Linie der Leiste nach, streichelte vorsichtig um ihre geschlossenen Lippen herum, zog an ihnen. Helen spürte, dass sie nass wurde. In ihrem Becken begann es zu glühen, und ob sie wollte oder nicht, das alles hier machte sie unheimlich an. Seine nächste Berührung entlockte ihr ein Stöhnen, was er mit leisem Lachen quittierte.

»Komm näher«, sagte er und schob sich weiter in seinen

Sessel hinein. Helen musste die Beine spreizen und sich über die Lehne schieben, um seinem Wunsch zu folgen. Sein Gesicht war so nah, dass sie seine Maske an ihren Schamlippen spüren konnte. Seine behandschuhten Finger zogen sie weit auseinander, berührten ihren Kitzler, glitten um ihn herum.

»Du bist ja ganz feucht, *Signorina*«, sagte er, »und du würdest viel darum geben, wenn ich dich jetzt mit dem Mund verwöhnen oder in dich hineinstoßen würde … ganz tief … aber, so leid es mir tut, hier muss Schluss sein.«

»Da hat er Recht.« Helen hörte Schritte in ihrem Rücken und wandte sich um. Da stand ein Mann mit Dreispitz und bestickter *bauta*. Die Seiten seines schwarzen Umhangs hatte er über die Schultern geworfen, sodass sie Wams und Hose sah. Wenn sie sich auch nicht sicher sein konnte, dass dieser Mann hier Nicola war – es war mehr als unwahrscheinlich, auf zwei vollkommen identische Kostüme zu treffen.

»Komm zu mir, schöne Helena.« *Dieser leichte Spott in der Stimme, das raue Timbre, es muss Nicola sein*, dachte Helen. Langsam ging sie auf ihn zu. Der Galan hatte sich inzwischen wieder in seinen Sessel gesetzt und streckte die Beine lang von sich.

»Wir sprachen über den ersten Tanz, du erinnerst dich?«, fragte die Maske dicht an ihrem Ohr.

»Du hast davon gesprochen, nicht ich«, entgegnete Helen. Der Dreispitz griff hart nach ihrem Arm, hatte sich aber im nächsten Moment bereits wieder unter Kontrolle und ließ sie los.

»Geh zum Bett. Zum Fußende. Bleib da stehen.« Helen betrachtete das Bett; es war ihr bis jetzt noch gar nicht aufgefallen. Aus den Augenwinkeln heraus sah sie, dass der Galan in seinem Sessel verharrte. Er saß dort vollkommen regungslos bis auf ein leichtes Drehen des Kopfes, um Helens Bewegungen mit den Augen zu folgen. Langsam ging Helen auf das

Bett zu. Es war aus dunklem Holz gearbeitet und sehr schlicht. Vier gedrehte hohe Säulen an den Ecken waren der einzige Schmuck.

»Streck deine Arme aus. Und sieh dich nicht um.« Nicola – er musste es sein – stand hinter ihr und fasste sie fast zärtlich in der Taille. Dann fuhr er mit seinen Handschuhen ihren Rücken hinauf und öffnete das Oberteil. Mit geschickten Griffen zog er Helen das Mieder vom Leib. Im nächsten Moment spürte sie seine Hände auf ihren Brüsten, an ihrem Hals. Er streichelte über ihren Po, wanderte die Innenseite der Schenkel hinauf und drückte sie dabei an sich, soweit es die Maskierung zuließ. Seine Hände begannen, mit ihrem Körper zu sprechen, sie erzählten von Verlangen und Hingabe und nie endender Lust. Als er endlich – wie lange stand sie schon so da? – mit seinem Handschuhfinger in sie eindrang, schrie sie wie unter Qualen laut auf.

»So ist es gut«, sagte er leise an ihrem Ohr, »schrei nur. Wir sind hier ganz unter uns.« Dann nahm er seine Hände von ihr und holte etwas aus den Taschen seiner kostbar verzierten Samtweste. Helen sah, dass es lange, locker geflochtene Seidenbänder waren. Schnell wickelte er erst das eine, dann das andere um ihre Handgelenke und knotete die anderen Enden an die nahen Säulen. Obwohl die Bänder nicht fest gebunden waren, war Helen in ihrer Bewegungsfreiheit erheblich eingeschränkt. Stöhnend ließ sie die Arme sinken, soweit es ging. Wie konnte dieser Nicola wissen, dass es eine ihrer Lieblingsfantasien war, so genommen zu werden? Dieses Gefühl des Ausgeliefertseins und das Warten auf etwas Unbekanntes jagten ihr Schauer der Erregung über den Körper. Sie atmete schwer und warf den Kopf in den Nacken.

»Nicola!« Es hörte sich an wie ein Schrei. Wie zur Antwort legte er wieder seine Hände um ihre Taille. Als er sich an sie presste, spürte sie, dass er nackt war. Und ebenso erregt wie sie.

»Was willst du?« Den Dreispitz hatte er abgelegt, aber die *bauta* trug er immer noch. Helen versuchte, seine Augen dahinter zu entdecken, doch es gelang ihr nicht. Es war zu dunkel. Seine Hände, nun ebenfalls nackt und unverkennbar die von Nicola, umfassten ihre Brüste, kneteten sie, rieben an den harten Nippeln. Helen wand sich in den seidenen Schlaufen und ließ sich nach vorn fallen.

»Nimm mich endlich«, keuchte sie, »das ist es doch, was du willst, oder?« Nicola ließ von ihr ab und trat einen Schritt zurück.

»Ich denke, es ist eher, was du willst, meinst du nicht? Sei ehrlich, Helen. Du bist erregt, unglaublich erregt, denn du erlebst gerade die Erfüllung einer Fantasie, und glaub mir«, er begann nun, sich intensiv mit ihren Pobacken zu beschäftigen, »es fängt alles erst an.« Wie zur Ermunterung gab er ihr einen leichten Klaps und fragte über die Schulter zum Kamin gewandt: »Oder sehe ich das irgendwie falsch, mein Freund?«

6

Justin lehnte an der Treppe zum Weinkeller und rauchte. Die silberne Maske hatte er bis auf die Stirn hochgeschoben. Camille stand neben ihm. Sie rauchte auch; ihre Flammenmaske, die *fiamma*, hatte sie sich unter den Arm geklemmt.

»Ich sage dir, dieses Mal ist es etwas anderes. Ich spüre das.« Justin nahm einen langen Zug und drückte die Zigarette mit seinem Absatz aus. Er atmete tief ein, dann richtete er den Blick auf die Frau neben sich. Camille erwiderte seinen Blick nicht, sie fand Justins Reaktion auf Helens Anwesenheit absolut übertrieben.

»Fast habe ich den Eindruck, du bist eifersüchtig«, sagte sie mit spöttischem Unterton und griff nach ihrem Weinglas. Die Masken, so viel Freiheit sie auch boten, hatten ihren Preis: Solange man sie trug, konnte man weder essen noch trinken oder rauchen. Camille und Justin hatten es sich deshalb zur Gewohnheit gemacht, ihre wohlkalkulierten erotischen Begegnungen hier und da zu unterbrechen und sich in die Küche oder in den Garten des jeweiligen Gastgebers zurückzuziehen, um am Leben zu bleiben, wie Camille es nannte.

»Eifersüchtig?« Sichtlich genervt zündete sich Justin eine neue Zigarette an. Seine Hand zitterte.

»Allerdings«, erwiderte Camille und betrachtete den jungen Mann nun doch mit Interesse. »Aber meinst du nicht, dass mir das Privileg der Eifersucht zustände, in diesem Fall?«

Sie streckte ihm ihr Weinglas entgegen, und Justin füllte es, so wie er es immer tat. Er schenkte sich selbst auch nach, dann hob er sein Glas, um mit Camille anzustoßen.

»Was weißt du schon von Eifersucht«, sagte er leise, und in seinen Augen standen Tränen. Camille stellte ihr Glas ab und seufzte. Immer dieser Justin. Sie legte die *fiamma* auf den alten, abgeschabten Küchentisch.

»Mein Lieber«, sagte sie und nahm dabei sein Gesicht in beide Hände, »mach dir doch keine Gedanken. Bis jetzt ist noch keine geblieben von Nicolas Favoritinnen.«

»Und was ist mit Marisol?« Justin hatte sich ihrer Berührung entzogen und nahm einen tiefen Schluck aus seinem Glas.

»Sie wollte ihm nur einen alten Schrank verkaufen. Und nun haben wir sie am Hals – seit drei Jahren!« Die letzten Worte spuckte er Camille förmlich vor die Füße.

»Wir? Du meinst – du und ich?« Camille lachte ihr hellstes, künstlichstes Lachen. Dann trat sie ganz dicht an den verdutzten Justin heran und nahm sich eine Zigarette aus seiner Packung. »Mein lieber Junge«, begann Camille, »mein Ehemann und dein Retter ist ein sehr besonderer Mensch. Daran sollten wir immer denken, bevor wir uns in Eifersucht oder Ähnlichem verlieren. Das gibt nur Falten und macht hässlich. Cheers.« Sie hob ihr Glas und sah, wie dem Jungen die Tränen hinunterliefen.

»Harlekin, hör auf zu heulen. Die Welt da draußen wartet auf dich. Und was Marisol betrifft: Für sie werde ich schon den geeigneten Ehemann finden, verlass dich drauf. Was guckst du so erschrocken? Marisol betrachtet uns – Nicola – als Sprungbrett in ein besseres Leben. Nicht mehr und nicht weniger. Und was die Absichten seiner neuesten Errungenschaft anbetrifft, die werde ich auch noch herausfinden, Justin. Ich bin seit fast zwanzig Jahren seine Frau. Was kümmert mich da eine Marisol oder eine Helen, ich bin seine Frau. Basta.«

Sie drückte Justin einen Kuss auf den Mund und band sich

ihre Maske vor das Gesicht. Justin rückte ebenfalls seine Maske zurecht und trat die Zigarette aus.

»Ich würde zu gern wissen, wo Marisol gerade steckt«, sagte Camille sichtlich gut gelaunt und nahm Harlekin bei der Hand. Der hatte seine Gefühle inzwischen auch wieder unter Kontrolle, denn er lachte kurz auf und sagte so nonchalant wie möglich: »Du meinst wohl, *wer* gerade *in* Marisol steckt, meine Liebe.«

»Zeig mir mehr. Ich weiß, du kannst es viel besser.« Nicola stand in einiger Entfernung hinter Helen und gab ihr Anweisungen, wie sie sich zu bewegen hatte. Er hatte sie losgebunden, und nun umfasste sie mit beiden Händen einen der gedrechselten Bettpfosten und stützte sich daran ab. Der Galan hatte es sich inzwischen auf dem Bett gemütlich gemacht. Er lag in den dicken, leinenbezogenen Kissen und betrachtete sie von vorn. Helen versuchte, sich dagegen zu wehren, aber sie genoss das Spiel. Sie streckte ihren Po weit nach hinten und ließ es zu, dass Nicola ihr von hinten zwischen die Schenkel fasste und an ihren geschwollenen Lippen zupfte. Sie stöhnte. Sie wollte mehr. Der Galan schien das zu spüren; er rückte näher an sie heran und begann, ihre Brüste zu kneten. Helens Beine zitterten.

»Fick sie endlich«, sagte der Galan zu Nicola, »sonst ist sie über den Punkt.« Statt eine Antwort zu geben, trat Nicola mit schnellem Schritt an Helen heran und legte ihr eine Hand auf den Rücken. Sie verstand und streckte sich ihm noch mehr entgegen, senkte die Schultern und hob das Becken an. Wieder klatschte Nicola ihr spielerisch auf die Pobacken, glitt mit der Hand zwischen ihre Beine, umfasste ihren Venushügel. Der Galan war Helens Bewegung gefolgt und saß nun vorn auf der Bettkante. Seine Hände in den dünnen Lederhandschuhen erregten weiter ihre Brüste. Helen heulte auf. Ihr Orgasmus war so nah, aber diese beiden verstanden es, ihn bis in die Unendlichkeit hinauszuzögern.

»Bitte gib ihn mir.« Helen war kurz davor, in Tränen auszubrechen.

»Ich weiß nicht, was du meinst«, sagte Nicola leise an ihrem Ohr.

»Ich will dich in mir haben, Nicola. Bitte.« Helen schluckte. Sie würde das keine weitere Sekunde mehr aushalten.

»Sie will dich in sich haben«, echote der Galan, »ich denke, du solltest ihrem Wunsch entsprechen.«

»Das denke ich auch«, erwiderte Nicola und drang unvermittelt in Helen ein. Er stieß sie hart und tief, hielt sie am Becken und nahm sie wieder und wieder mit rhythmischen, langsamen Bewegungen. Helen genoss die Härte seines Schaftes, wie er sich in ihr bewegte, sie immer weiter machte. Das war genau die Art von Sex, die sie mochte. Aber wie konnte er das wissen? Sie würde ihn danach fragen, irgendwann, aber jetzt ... jetzt wollte sie ihn nur spüren und in sich haben. Ganz tief.

»Leg dich zu mir.« Nicola war sanft aus ihr herausgeglitten und hatte sich auf das Bett gelegt. Er streckte ihr seine Hand entgegen und zog sie zu sich in die raschelnden Laken. Der Galan stand auf und ließ sich wortlos neben Helen nieder. Nicola bettete sie so, dass sie genau zwischen ihnen lag. Dann begannen beide Männer, sie mit den Händen zu erkunden. Die Brüste, den Bauch, die Schenkel. Helen zitterte. Sie war weit und nass, sie roch nach Sex, der ganze Raum hier roch danach – und sie wollte endlich kommen. Nicola nahm ihre Hand und legte sie auf ihren Venushügel.

»Verwöhn dich ein bisschen, bevor es weitergeht«, flüsterte er und lachte leise. Helen zog leicht die Beine an und öffnete ihre geschwollenen Lippen. Sie zog vorsichtig am Kitzler. Er war groß und hart und schwamm in Feuchtigkeit. Langsam steckte sie einen Finger in sich hinein, dann einen zweiten, einen dritten. Ihre Lusthöhle war warm und nass und weit. Und wenn Nicola sich jetzt nicht um sie kümmern würde, brauchte es nicht viel, um sich selbst die höchsten Wonnen zu verschaffen. Sie begann, sich intensiver zu streicheln. Die Anwesenheit der beiden Männer und ihre Passivität machten sie an, gaben ihr den Kick. Sie spürte, wie es heiß in ihr wurde. Gleich würde sie den Gipfel erreichen, gleich …

»Ich denke, du solltest jetzt kommen«, hörte sie Nicola sagen, der im nächsten Moment in ihr war.

»Das denke ich auch, mein Freund, sie sollte sich endlich gehenlassen«, setzte der Galan nach und kniff sanft in Helens Brustwarzen. *Als ob ihr das zu bestimmen hättet*, dachte Helen trotzig und bäumte sich kurz unter Nicola auf, dann aber gab sie sich seinen Stößen hin und ließ sich fallen.

»Sie kommt.« Die Stimme des Galans klang wie aus weiter Ferne. Helen heulte auf. Unter ihrem Nabel tobte ein Orkan, der sie vor Lust beinahe zerriss. Sie hörte Nicola schreien, hörte ihren eigenen Schrei, fühlte sich so unglaublich lebendig. Und da, endlich, war dieses Beben, das ihr ganzes Wesen in Besitz nahm und sie mit sich forttrug, bis hoch in den Himmel hinauf.

Camille musterte Nicola aufmerksam, als er ihr im großen Saal entgegengeschlendert kam. Er begrüßte sie mit einer eleganten Verbeugung und bot ihr seinen Arm. Gemeinsam traten sie vor eines der großen, bodenlangen Fenster und blickten in die Nacht.

»War es schön?«, fragte Camille, ohne ihn anzusehen. Die Frage war ein Ritual in ihrer Beziehung und gehörte dazu, wenn sie diese erotischen Maskenbälle besuchten.

»Ja«, antwortete Nicola knapp und nickte unter seinem Dreispitz.

»Und wo ist sie nun?«, wollte seine *fiamma* wissen. Camille war nicht entgangen, dass ihr Mann sehr in Gedanken war. Darüber konnte auch seine Maskierung nicht hinwegtäuschen. »Sie ist bei ... bei dem Galan, mein Herz. Ich habe mir nur das Recht der ersten Nacht genommen. Nun ist es an ihm, sie für sich zu gewinnen.« Wieder nickte er. Camille fühlte ihr Herz schneller schlagen. Hatte Justin vielleicht doch das richtige Gespür für die Situation gehabt? Und sie in ihrer Arroganz hatte nicht bemerkt, dass Nicola ernsthaft in die junge Fotografin verliebt war? Für einen Moment wurde ihr schwindelig, und sie musste sich am Geländer festhalten.

»Ich glaube, ich möchte gehen, mein Liebling«, sagte sie in die Nachtluft hinein.

»Das ist eine sehr gute Idee«, antwortete Nicola und blickte sich nach einem Diener um, »denn ich möchte den Rest dieser Nacht schrecklich gern mit dir verbringen, mein Schatz.« Camille atmete auf. Gleichzeitig ärgerte sie sich darüber, dass sie sich einen Augenblick hatte verunsichern lassen. Wie hatte sie eben noch zu Justin gesagt? Von keiner der Frauen, die Nicola sammelte, war je eine Gefahr für ihre Ehe ausgegangen. Sie drückte Nicolas Hand, und dieser gab dem herbeieilenden Diener ein Zeichen, ihren Umhang zu holen. Als sie kurze Zeit später durch die leeren Gassen schritten, blieb Camille abrupt stehen und nahm ihre Flammenmaske ab. Sie blickte Nicola herausfordernd an.

»Warum willst du eigentlich den Rest der Nacht ausgerechnet mit mir verbringen?«

Jetzt war es Nicola, der stehen blieb. Er nahm Dreispitz und *bauta* ab und zog Camille an sich. Seine Stimme war rau.

»Weil ich dich vor Lust schreien hören möchte, Weib. Darum.«

Als Helen aufwachte, wusste sie im ersten Moment nicht, wo sie war. Sie lag in einem Bett, allein. Das Zimmer war dunkel, nur ein kleines Kaminfeuer brannte. Als sich ihre Augen an die Dunkelheit gewöhnt hatten, sah sie ihn, und sofort fielen ihr die Geschehnisse der letzten Stunden wieder ein. Der Galan saß in einem Sessel, dicht am Kamin, und hatte die kräftigen Beine bequem von sich gestreckt. Sie setzte sich im Bett auf und schlug die Decke zurück.

»Was machst du noch hier?«, fragte sie in Richtung Kamin, während sie aus dem Bett stieg. »Und wo sind meine Kleider?«

Der Angesprochene zeigte auf einen weiteren Sessel, der vor dem Bett stand.

»Um deine erste Frage zu beantworten«, sagte der Maskierte, »ich habe deinen Schlaf bewacht. Und deine Ehre, denn deine Maske liegt bei deinen Kleidern – das zur Antwort auf deine zweite Frage.« Er stand langsam auf und ging auf Helen zu, die in ihren Rock geschlüpft war und ihn zuband.

»Wie lange habe ich geschlafen?«, wollte sie wissen und suchte nach ihren Schuhen. Als sie keine Antwort bekam, sah sie ihn offen an. Ihre Augen funkelten angriffslustig.

»Wie lange ich geschlafen habe, möchte ich wissen. Bitte.«

Der Galan zuckte mit den Schultern.

»Schwer zu sagen. Eine Stunde vielleicht. Oder etwas länger. Was spielt das denn für eine Rolle, *Signorina*?«

»Und wo ist Nicola? Warum hat er mich hier alleingelassen?«

Wieder ein Schulterzucken. »Zu Frage eins – er und Camille wollten nach Hause. Sie hatten noch etwas vor, glaube ich. Zu Frage zwei – damit wir beide uns besser kennenlernen. Wie du dich erinnerst, habe ich mich eben sehr dezent zurückgehalten und dem alten Haudegen den Vortritt gelassen. Es wäre aber vollkommen falsch, daraus den Schluss zu ziehen, dass es mich nicht erregt hätte.« Er zeigte auf ihren

Rock. »Ich denke, das Ding kannst du wieder ausziehen. Und die Schuhe auch.«

»Weißt du, was ich denke?«, fauchte Helen. »Ich denke, du bist ein bisschen sehr von dir überzeugt. Hattest du nicht erzählt, andere Damen warten auf dich? Das Gedränge scheint ja nicht sonderlich groß zu sein.«

Seine Antwort darauf war ein Lachen. »Wenn du den Rock nicht ausziehst, ziehe ich ihn dir aus, ganz einfach.« Er stand jetzt dicht vor ihr und nestelte an den Bändern. Helen wurde langsam wütend. Sie hatte sich auf ein Spiel eingelassen, und es hatte ihr sehr gefallen, und sie hatte einen wunderbaren Orgasmus erlebt – aber nun war es genug. Sie wollte nach Hause. »Lass mich sofort gehen«, zischte sie. »Und lass meinen Rock in Ruhe.«

Wieder hörte sie ihn leise lachen. »Du benimmst dich wie das widerspenstige Käthchen. Dabei dachte ich, nach der Nummer heute Nacht wärst du zahm wie ein Kätzchen, das sich mit Sahne sattgefressen hat. Natürlich kannst du gehen, *Signorina* …«, er deutete eine Verbeugung an, »… aber ich sage dir, du verpasst etwas.«

»Nein.« Helen versuchte, in ihr Oberteil zu schlüpfen.

»Und wenn ich dich bitte zu bleiben?« Seine Stimme klang zum ersten Mal in dieser Nacht weich und gefühlvoll. Helen hielt erstaunt inne. Einen Moment glaubte sie sich an eine ähnliche Stimme zu erinnern, aber sie konnte keine Verknüpfung herstellen.

»Und warum möchtest du, dass ich bleibe?«

»Weil ich dich kennenlernen, mit allen Sinnen erfahren möchte, deshalb. Der Karneval geht nur noch fünf Tage, und diese Nacht ist bereits fast vorbei. Ich möchte die Zeit nutzen, die mir bleibt mit dir, das ist alles.«

Helen hörte, was der Galan sagte, aber es kam nicht wirklich bei ihr an. Ihre Gedanken waren bei dieser Stimme, die sie aus der Maske heraus hörte. Sie wusste, sie kannte sie. Aber es fiel ihr kein Gesicht dazu ein.

»Küss mich«, sagte sie provokativ, »dann bleibe ich vielleicht.«

Die Antwort war ein Seufzen. »Du weißt, dass das verboten ist. Unser Zirkel erlaubt diese erotischen Abenteuer nur im Schutz der Masken. Ich tue alles für dich, Helen, aber küssen werde ich dich nie.«

»Ich weiß nicht, was du dann für mich tun kannst«, erwiderte Helen und versuchte, ihr Wams zu schließen. Der Galan trat hinter sie und schob es ihr von den Schultern. Dann hörte sie, wie etwas auf den Boden fiel. Es musste etwas Leichtes, Kleines sein. Und da war es noch einmal, das Geräusch.

»Bleib bei mir, und ich werde dir zeigen, was ich für dich tun kann, wie ich dich verwöhnen kann … dir Lust machen kann …« Bei seinen letzten Worten hatte er seine Hände auf ihre Brüste gelegt und umspielte zart ihre Brustwarzen. Helen entfuhr ein erstaunter kleiner Schrei. Seine Hände waren nackt.

»Zieh deinen Rock aus«, sagte er leise, es klang fast bittend. Helen gehorchte und ließ sich von ihm zurück zum Bett führen. Er ging noch einmal zum Feuer und schob einen metallenen Wandschirm vor die Kaminöffnung. Nun war es fast ganz dunkel. Dann begann er sich auszuziehen. Helen hörte ein Kleidungsstück nach dem anderen zu Boden fallen. Als er sich zu ihr legte, konnte sie schemenhaft erkennen, dass er immer noch Maske und Perücke trug.

»Das ist ungerecht«, sagte Helen, als er sie berühren wollte, und zog den Kopf weg.

»Was ist ungerecht?«, wollte er wissen und streichelte über ihr Gesicht. Helen drehte den Kopf zur Seite und sagte: »Du weißt, wer ich bin, aber ich weiß nicht, wer du bist. Das ist ungerecht.«

Der Galan legte seine Hand auf ihre Hüfte. Er war so nah, dass sie den Duft seiner Haut riechen konnte. Er roch wunderbar.

»Du bist Novizin. Alle wissen, wer du bist. Das ist zu deinem Schutz, nicht, um dich zu ärgern.«

Er zog sie näher zu sich und nahm ihre Hand. »Da wartet jemand auf dich, den du unbedingt kennenlernen solltest.« Helen verstand und umschloss seinen harten Schaft. Er fühlte sich gut an, ausgesprochen gut sogar. Sie begann ihn zu massieren. Ihr Galan stöhnte auf. Er rollte sich auf den Rücken und schlug die Decken zurück, um für seine Gespielin Platz zu schaffen. Helen kniete sich zwischen seine Schenkel und begann ihn zu lutschen. Langsam leckte sie seinen Schwanz, von der Wurzel bis zur Spitze. Er war rasiert, stellte sie mit Erleichterung fest. Sie mochte Haare an einem Mann, aber bitte nicht da. Genüsslich umspielte sie mit ihrer Zunge seine Eichel, leckte sich dann wieder bis zur Wurzel vor und saugte an seinen Hoden. Ihr Liebhaber gab einen jammernden Laut von sich. Seine Oberschenkel zitterten vor Anspannung – und Lust. Sie schob seine Schenkel noch weiter auseinander und vergrub ihren Mund in den zarten Hautfalten seiner Lenden. Reflexartig zog er die Beine an und stöhnte laut auf. *Ich scheine eine erogene Zone entdeckt zu haben*, dachte Helen und ließ kurz von ihm ab. Das hier gefiel ihr alles sehr. Sie fuhr mit einem Finger durch ihre Spalte und spürte, wie nass sie schon wieder war. Noch einmal tauchte sie den Finger in ihre Säfte, dann wandte sie sich wieder ihrem maskierten Liebhaber zu.

»Ich würde ihn dir zu gern geben, dich meine Lust schmecken lassen, aber du hast ja leider keinen Mund«, sagte sie leise und leckte sich lasziv den Finger ab. Der Galan stöhnte auf und griff nach ihrer Hand, um sie an sich zu ziehen. Helen löste sich aus seinem Griff und setzte sich so hin, dass er ihre Bewegungen verfolgen konnte – soweit das bei der Dunkelheit möglich war. Sie spreizte ihre Schenkel und begann sich zu streicheln. Sofort war ein schmatzendes Geräusch zu hören. Ihr Liebhaber hob den Kopf und ließ ihn stöhnend zurück in die Kissen fallen. Helen machte weiter. Sie wusste nicht, was ihr Galan sehen konnte, und es war ihr auch vollkommen gleichgültig. Aber er konnte sie riechen und hören, und genau das wollte sie. Sie wollte ihn genauso erregen und warten lassen, wie er und Nicola es mit ihr gemacht hatten. Helen stöhnte auf. Sie sehnte sich nach seinen Berührungen. Nicola … es war so gut gewesen mit ihm.

»Komm her.« Der Galan war auf einmal über ihr und zog sie zu sich hoch. »Reite mich.«

Er ließ sich zurücksinken und schloss die Schenkel. Helen beugte sich über ihn und begann erneut, ihn zu lutschen. Dann kniete sie sich über ihn und senkte sich langsam auf ihn hinab. Sie genoss jeden Zentimeter, den sie in sich aufnahm. Als sie ihn bis zur Wurzel in sich hatte, konnte sie den Schwanz bis hoch zum Nabel spüren. Er war größer als der von Nicola und für ihren Geschmack fast zu groß. Jetzt begann er, sich in ihr zu bewegen. Helen hob ihr Becken ein wenig an, damit sie ihn noch besser spüren konnte. Er machte alles genau richtig. Er hatte das richtige Tempo, und er bewegte sich so in ihr, wie sie es brauchte. Als sie sich etwas nach vorn fallen ließ, um ihren Rücken ein wenig zu entspannen, griff er nach ihren Brüsten und begann, sie hart zu kneten. Helen schrie leise auf. Dieser Mann machte ihr eine Lust – unglaublich. Aber sie wollte endlich wissen, wer er war. Sie streckte eine Hand aus und versuchte, seine Perücke zu erreichen, aber er war schneller und hielt sie fest.

»Warum musst du alles wissen?«, keuchte er, »Genieß es doch einfach so, wie es ist.«

»Ich will aber wissen, wer du bist.« Helen hörte auf, sich zu bewegen. Sie atmete schwer.

»Warum?«

»Weil ich nicht morgen das Gefühl haben möchte, es könnte jeder gewesen sein. Darum.«

»Nein, das ist es nicht.« Vorsichtig zog sich der Galan aus ihr und streichelte sanft Helens Gesicht.

»Du willst sicher sein, dass ich es bin, denn du willst keinen anderen. Das ist es.«

Helen spürte, wie sie errötete.

»Und selbst wenn«, sagte sie mit belegter Stimme, »was jetzt zählt, ist diese Nacht.«

Seine Antwort war ein tiefer Stoß, der Helen alles um sich herum vergessen ließ. Es gab nur noch sie und ihre Lust. Ihre Seele ging in Flammen auf. Und sie kam.

7

Es hatte Schnee gegeben, so wie Nicola es vorhergesagt hatte. Helen sah in den grauen Winterhimmel. Ein Diener hatte sie am frühen Morgen in den *Palazzo Fiore* gebracht; er hatte sie im Hause der Casparis herumirren sehen. Die Fotografin rieb sich die Schläfen, als könne sie sich so das Erlebte ins Gedächtnis zurückholen. Es gelang ihr nicht besonders gut. Sie konnte sich daran erinnern, dass sie unbändige Lust in den Armen des Fremden empfunden hatte. Jetzt, wo sie gerade an ihn dachte, spürte sie es schon wieder unter ihrem Nabel pochen. Sie wusste, sie konnte nicht den ganzen Vormittag in ihrem Zimmer bleiben. Zum einen musste sie das trübe Licht ausnutzen, um die winterliche Tristesse in den für heute angesetzten Fotomotiven einzufangen, zum anderen wollte sie wissen, ob sie bei Nicola etwas über den Galan erfahren konnte. *Wahrscheinlich wird er mich genüsslich auflaufen lassen*, überlegte sie, *aber einen Versuch ist es wert. Ich muss diesen Mann wiedersehen.*

»Sie müssen ihn wiedersehen? Großer Gott, Kind! Sie wissen ja gar nicht, was Sie da sagen.«

Der Bildhauer tauchte ein Butterhörnchen tief in seine Frühstückstasse und lutschte ausgiebig an dem Gebäck herum, bevor er Helen ernst ansah. Camille, die auch am Tisch saß, räusperte sich und stand auf, Marisol folgte ihr. Jetzt war Helen mit Nicola allein. Er schob ihr bedächtig den Korb mit dem Frühstücksgebäck zu und lehnte sich entspannt zurück. Verlegen registrierte Helen, dass er sie musterte, und so wie er das tat, konnte sie sich denken, wo er gerade in Gedanken war. Er schenkte ihnen beiden Kaffee und heiße Milch ein und reichte ihr eine Tasse herüber.

»Sie wollen ihn wiedersehen. Darf ich erfahren, warum?«

Helen fühlte sich immer noch unbehaglich, aber sie wusste, das hier gehörte zum Spiel. Sie rührte in ihrem Milchkaffee herum und sagte leise: »Er hat mir so viel Lust gemacht. Darum.«

Sie griff sich ein Hörnchen und biss kräftig zu. Dann trank sie hastig einen Schluck von ihrem Kaffee.

Nicola nahm ebenfalls einen Schluck und sah sie fragend an.

»Er hat Ihnen Lust gemacht? Darum? Habe ich Ihnen etwa keine Lust gemacht, meine Liebe?«

Helen spürte, wie sie über und über errötete.

»Doch, Sie haben mir eine ungeheure Lust bereitet, Nicola. Wirklich.«

»Wirklich«, echote der Bildhauer trocken. »Aber ihn wollen Sie wiedersehen und mich nicht.« Jetzt klang seine Stimme empört, aber als Helen erschreckt zu ihm aufblickte, sah sie Nicola breit grinsen.

»Meine schöne Helena, nehmen Sie es einem alten Abenteurer nicht übel, dass er einen kleinen Scherz gemacht hat. Ich verspreche Ihnen, ich werde Ihren Verführer für heute Abend einladen lassen, aber ob er kommt«, Nicola zuckte mit den Schultern, »das liegt allein bei ihm.«

Er tupfte sich mit der Leinenserviette den Mund ab und stand auf. Schon im Gehen begriffen, wandte er sich noch einmal um.

»Ich darf Ihrem Interesse an dem Unbekannten also entnehmen, dass Sie uns heute erneut die Ehre geben – sehr schön. Marisol, meine kleine Hexe, wird Ihnen ein Kostüm heraussuchen. Und ich habe auch schon eine Idee, welches das sein könnte.«

Nicola machte eine tiefe Verbeugung vor Helen, drehte sich schwungvoll um und verließ die große Küche. Die Fotografin nahm sich ein weiteres Hörnchen und tunkte es nachdenklich in den Kaffee. Wie sollte sie es nur all die Stunden bis zum Abend aushalten? Und was wäre, wenn er nicht kommen würde? *Das wäre schrecklich,* dachte sie, *ganz schrecklich.*

Während Helen ihren Fotokoffer nach den geeigneten Objektiven für ihr heutiges Motiv durchsuchte, kam es ihr in den Sinn, Nina anzurufen. Das Gespräch vom vergangenen Tag war ja etwas unschön zu Ende gegangen, und Helen konnte mit solchen Disharmonien schlecht leben. Zu ihrem Erstaunen ging die Redakteurin sofort an den Apparat. Sie hörte sich ruhig und ausgeglichen an, was Helen etwas beruhigte. Erst als die Sprache auf Adrian kam, glaubte die Fotografin erneut etwas Aggressives aus Ninas Stimme herauszuhören.

»Wann er nach Venedig geflogen ist? Weiß ich doch nicht. Ich dachte, er sei längst bei euch im Palazzo.«

»Nein, ist er nicht.« Helen wurde auf einmal ganz heiß. Was wäre, wenn … hinter der Maske … Adrian steckte? Von der Statur her konnte es hinkommen, und die Stimme … Vielleicht hatte sie deshalb immer das Gefühl gehabt, sie schon einmal gehört zu haben. *Bitte nicht,* dachte Helen. *Wenn er es ist, wie soll ich dann jemals wieder mit ihm vernünftig arbeiten …*

»Helen?« Ninas Stimme hatte auf einmal einen besorgten Unterton. »Ich rede mit dir. Hallo?«

Helen versuchte sich zusammenzureißen. Ihr war auf einmal kalt. Sie legte das Objektiv auf den Kaminsims und ließ sich auf das Bett fallen.

»Entschuldige, ich war die halbe Nacht unterwegs … Die ganze Stadt ist eine einzige Party«, sie lachte und wusste, es klang künstlich, »und ich bin etwas langsam mit dem Kopf heute Morgen. Na, irgendwann wird Adrian ja wohl eintrudeln. Hast du das gestern eigentlich ernst gemeint? Dass er in mich verliebt ist?«

Helen hörte, wie Nina laut in den Hörer pustete.

»Er hat es nicht gesagt, also nicht direkt, aber er wollte alles Mögliche über dich wissen, und außerdem kenne ich ihn gut. Ziemlich gut. Er ist nervös, wenn er von dir spricht, und das ist ungewöhnlich bei ihm.«

Nina seufzte.

»Ich wünschte, du wärest hier bei mir, Helen, wirklich.«

Helen nickte. *Aber ich kann dir nicht helfen, auch nicht, wenn ich in Berlin bin*, ging es ihr durch den Kopf. *Dieses Mal musst du es allein schaffen, fürchte ich.*

Das Wasser im *Canale* war schmutzig und grau. Alles Mögliche an Unrat trieb darin, und trotz der Kälte stieg ein unangenehmer Geruch daraus hoch und kroch bis in die engen Gassen hinein. Helen stand, die Daunenjacke bis zum Hals hochgezogen, vor einer kleinen Parfümerie und betrachtete die Auslagen. Sie hatte Lust auf ein neues Parfüm, war sich aber überhaupt nicht sicher, was sie wollte. Normalerweise trug sie zitronige Düfte; damit konnte sie bei ihrem sportlichen Typ nichts falsch machen, aber so etwas war jetzt vollkommen fehl am Platz.

Als sie den winzigen Laden betrat, klingelten kleine Glöckchen über der Tür. Interessiert sah sie sich um und roch an den Flakons, ohne in ihrer Entscheidung irgendwie voranzukommen. Die einzige Verkäuferin bediente gerade eine etwas ältere Dame. Die beiden scherzten und kicherten, als die Verkäuferin das Parfüm einpackte und der Kundin übergab. Nun war Helen an der Reihe. Sie konnte so gut wie kein Wort Italienisch, das über den Inhalt der Speisekarte in einer Pizzeria hinausging. Einen Moment ärgerte sie sich, nicht Marisol oder Justin mitgenommen zu haben, aber nun ließ es sich nicht mehr ändern. Sie seufzte und begann zu gestikulieren.

»Sie möchten ein Parfüm, meine Dame?«, fragte die Verkäuferin in akzentfreiem Deutsch. Als sie Helens verwundertes Gesicht sah, lachte sie.

»Ich lebe seit dreißig Jahren hier, da lernt man ein wenig die Sprache. Was suchen Sie? Etwas Festliches? Für einen Ball vielleicht?«

Helen nickte. Die Verkäuferin kniff die Augen zusammen und betrachtete die Fotografin eingehend.

»Sie haben etwas vor, meine Dame, wenn ich mir diese Bemerkung erlauben darf – Sie sehen so aus, als wollten Sie einen Mann verführen.«

Helen spürte, wie ihr das Blut ins Gesicht schoss, und blickte wie ertappt zu Boden. Sofort war die Verkäuferin bei ihr und legte ihr besänftigend die Hand auf den Arm.

»Verzeihen Sie, ich wollte nicht unhöflich sein. Aber zu meinem Beruf gehört es, in den Augen der Menschen zu lesen, ihre Wünsche zu erkennen.«

Helen war verwirrt. Dann entschloss sie sich dazu, die Wahrheit zu sagen. Was hatte sie zu verlieren? Sie würde diese Parfümerie und diese Frau nie wiedersehen.

»Sie haben Recht, ich will einen Mann für mich interessieren. Heute Abend. Beim Maskenball. Was meinen Sie? Welchen Duft sollte ich tragen?«

Die Verkäuferin nahm Helen erneut in Augenschein, dann ging sie zu einem Verkaufsregal und holte zwei Musterflakons hervor. Sie drehte Helens Handgelenke so, dass der Puls freilag, und betupfte jedes mit einem Duft.

»Ich möchte Ihnen die Zusammensetzung ersparen, meine Dame, sonst denken Sie noch, Sie sind hier in einer Hexenküche gelandet. Die Inhaltsstoffe sind in beiden Düften gleich, nur in unterschiedlichem Verhältnis zueinander gemischt. Sie müssen ein paar Minuten warten, bis sich der Duft auf Ihrer Haut entwickelt. Espresso?«

Helen nickte. Während die Verkäuferin im Nebenraum die Maschine in Gang setzte, roch die Fotografin abwechselnd an ihren Handgelenken. Die Düfte waren identisch, fand sie, und angenehm, aber nicht der Knaller, den sie erwartet hatte.

Während sie ihren Espresso trank, erzählte die Frau von den bedeutendsten Bällen der letzten Jahre und hatte ein paar kleine, harmlose Anekdoten parat, um kein peinliches Schweigen aufkommen zu lassen. Auf einmal wurde sie geschäftig, stellte ihre Tasse zur Seite und fasste Helens Handgelenke. Sie blickte die Fotografin ernst an und sagte: »Denken Sie nichts. Fühlen Sie. Nehmen Sie den Duft, den Sie sympathischer finden an sich, das ist der Richtige für Sie. Und entscheiden Sie sich schnell. Mit dem Bauch.«

Helen roch an ihren Armen und schloss die Augen. Dann schnupperte sie noch einmal und schlenkerte mit dem linken Arm.

»Diesen hier, bitte.«

Die Verkäuferin lächelte und trat hinter den Verkaufstisch, um einen kleinen Flakon aus der Schublade zu nehmen. Als sich Helen wenige Minuten später, eine kleine Tüte mit ihrem Schatz in der Hand, zum Gehen wandte, hielt ihr die Verkäuferin die Tür auf und sagte leise: »Sie werden ihn damit um den Verstand bringen, glauben Sie mir.«

Helen war in schlechter Stimmung. Das Kostüm, das Nicola ihr für heute zugedacht hatte, entsprach ganz und gar nicht ihren Vorstellungen. Sie stand vor dem Kamin in ihrem Zimmer und betrachtete sich ausgiebig im Spiegel. Sie trug die Livree eines Pagen mit rotem Gehrock und weißen, engen Hosen, die unter dem Knie endeten. Dazu weiße Strümpfe und schwarze Lackschuhe mit einer großen Satinschleife. Das volantbesetzte Chemisett unter der roten Samtjacke reichte ihr fast bis zum Kinn. Ihre Haare waren unter einer weißen Perücke versteckt, das Gesicht hinter einer weißen Halbmaske. Sie fühlte sich vollkommen androgyn in dieser Kleidung. Überhaupt nicht weiblich und sinnlich wie an den letzten beiden Abenden in den wallenden Roben. Die Fotografin seufzte. Es würde wohl einen Grund haben, wenn ihr Gastgeber sie in dieser Aufmachung sehen wollte. Aber, und das würde sie ihm auch zu erkennen geben, sie gefiel ihr absolut nicht.

Sie holte den kleinen Flakon aus der Einkaufstasche und sprühte sich mehr halbherzig als mit Vorfreude mit ihrem neuen Duft ein. Dann rückte sie ihre Maske zurecht, trug Lippenstift auf und machte sich auf den Weg ins Foyer. Als sie die Treppe hinunterstieg, sah sie, wie jemand aus dem Schatten der Säulen hervortrat. Erstaunt stellte sie fest, dass die Person genauso gekleidet war wie sie. Das war – so viel hatte sie inzwischen gelernt – auf Bällen nicht gern gesehen. Nicht ohne Grund waren die meisten Kostüme handgeschneiderte Unikate.

Sie wollte gerade zu sprechen anfangen, da trat ein weiteres Double hinzu. Beide gingen mit schnellem Schritt zu Helen, die verdutzt bei der Treppe stehen geblieben war.

»Was soll das?«, fragte sie die beiden anderen. In ihrer Stimme schwang leichter Ärger mit. Die Doubles machten synchrone Bewegungen und legten den Kopf schief. In dieser Pose verharrten sie, bis Helen ihre Frage wiederholte.

»Was soll das hier? Sollen wir als Dreierpack auftreten?«

Die beiden sahen sich an und nickten heftig, dann brachen sie in Gelächter aus. Es waren Justin und Marisol. Die junge Frau hakte sich bei Helen ein und zog sie in Richtung Küche.

»Das ist ein Riesenspaß, Helen, du wirst sehen. Und nun komm, lass uns mit Camille und Nicola noch ein Glas trinken, bevor wir losziehen.«

Immer noch schlecht gelaunt folgte Helen ihren beiden Doppelgängern. Nicola stand am Kühlschrank und hatte gerade eine Flasche Champagner geöffnet. Als er Helens mürrisches Gesicht sah, musste auch er laut lachen. Er verteilte die gefüllten Gläser und sagte, immer noch belustigt: »Genau so hab ich mir das vorgestellt, meine kleine Helen. Du willst deinen Galan wiedertreffen und hast nun Angst, dass er dich so nicht erkennt. Was gut sein kann. Und selbst wenn er dich erkennt, vielleicht nimmt er dann nicht dich mit sich, sondern einen anderen von euch Drillingen. Meine Liebe, ich fürchte, du hast einen anstrengenden Abend vor dir. Aber, sei sicher, auch einen wunderschönen. Das verspreche ich dir.«

Helens Antwort war ein leises Knurren. Dann trank sie von dem köstlichen Nass und fühlte eine kleine Welle der Entspannung durch ihren Körper ziehen. Also gut. Es schien den anderen Spaß zu machen, sie ein wenig zu ärgern, aber sie konnte sich nicht vorstellen, dass ihr irgendjemand in diesem Haus etwas Böses wollte. Vielleicht war es einfach nur das Bemühen, etwas Abwechslung in die Sache zu bringen. *Bis jetzt*, dachte Helen, *habe ich immer gut daran getan, mich den Gegebenheiten hier anzupassen. Warum sollte es dieses Mal anders sein*? Sie lächelte Nicola an und prostete ihm zu. Dann trank sie ihr Glas auf ex.

Das heutige Fest fand in der Privatbibliothek eines Paares statt, mit dem Camille befreundet war, so erzählte Justin auf dem Weg dorthin. Der Kreis an Gästen war nicht so groß wie am Abend zuvor, deshalb mussten sie alle drei vorsichtig sein mit ihrer Maskerade. Schließlich wollten sie nicht allzu früh auffliegen. Helen ließ sich die Örtlichkeit noch ein wenig ausführlicher beschreiben, um sich von ihrer aufkommenden Nervosität abzulenken. Sie blickte in den Himmel. Kein Mond, nur grauschwarze Schneewolken, die windgetrieben über den Horizont eilten. *Perfektes Wetter für ein Drama*, dachte sie, dann zog sie ihr Cape fest um die Schultern und nahm Justins Hand, um sich vom Boot auf den Steg ziehen zu lassen.

Einer der ersten Gäste, die sie vom gestrigen Abend bei den Casparis wiederzuerkennen glaubte, war Scaramouche. Heute Abend stand er lässig an eine Wand der Eingangshalle gelehnt und grüßte nur kurz mit Kopfnicken, als Nicola und Camille mit Helen in ihrer Mitte an ihm vorbeischritten. Marisol und Justin würden sich erst später unter die Masken mischen. Die Bibliothek war eine optische Sensation. Helen bedauerte es zutiefst, nicht sofort und auf der Stelle Fotos machen zu können. Auch hier waren erstklassige Restaurateure am Werk gewesen, und sie fand es mehr als unverständlich, dass die Besitzer des Hauses diese architektonische Kostbarkeit zur Kulisse eines ausschweifenden Abends machten.

Als sich die Halle gefüllt hatte, folgte dasselbe Ritual wie am Abend zuvor. Das Licht wurde gelöscht, und die Gäste waren sich und ihren Abenteuern überlassen. Nach und nach wurden ein paar Kerzen entzündet, und Helen versuchte sich zu orientieren. Camille und Nicola hatten sich mit anderen Gästen ins Gespräch vertieft und machten keine Anstalten, sie einzubeziehen. Ein Diener brachte ihr ein Glas Wein und eine kleine Karte. *Ich bin hier oben*, stand darauf. Helens Herz klopfte. Sie drehte sich um die eigene Achse, den Kopf in den Nacken gelegt, und suchte die Empore nach dem Galan ab. Doch sie konnte nichts entdecken. Enttäuscht ließ sie den Kopf sinken und nahm einen Schluck Wein. Und da sah sie ihn. Er lehnte an einem der Bücherregale, nicht weit von ihr entfernt, und schien in ihre Richtung zu blicken. Helen schluckte. Ihr

Mund war ganz trocken vor Aufregung. Sie nahm noch einen Schluck und schaute wieder in seine Richtung. Doch da war er schon verschwunden.

Marisol und Justin standen in der Dienstbotenküche und rauchten. Es war mehr als unwahrscheinlich, dass sich einer der Gäste hierher verlaufen würde.

»Du magst sie, stimmt's?«

Justins Stimme klang jung und verletzlich. Er sah Marisol fragend an. Die junge Frau neben ihm atmete genussvoll den Rauch ihrer Zigarette aus, dann sah sie ihm fest in die Augen.

»Ich mag sie, ja. Zuerst dachte ich, sie wäre aus Berechnung hier. Aber es geht ihr wirklich nur um ihre Fotos. Hast du sie mal gesehen?«

Justin schüttelte verneinend den Kopf und nahm einen tiefen Schluck aus seinem Glas.

»Solltest du aber. Du erkennst den Palazzo und erkennst ihn doch nicht. Sie kann Dinge sichtbar machen, die sonst nicht zu sehen sind. Finde ich.«

»Rede nicht so einen Quatsch. Sie will sich hier einnisten, aber ich sage dir, das lasse ich nicht zu. Ohne mich.«

»Ohne dich?« Marisol lachte künstlich und hielt ihm ihr Glas hin. »Du bist doch Nicolas Hündchen. Seit wann trifft ein Hündchen Entscheidungen?«

Justins Augen blitzten auf, aber er sagte nichts dazu. Er zündete sich an seinem abgebrannten Stummel eine neue Zigarette an und rauchte sie wortlos.

Marisol sah ihm eine Weile zu und rauchte auch schweigend. Dann legte sie ihm eine Hand auf die Schulter und sagte leise: »Ich weiß, dass du denkst, ich nehme dir Nicola weg. Aber das mache ich doch gar nicht. Durch euch lerne ich viele interessante Menschen kennen, und – du wirst sehen – irgendwann bist du mich los. Vielleicht sogar schon bald. Camille hat jemanden ausgeguckt, der mir gefallen könnte. Also, Justin. Lass uns Freunde sein. Bitte.«

Justin sah die junge Frau mit Skepsis an. Er wollte ihr gerne glauben, aber sprach sie die Wahrheit? Nicola verlebte viele Nächte mit ihr, und da Camille von jeher die meiste Zeit in Nicolas Schlafzimmer verbrachte, blieben ihm seit längerem nur noch wenige Momente der Nähe und der Lust.

»Sei nicht traurig. Lass uns lieber nach oben gehen und mal nach Helen gucken. Ob sie ihren Galan schon gefunden hat?«

Marisol legte wieder ihre Maske an, genau wie ihr Zwilling. Justin grinste, als er seine Zigarette austrat, dann sagte er spöttisch: »Und wenn sie ihn gefunden hat, wird sie feststellen, dass der Galan von heute nicht der von gestern ist.«

Marisol hielt in ihrer Bewegung inne und griff nach Justins Arm.

»Das ist ein böses Spiel. Wer hat sich das ausgedacht?«

Justin löste sich aus ihrem Griff und zischte: »Dreimal darfst du raten, Marisol.«

Helen war dem Galan in den kleinen Raum hinter der Bibliothek gefolgt. Hier gaben sich bereits zwei andere Paare ihrer Lust hin, aber das schien ihn nicht zu stören. Zielsicher ging er voran, und nach kurzer Zeit standen sie vor einer weiteren Tür. Der Galan nahm einen Schlüssel aus der Tasche seiner Seidenweste und schloss auf. Dann zog er Helen ohne jedes Wort mit sich in die Dunkelheit und verschloss die Tür von innen. Helen spürte sofort seine Nähe, seine Hände an ihren Hüften, sein Atmen hinter der Maske. Obwohl sie so begierig darauf gewesen war, ihren Liebhaber wiederzusehen, stieß sie sein offensives Verhalten irgendwie ab. Sie war stocksteif unter seinen Berührungen und ließ es geschehen, dass er ihre Kleider öffnete. Sein Atem ging schnell; irgendwie war die ganze Stimmung vollkommen anders als am Abend davor. Er machte sich nicht einmal die Mühe, sie vollkommen auszuziehen. Helen wartete auf ein Wort, auf eine Geste, die das Spiel wieder in Gang bringen und sie mit Sicherheit empfindlich machen würde für das, worauf das hier hinauslief, doch nichts dergleichen geschah. Es war so dunkel in dem Kämmerchen, dass sie absolut nichts sehen konnte, doch sie hörte, wie er an seinen Sachen herumnestelte. Nach einer Sekunde der Stille packte er sie und zwang sie mit dem Rücken an die Tür. Sie spürte seinen Schwanz, den er ihr zwischen die Schenkel zu drücken versuchte. Helen zuckte zusammen. Das hier machte absolut keinen Spaß, und sie versuchte, seinen suchenden Stößen auszuweichen. Hart fasste er ihr zwischen die leicht geöffneten Schenkel; er hatte seine Handschuhe angelassen. Jetzt nahm er ihre Hand und legte sie an seinen Schaft. Wieder sein Atmen, so ganz anders als gestern. Helen zog die Hand zurück, ohne ihn richtig berührt zu haben. Vielleicht sollte das hier ein Spiel sein, doch selbst wenn, sie wollte nicht. Und diesen Mann wollte sie auch nicht. Als der Galan ihre Unlust spürte, drückte er sie noch fester gegen die Tür.

»Na mach schon«, sagte er leise, »gestern warst du doch auch nicht zimperlich.«

Wie um seinen Worten Nachdruck zu verleihen, griff er an ihre Brust und presste sie in seiner Hand. Diese Stimme … In Helens Kopf begann es zu arbeiten. Dieser Mann hier war nicht der Galan, der sie gestern bis zur Erschöpfung geliebt hatte. Vielleicht war es sein Kostüm, aber der Mann darin war es sicher nicht.

»Lass mich sofort los«, sagte sie ruhig.

Sofort entließ der Mann sie aus seinem Griff, und sie hörte, wie er seine Kleidung richtete. Dann schloss er die Tür auf, zog sie mit einem Ruck in die unerwartete Helligkeit und schloss ab.

»Du dummes Ding«, sagte er in normalem Tonfall, dann war er fort. Die Fotografin sah sich um. Die anderen beiden Paare waren fort; sie konnte schlecht einschätzen, wie lange sie mit diesem Widerling in der Kammer gewesen war. Seufzend richtete sie ihre Kleider, so gut es ging ohne Spiegel, und kontrollierte den Sitz von Perücke und Maske. Dann folgte sie den Tönen der Tanzmusik, die ihr von draußen entgegenschwebten, und wenige Augenblicke später hatte sie den Ausgang gefunden. Der Galan stand an der Treppe zur Empore und unterhielt sich angeregt mit einer Frau. Helen blickte suchend um sich. Sie konnte weder Nicola noch Camille oder ihre beiden Doppelgänger entdecken. Obwohl – oben auf der Galerie sah sie kurz einen rot livrierten Diener vorbeihuschen. Dem Schritt nach zu urteilen war das eher Marisol als Justin. Ohne weiter nachzudenken, lief Helen die Treppe hinauf und sah gerade noch, wie Marisol hinter einem der letzten Bücherregale verschwand. Helen schritt leise weiter und versteckte sich in der Regalreihe davor. Wenige Meter von sich entfernt hörte sie leises Lachen und kurz darauf tiefes Stöhnen. Das war eindeutig Marisol. Doch wer war der Mann, dem sie sich hingab? Helen verließ ihr Versteck und trat unbemerkt in die Reihe, in der sich das Pärchen vergnügte. Sie sah, dass Scaramouche vor Marisol stand. Seine nackte Hand lag zwischen ihren ebenso nackten Schenkeln. Wieder stöhnte Marisol auf. Der Mann schüttelte den Kopf und zog seine Hand zurück.

»Du bist schön, so viel steht fest, aber du bist nicht die, die du vorgibst zu sein.«

Marisol hielt seinem Blick stand. Langsam zog sie ihre Kniebundhosen wieder hoch und schloss Hemd und Rock. Helen kannte sie inzwischen gut genug, um aus ihrer Körpersprache herauszulesen, dass sie etwas enttäuscht war.

»Es ist nicht gegen dich, schöner kleiner Diener, aber du bist es nun einmal nicht, die ich suche.«

Er trat einen Schritt zurück und bückte sich, um seine Handschuhe aufzuheben. In dem Moment sah er sie.

»Ein Zwilling«, sagte er leise. Seine Stimme klang heiser vor Lust. »Darauf bin ich nicht gekommen … ihr kleinen Biester.«

Helen wich unwillkürlich ein Stück zurück. Jetzt, wo sie ihn in Bewegung sah, war sie absolut sicher. Der hier war ihr Liebhaber vom gestrigen Abend. Und genau den wollte sie. Und keinen anderen.

8

Hast du mich vermisst?« Er stand vor ihr und öffnete langsam ihren Samtrock, Knopf für Knopf. Es erschien Helen wie eine Ewigkeit. Seine Hände schoben ihr den schweren Stoff von den Schultern. Die Fotografin fühlte, wie ein Schauer durch ihren Körper zog. *Diese Hände*, dachte sie, *machen mich noch wahnsinnig.*

»Hat es dir die Sprache verschlagen?« In seiner Stimme klang leiser Spott mit. Dann hatte er auch ihr Hemd geöffnet und legte die Hände vorsichtig auf ihre Brüste.

»Du zitterst ja«, stellte er fest. »Ist dir etwa kalt?«

Helen trat irritiert einen Schritt zurück und spürte sofort die Bücherwand im Rücken.

»Den Komfort von gestern werden wir heute leider nicht haben«, sagte Scaramouche, und das Bedauern in seiner Stimme klang echt. Er griff geschickt nach Helens Hosenbund und lockerte die Bänder, dann zog er ihn mit einem Ruck bis zu den Knien.

»Ausziehen«, sagte er ruhig. In Helens Kopf drehte sich alles. Sie hatte das Gefühl, dass es ihn langweilen würde, wenn sie sofort seinen Anweisungen folgte, aber sie glaubte, es keinen Moment länger erwarten zu können, dass er endlich wieder in ihr war. Langsam entledigte sie sich auch ihrer Strümpfe und Schuhe. Scaramouche war ganz nah, aber es gelang ihr nicht, seine Augen hinter der Maske zu sehen. Sie blickte an ihm hinunter und sah, dass er wieder seine Handschuhe trug. Einem plötzlichen Impuls folgend, nahm sie eine Hand und legte sie auf ihren Venushügel. Ihr Geliebter verstand sofort und begann sie zu streicheln. Seine Berührungen waren langsam, fast zu langsam für Helens Geschmack, und er machte immer wieder lange Pausen, in denen er sie einfach nur betrachtete. Helens Atem ging schnell, ihre Brüste schmerzten. Ungeduldig schob sie ihm ihr Becken entgegen. Seine Reaktion war ein leises Lachen.

»Ich hab immer noch keine Antwort bekommen«, flüsterte er an ihrem Hals, »hast du mich vermisst?«

Helen nickte. »Ja, ich hab dich vermisst.«

»Ach was.« Jetzt ließ er sie los und begann sich auszuziehen. »Erzähl mir nichts. Du würdest alles sagen und alles tun, damit ich dich so zum Schreien bringe wie gestern.«

»Das ist nicht wahr.« Helens Stimme zitterte. »Ich habe dich vermisst und hier gesucht und bin fast an den Falschen geraten.« Sie wusste, dass sie trotzig klang wie ein Kind. Seine Antwort war wieder ein Lachen.

»Das hat mir dein entzückender Zwilling schon erzählt. Und jetzt dreh dich um.«

Ohne eine Antwort abzuwarten, fasste er sie an der Hüfte und drehte sie so, dass er sie von hinten umfassen konnte. Helen bewegte sich nicht. Sie fühlte seine Hände, die immer noch in Leder steckten, über ihren Rücken streichen, über die Schenkel, den Po. Er drückte ihren Kopf nach unten und griff in ihren Nacken, hielt sie in dieser Position. Dann spürte sie, wie sich sein Schwanz zwischen ihre Pobacken schob. Er glitt zwischen ihren feuchten Lippen hin und her, langsam, ohne erkennbare Absichten. Helen stöhnte auf. Sie dachte kurz daran, wie tief er in der letzten Nacht in ihr gewesen war, wie er sie regelrecht aufgespießt hatte zwischen den Laken.

»Was willst du?« Seine Stimme war wieder ganz nah, aber durch die Maske einfach nicht erkennbar. Helen konnte nicht antworten vor Lust. Sie war in ihrer Konzentration ganz bei sich.

»Vielleicht interessiert es dich ja, was ich will.«

Unvermittelt löste er sich von ihr und drehte sie zu sich um. Dann zog er ihr Perücke und Maske herunter und warf beides achtlos auf den Boden.

»Ich will deine Augen sehen, wenn du kommst, das will ich.«

Scaramouche achtete nicht auf Helens Protest; er zog sie an sich und hob sie auf seine Hüften.

»Du wirst morgen blaue Flecken haben, fürchte ich.« Er drückte sie gegen die Bücherwand und drang mit voller Wucht in sie ein. Helen hatte die Augen geschlossen und genoss die Stöße, mit denen er sie immer weiter und nasser machte. Erotische Sequenzen mit anderen Männern schossen ihr durch den Kopf. *Niemand macht mir so viel Lust wie dieser Mann hier*, dachte Helen. *Warum ist das nur so? Wenn ich nicht aufpasse, verliebe ich mich …*

»Komm her zu mir. Na komm schon.«

Scaramouche hatte sich von ihr gelöst und zog sie einfach zu sich auf den harten Holzboden. Helen war nun über ihm; er legte die Handschuhe ab und warf sie dorthin, wo auch ihre Sachen lagen.

»Nein, ich will dich anders. Ich will deinen süßen Arsch.«

Er hob sie von den Hüften und dirigierte ihr Becken in einen anderen Winkel. Dann machte er Helen ein Zeichen, sich auf ihn zu setzen. Helen folgte und machte genau das. Langsam drang er in sie ein; einen Moment war da noch ein Widerstand in ihr, dann entspannte sie den Muskel und nahm den Schaft in sich auf. Sie konnte kaum atmen, so unglaublich war das, was sie gerade fühlte.

»Beweg dich«, sagte er mit heiserer Stimme, »aber nur ein wenig. Ich will die Enge in dir genießen.«

Helen hob und senkte ihr Becken ein wenig, spürte, wie er noch härter und größer in ihr wurde. Sie fasste sich zwischen die Schamlippen und berührte ihren Kitzler. Er schwamm in

Feuchtigkeit. Sie ließ den Oberkörper nach vorn sinken und war nun seinem Kopf ganz nahe. Vielleicht konnte sie ihm ja mit einer schnellen Bewegung die Maske herunterziehen. Helen legte die Hände auf seine Brust, kratzte vorsichtig über seine Brustwarzen, was er zu mögen schien, denn er bäumte sich kurz auf, dann war sie mit ihren Händen schon an seinen Schultern, an seinem Hals.

»Vergiss es.«

Scaramouche packte sie blitzschnell, und im nächsten Moment war sie es, die unten lag. Er drückte ihr die Hände hinter dem Kopf auf den Boden und begann, sich nun rhythmisch und schneller zu bewegen. Helen hatte das Gefühl, zu zerfließen. Sie löste eine Hand aus seinem Griff und legte sie zwischen ihre Schenkel, spielte mit dem Kitzler, rieb ihn. Sie wusste, sie brauchte nicht mehr lange. Da war diese Hitze, die in ihr hochstieg, diese Glut. Und da waren auf einmal seine Finger in ihrer Vagina. Er konzentrierte sich mit kleinen Berührungen auf den vorderen Teil. Helen wusste nicht mehr, wohin mit sich. Das Gefühl der Lust wurde beinahe unerträglich. Scaramouche bewegte sich wieder langsamer, und jeden seiner Stöße begleitete Helens Stöhnen.

»Ich komme gleich«, flüsterte sie noch, dann gab sie sich dem Beben hin, das ihren ganzen Körper zum Zittern brachte. Scaramouche bewegte sich weiter, stieß sie noch fester. Dann spürte sie, wie er sich heiß auf ihren Bauch ergoss. Helen lächelte matt. Sie liebte es, diesen besonderen Saft an sich zu spüren. Noch etwas benommen setzte sie sich auf. Ihr Liebhaber war schon dabei, sich anzuziehen. Er reichte ihr eine Hand und half ihr beim Aufstehen. Helen spürte, wie zitterig ihre Beine noch waren, und es entging ihr nicht, dass Scaramouche irgendwie unruhig wirkte. Sie hatte sich kaum das Hemd zugeknöpft, da verbeugte er sich kurz.

»Meine Verehrung, die Dame.«

Helen sah ihm nach, wie er hinter den Bücherregalen in Richtung Treppe verschwand. Sie spürte, wie Tränen in ihr hochstiegen. Sie hatte sich von diesem Zusammentreffen mehr erwartet als ein kleines Intermezzo hinter der Bücherwand. Unwillkürlich musste sie an die Worte der Parfümverkäuferin denken: »Sie werden ihn damit um den Verstand bringen …« *Genau*, dachte Helen und setzte sich ihre Perücke auf, *das hat ja wirklich super geklappt. Wie soll er mich riechen, wenn er eine Maske trägt.*

»Was muss ich da sehen?« Helen hatte Nicola nicht kommen hören. Sie stand am Geländer der Empore und blickte auf die Gästeschar hinunter; in der Hand hielt sie ein leeres Weinglas. Nicola nahm sie in den Arm.

»Männer sind so, schöne Helena. Wenn sie etwas sofort haben können, sind sie weg. Die Kunst besteht im Spiel. Sich fremd sein, sich nah sein … Da musst du noch einiges lernen, fürchte ich.«

Der Dreispitz nahm dem vorbeieilenden Diener zwei Gläser vom Tablett, reichte eines an sie weiter und legte seine Hand unter ihr Kinn.

»Du wolltest ihn wiedersehen – das hast du. Du wolltest Sex – hast du gehabt. Aber dann wolltest du auch noch sein Interesse. Und da hast du einen Korb bekommen. Oder irre ich mich?«

Helen sah Nicola an. In ihren Augen glitzerte es verdächtig. Sie fühlte sich irgendwie benutzt. Gedemütigt. Einfach furchtbar. Nicola hob sein Glas und prostete ihr zu. Beide tranken einen tiefen Schluck, dann nahm er sie in den Arm und warf einen Blick auf das ausgelassene Treiben unter ihnen.

»Warum macht er das, Nicola?« Helens Stimme klang dünn. Der Bildhauer zuckte mit den Schultern. »Warum soll er sich mit dir beschäftigen? Du hast ja klare Signale gesendet, dass du ständig verfügbar bist. Nichts langweilt einen Mann mehr.«

Helen nickte. Sie wusste, Nicola hatte Recht.

»Außerdem hast du ihn spüren lassen, dass du ihn magst – sehr magst sogar. Davor haben Männer Angst. Wenn zu früh Gefühle ins Spiel kommen – huiiii…« Er machte eine ausladende Handbewegung. Wieder nickte Helen und trank einen Schluck. Sie hätte nicht erwartet, dass sich dieser Abend zu einer Lehrstunde entwickeln würde. Aber sie war froh, dass ihr Gastgeber so ehrlich war.

»Was meinst du, werde ich ihn wiedersehen?« Sie sah Nicola fragend an. *Dieses Kostüm ist wie für ihn geschaffen*, ging es ihr durch den Kopf. *Elegant, unnahbar, düster…*

Nicola fixierte sie. *Komisch*, dachte Helen, *bei ihm kann ich die Augen sehen, bei Wer-auch-immer-es-sein-mag nicht.*

»Wir haben noch zwei Bälle vor uns«, sagte Nicola, und seine Stimme klang auf einmal etwas angestrengt. Wieder nahm er einen Schluck Wein. Er drückte Helens Hand.

»Willst du ihn wirklich wiedersehen?« Jetzt klang seine Stimme irgendwie dünn und alt. Helen nickte. Tränen liefen ihr die Wangen hinunter.

»Mir ist so etwas noch nie passiert, Nicola, wirklich. Ich werde verrückt vor Sehnsucht. Seine Arme, die Art, wie er mich nimmt – irgendwas in mir ist anders als sonst. Er hat… irgendeinen Punkt in mir berührt, den sonst kein anderer kennt.« Sie wischte sich die Augen hinter der Maske. Der Bildhauer nickte stumm und winkte dem Diener mit dem Getränketablett.

»Ich beneide dich, schöne Helena«, sagte er leise. »Ich habe alles, was sich ein Mann wünschen kann. Talent, Geld, ich denke, auch ein wenig Geschmack«, bei diesen Worten stieß er mit Helen an, »aber ich finde keine Ruhe, keine Erfüllung.

Camille ist seit zwanzig Jahren mein Weib, und ich liebe sie – aber wenn sie fort ist, vermisse ich sie nicht. Wie kommt das?«

Nicola trank einen Schluck und fuhr fort: »Marisol und Justin. Meine kleine Hexe und mein blonder – wie soll ich es sagen – Traum von perfekter Zweisamkeit. Guck nicht so, Helen. Ich liebe diesen jungen Nichtsnutz, und die kleine Marisol erinnert mich an die junge Camille …« Nicola deutete einen Gruß an. Er schien irgendwen da unten in der Menge zu kennen.

»Und dann kommst du, Helen. Wir lernen uns bei meinem Freund Jasper kennen, ich lade dich ein, du besuchst uns – und es geht dir wirklich nur um den Palazzo – pah!«

Nicola wirbelte mit seinem vollen Glas wild herum. Dann hatte er sich scheinbar wieder unter Kontrolle.

»Ius primae noctis – ich habe mir das Recht der ersten Nacht genommen. Dir alles gegeben. Und wen willst du wiedersehen? Diesen Galan. GALAN!!!« Nicola schrie die Worte hinaus, war nicht mehr zu zügeln.

»Ohne mich«, er tippte Helen auf die Brust, »ohne mich gäbe es keinen Galan und keinen Scaramouche – verstehst du?«

Helen war zutiefst berührt. Sie konnte erahnen, welches Temperament in Nicola steckte. Dieser hatte sich ein wenig beruhigt und abermals den Diener mit den Getränken um ein Glas Wein gebeten.

»Es war wunderschön«, sagte Helen leise, als er trank, »und ich hatte so viel Lust … mit dir. Bitte hilf mir. Sei mein Freund. Bitte.«

Nicola nickte. »Natürlich helfe ich der schönen Fotografin aus Berlin. Natürlich.«

»Störe ich?« Ein Double von Helen stand auf einmal auf der Empore.

»Störe ich?« Das war der zweite Doppelgänger. Nicola sah in die Runde der hübschen Pagen und stellte sein Glas ab.

»Wir sollten nach Hause gehen. Es ist spät.«

»Wir alle?«, fragte einer der drei.

»Wir alle«, antwortete Nicola. Seine Augen blitzten auf einmal vor Lebensfreude.

»… und Camille?«, fragte Helen, die immer noch ganz dicht beim Bildhauer stand.

»Mein Weib amüsiert sich, seid gewiss. Sie wird auch ohne mich nach Hause finden.«

Nicola machte eine Geste zu gehen. Die drei roten Samtröcke folgten ihm ohne ein Wort. Sie wussten, die Nacht fing jetzt erst an.

»Gib mir noch einen Kuss, meine kleine Hexe.« Marisol, die Nicolas Kopf in ihrem Schoß hielt, beugte sich vor und küsste ihn zart. Seine Antwort war ein zufriedenes Seufzen, und er streckte die Hand nach Helen aus, die am Bettrand saß und das Spiel zwischen den beiden verfolgte. Sie hatte Bedenken gehabt, Nicola und ihren Doppelgängern in sein Schlafzimmer zu folgen, aber ihre Aufgewühltheit, die sie schon den ganzen Abend spürte, hatte ihr den nötigen Mut verliehen. Zudem war sie immer noch verletzt darüber, dass ihr unbekannter Liebhaber sie nach einem kurzen Stelldichein wieder verlassen hatte. *Er soll sich zum Teufel scheren*, dachte Helen, während sie Perücke und Maske zur Seite legte, *er hätte mich haben können – die ganze Nacht. So ein Idiot.* Die Berührung einer zarten Hand riss sie aus ihren Gedanken. Es war Marisol. Sie hatte sich bereits ganz ausgezogen und sah hinreißend aus. Ihre langen, honigfarbenen Haare hingen ihr wild ins Gesicht, und ihre Wangen glühten. Wortlos zog sie Helen zu Nicola und sich in die knisternden Laken. Der Bildhauer strahlte über das ganze Gesicht. Es war ihm anzumerken, dass er die Situation in vollen Zügen genoss.

»Auch von dir einen Kuss, schöne Helena.«

Ohne einen Zweifel in sich zu spüren und ohne jede Scheu wandte sich Helen zu ihm und küsste ihn leidenschaftlich. Als sie merkte, wie heftig sein Körper darauf reagierte, setzte sie sich auf seine Brust und küsste ihn abermals. Sie griff hinter sich und umfasste seinen Schaft. Er war steinhart. Helen sah Marisol an, und die verstand. Sie rutschte an Nicolas Seite herunter und schob sich zwischen seine Schenkel. Der Bildhauer stöhnte und wand sich, aber Helen hatte ihr Gewicht so verlagert, dass es ihm schwerfiel, sich aufzurichten. Helen hörte, dass Marisol begann, an ihm zu saugen. Sie selbst konzentrierte sich auf Nicolas Mund, seinen Hals, die Achseln. Zufrieden registrierte sie, wie sehr ihm dieses Spiel zu dritt gefiel. Er hatte die Augen geschlossen und gab sich ganz seiner Lust hin. Helen spürte, wie auch sie immer mehr in einen Strudel der Erregung geriet. Sie blickte sich um; es machte ihr Lust, Marisol dabei zuzusehen, wie sie Nicolas Schwanz in sich hineinschlang, bis er zur Wurzel in ihr verschwunden war. Es wurde nass unter ihr. Helen berührte vorsichtig ihren Kitzler – es war fast nicht zu ertragen. Und die Feuchtigkeit floss pulsierend und in Intervallen aus ihr heraus. Jetzt spürte sie Nicolas Hände an ihren Brüsten. Seine Handflächen glitten ruhig über ihre harten Nippel. Helen stöhnte. Am liebsten hätte sie sich nach hinten geschoben und Marisols delikates Spielzeug tief in sich versenkt.

»Genug.« Nicolas Stimme klang freundlich, aber entschlossen. Als er Helens fragenden Blick sah, raunte er ihr zu:

»Es ist Justins Nacht. Da muss ich meine Kräfte einteilen.«

Nicola lachte und schob Helen von sich; auch Marisol hatte sich inzwischen zurückgezogen.

»Es ist ein Jammer, meine Schönen, aber ihr müsst ohne mich auskommen. Das heißt aber nicht, dass ich euch nicht gern zuschaue …«

Helen und Marisol wechselten Blicke. Dann war es die Fotografin, die die Initiative ergriff. Sie krabbelte zu Marisol, die ausgestreckt am Bettende lag, und küsste zart ihren Nabel, ließ die Zunge spielerisch über ihre Scham gleiten und genoss das sanfte Zittern, mit dem ihre Gespielin die Berührungen quittierte. Dann schob sie sich zwischen ihre Schenkel und stupste mit der Nase gegen ihre feuchten, glänzenden Lippen. Helen begann sie zu küssen, vorsichtig, genauso behutsam, wie sie es auch mochte, wenn sie hoch erregt war und jede falsche Berührung wehtat. Ihre Zunge bewegte sich rhythmisch und immer tiefer zwischen Marisols Schamlippen. Helen atmete tief ein. Der Duft, der ihr entgegenströmte, war so ganz anders als bei einem Mann. Mit ihrem Daumen begann sie, den Kitzler vorsichtig zu reizen. Marisol stöhnte leise und öffnete sich noch mehr, schob Helen ihr Becken entgegen. Helens Finger begannen nun, Marisols Vagina zu erkunden. Trotz ihrer Erregung war sie eng. *Und heiß*, dachte Helen. *Sie glüht ja förmlich vor Lust.*

»Dreh dich zu mir«, flüsterte Marisol und fasste nach Helens Becken. »Ich möchte dich auch küssen … da …«

Helen drehte sich so, dass ihr Venushügel direkt an Marisols Gesicht lag. Als sie die Zunge ihrer Gespielin dort spürte, entfuhr ihr ein tiefer, kehliger Laut. Das hier war mehr als Lust, das war echte Hingabe. Sie presste sich Marisols Mund entgegen und ließ sich treiben. Marisol wusste intuitiv, was sie machen musste, um ihr einen wunderbaren Höhepunkt zu bescheren. Helen hielt die Luft an, achtete nur noch auf das Klopfen in den Lenden, auf die Hitze, die sich in ihr ausbreitete, auf den Moment, wo die Welt in ihrem Kopf explodierte und da nichts mehr war als Wonne.

»Zauberin.« Helen hatte sich zu Marisol gelegt und strich ihr das verschwitzte Haar aus der Stirn. Die andere war auch kurz davor, das sah sie an Marisols Blick. Helen küsste sie sanft auf den Mund, dann glitt sie an ihrem schönen Körper hinab, liebkoste die Brüste, den Bauch, legte sich Marisols Unterschenkel auf die Schultern und sog gierig den Duft der Erregung ein, der Marisols Schenkeln entströmte. Helen war dankbar für die Zärtlichkeit, die sie empfangen hatte, und genau das wollte sie der anderen zurückgeben. Marisol wurde ganz leise unter Helens Berührungen und ließ sich Zeit. Als Helen spürte, wie der Orgasmus von Marisol Besitz ergriff und sie zum Aufbäumen brachte, empfand sie etwas wie Glück.

»Meine Schönen, es ist Zeit.«

Wie aus weiter Ferne hörte sie Nicolas Stimme, und dass er in die Hände klatschte. Sie hob träge den Kopf von Marisols Brust und sah ihn an. Der Bildhauer lächelte schief und zeigte mit der Hand zum Sessel, der am Kamin stand. Der dritte Page saß darin, noch in vollem Kostüm, und seiner Körpersprache war anzumerken, dass ihn die Ungeduld verzehrte.

»Justin und ich haben genug Appetit bekommen … Wenn ihr uns bitte alleinlasst.«

Die beiden Frauen erhoben sich wortlos, nahmen ihre Kleidungsstücke und gingen langsam zur Tür. Erst auf der Galerie fing Marisol zu sprechen an.

»Ich weiß, was du fragen willst, und die Antwort ist Nein. Bei aller, sagen wir mal, Aufgeschlossenheit hält sich Nicola sehr bedeckt, wenn es um seine Beziehung zu Justin geht. Manchmal bin ich mir auch gar nicht sicher, dass da wirklich etwas läuft. Vielleicht will er damit nur seinen Ruf als alter Bohemien festigen. Weißt du«, und jetzt kicherte sie wie ein kleines Mädchen, »manchmal denke ich, die gucken zusammen Fußball und wollen dabei nicht gestört werden.«

Helen zuckte mit den Schultern. Sie war wunderbar erschöpft und stellte fest, dass sie Marisol wirklich mochte. Als sie an ihrer Zimmertür angelangt waren, entstand für einen kleinen Moment eine Pause. Helen spürte ihr Herz schlagen. *Es ist alles in Ordnung*, hörte sie Ninas Stimme in sich sagen. Nina, Thilo, Berlin – alles war so weit weg. Justin hatte Recht gehabt. Hier liefen die Uhren anders. Eine ungewohnte Aufgeregtheit hatte von ihr Besitz ergriffen, aller Müdigkeit zum Trotz. Sie trat nah an Marisol heran, und ihre nackten Brüste berührten sich.

»Willst du heute Nacht bei mir schlafen?«, fragte sie leise.

Marisols Antwort war ein Kuss.

9

»Ich weiß nicht, wo Adrian steckt.«

Helen musste sich zusammenreißen, um nicht unfreundlich zu klingen. Nina am anderen Ende der Leitung begann zu schniefen. *Auch das noch*, dachte Helen, *die Hormone*. Sie schluckte ihren Ärger hinunter und nahm sich vor, sich so gut wie möglich auf ihre Freundin einzustellen.

»Vielleicht hat er noch einen anderen Termin oder besucht Freunde in Venedig. Für das Interview war ja auch nur ein Tag angesetzt, oder?«

Nina bestätigte das. Trotzdem war es merkwürdig, dass ihr ansonsten so zuverlässiger Kollege wie vom Erdboden verschluckt war. »Ich hab ihm schon die Mailbox vollgeplärrt«, sagte sie, »aber er meldet sich einfach nicht.«

Helen dachte nach.

»Um ehrlich zu sein, diese Stadt befindet sich im Ausnahmezustand. Ich kann dir auf die Schnelle gar nicht erzählen, was hier so abgeht. Vielleicht ist Adrian irgendwo gestrandet und taucht erst nach dem Karneval hier im Palazzo auf.«

Die Antwort schien Nina ein wenig zu beruhigen. Helen hörte, wie sie sich die Nase putzte.

»Weißt du schon, wann du wiederkommst?«, wollte Nina wissen. Helen hatte sich dazu noch gar keine Gedanken gemacht. Mit ihren Motiven kam sie gut voran, und selbst wenn sie es noch schaffen wollte, den Garten der Casparis zu fotografieren, so würde sie spätestens in drei, vier Tagen mit allem fertig sein.

»Spätestens Donnerstag bin ich wieder in Berlin«, hörte sie sich sagen. Die Antwort schien ihrer Freundin zu gefallen, denn deren Stimme klang auf einmal fröhlich.

»Ich freu mich auf dich«, sagte Nina, dann war die Verbindung unterbrochen.

Und ich, fragte sich Helen, *freue ich mich auf Berlin?* Sie blickte aus dem Fenster in den trüben Himmel und hörte die Möwen unten auf dem Steg schreien. An diesem Vormittag lag ganz Venedig noch in tiefem Schlaf, und selbst das Licht schien sich weiterhin auszuruhen, denn es war, obwohl schon fast zehn Uhr, immer noch nicht richtig hell. Helen suchte ihre Kamerautensilien zusammen und machte sich eine Liste für den heutigen Tag. Sie würde sich heute ganz den Deckenkonstruktionen und Fresken widmen. Vielleicht hatte Marisol ja Lust, ihr dabei ein wenig Gesellschaft zu leisten. Außerdem war sie begierig darauf zu erfahren, welches Fest heute Abend auf sie alle wartete.

Auf dem Weg zur Küche hörte sie Schritte hinter sich.

»Helen.«

Es war das erste Mal, dass Camille das Wort an sie richtete. Helen blieb stehen und wartete auf das, was die Dame des Hauses zu sagen hatte. Vielleicht war sie ungehalten, weil sie gestern Abend ohne sie das Fest verlassen hatten, oder war es vielleicht das Schäferstündchen mit Nicola? Helen versuchte, in Camilles Augen zu lesen, aber es gelang ihr nicht. Diese stolze Frau ließ nicht in sich hineinblicken. Und das war wohl auch ihr größter Trumpf.

»Ich möchte mit Ihnen sprechen. In meinem Zimmer. Sagen wir, in einer Viertelstunde? Bitte lassen Sie uns in der Küche Kaffee machen, ich brauche etwas Belebendes nach der anstrengenden Nacht. Und Sie doch auch, oder irre ich mich?«

Helen sagte nichts, sondern nickte nur und nahm die Treppe zur Küche. Hatte Camille eben ironisch geklungen? Nein, alles, was sie sagte, hörte sich immer vollkommen vernünftig und ernst an. Trotzdem war der Fotografin nicht ganz wohl in ihrer Haut, als sie kurze Zeit später mit einem Tablett in der Hand an Camilles Tür klopfte. Vielleicht war sie zu weit gegangen, vielleicht hatte sie die Gastfreundschaft überstrapaziert und sich zu selbstverständlich in diesen erotischen Reigen eingefügt. Nun, sie würde es erfahren.

Helen öffnete die Tür und ging hinein. Es war das erste Mal, dass sie die Räume von Camille betrat; wie alles andere in diesem Prachtbau war auch ihr privater Bereich geschmackvoll gestaltet. Den Mittelpunkt des Zimmers bildete ein großes Bett; es stand auf einem ausladenden Podest aus dunklem Holz und trug einen kostbaren Himmel aus graublauem Brokat. Überhaupt setzte sich diese Farbe in allem hier fort. In den Lampenschirmen, der Bettwäsche, den Vorhängen … Allein der antike Teppich, der den ganzen Raum auszukleiden schien, leuchtete in dunklem Blau. Camille machte Helen ein Zeichen, sich zu setzen, und schenkte ihr Kaffee und heiße Milch ein. Die Fotografin nahm sich eine Madeleine vom Gebäckteller und tauchte sie in den Kaffee, aber sie verpasste wieder einmal den richtigen Zeitpunkt, und der kleine Kuchen zerbrach, als sie ihn herausziehen wollte. Camille schien das zu amüsieren, jedenfalls lächelte sie und enthielt sich jeglichen Kommentars.

Nachdem sie ein paar Minuten schweigend Kaffee getrunken hatten, stellte Camille energisch ihre Tasse ab und stand auf. Helen war noch nie aufgefallen, wie schön Camille war. Ihre kastanienfarbenen Haare waren zu einem strengen Knoten gesteckt, und ihre Körperhaltung ließ vermuten, dass sie früher einmal Tänzerin gewesen war. *Sie sieht aus wie eine Primaballerina*, überlegte Helen, *fehlt nur noch das Tutu.* Camille sah Helen aufmerksam an. Ihr war anzumerken, dass ihr das Gespräch nicht leicht fiel.

»Helen, vielleicht denken Sie, ich mag Sie nicht, oder ich heiße Ihr Verhalten nicht gut – aber das ist nicht so. Ich kenne meinen Mann, und ich liebe ihn, und ich weiß, was er tut. Im Übrigen habe ich bei ihm auch jegliche Freiheit, die ich ab und an nur zu gern nutze. Also bitte, entspannen Sie sich. Wenn wir bislang noch nicht viel Kontakt hatten, dann liegt es daran, dass ich im Moment viel arbeiten muss und dass es schwerer ist, diesen Haushalt hier zu führen, als einen Sack Flöhe zu hüten.« Sie lächelte, aber Helen spürte, dass Camille irgendwie nervös war.

»Ich mache jetzt etwas, was gegen die Regeln ist, und indem ich mich Ihnen öffne, mache ich mich verwundbar. Verstehen Sie?« Camille schenkte sich Kaffee nach und trank einen tiefen Schluck.

»Sie sind verliebt, habe ich Recht? In den Galan, in Scaramouche, in wen auch immer. Oder?« Sie trat an den Kaminsims und zündete sich eine Zigarette an.

»Heute Abend findet ein ganz besonderer Ball statt. Und es geht dabei alles andere als zimperlich zu. Ich kenne die Identität Ihres Liebhabers, und ich weiß, dass auch er etwas für Sie empfindet. Aber er wird sich Ihnen nie zu erkennen geben, wenn Sie das Spiel heute Abend mitspielen. Abgesehen davon, dass es wirklich nicht jedermanns Geschmack ist. Ich darf Ihnen das alles nicht sagen, aber ich mache es trotzdem, weil ich denke, dass Sie Ihren Galan wiedersehen wollen.«

Helen wusste nicht, was sie dazu sagen sollte. Sie hatte ein wenig das Gefühl, dass es Camille vielleicht nicht nur um sie ging, sondern dass durchaus auch egoistische Gründe eine Rolle spielten. Helen räusperte sich.

»Was soll ich tun?«

»Sie kommen heute Abend mit, und sobald das Licht gelöscht ist, verschwinden Sie. Ganz einfach.«

»Ganz einfach«, wiederholte Helen und fragte: »Und Sie? Setzen Sie sich dem – Spiel – aus?«

Camille zog ihre Stirn kraus und überlegte.

»Nein, ich werde auch gehen. Ich habe ein Rendezvous, und da die Bälle in zwei Tagen vorbei sind, muss auch ich meine Zeit nutzen.« Sie zog noch einmal an ihrer Zigarette, dann drückte sie die glimmende Spitze auf dem Sims aus.

»Warum sind Sie so ehrlich zu mir?«, wollte Helen wissen, die aufgestanden war und auf dem Weg zur Tür innehielt. Camille zuckte mit den Schultern. Sie stand am Kamin wie eine Ballettelevin an der Stange, voller Anmut. Helen wartete noch einen Augenblick, aber die andere schien keine Antwort geben zu wollen.

»Danke«, sagte die Fotografin und schloss die Tür leise hinter sich.

❧

Sehen wir uns heute Abend? Helen ließ die Hand mit der Karte darin sinken. Auf dem kleinen Tisch in ihrem Zimmer stand ein zierlicher Strauß aus Schneeglöckchen. Die Karte war nicht mit der Hand geschrieben; Helen hasste so etwas. Sie konnte sich denken, von wem sie war, aber sie würde diesem Wer-auch-immer nicht auf den Leim gehen. Außerdem hatte sie die letzte Begegnung und seinen schnellen Abgang immer noch nicht vergessen.

Helen riss die Karte in kleine Fetzen und öffnete das Fenster. Es dauerte nur wenige Momente, bis der Wind sich aus ihrer Hand bedient und die klein gerupften Papierschnipsel mit sich fortgetragen hatte. Zum zweiten Mal an diesem Tag ordnete sie ihre Fotosachen und machte sich auf den Weg in die Halle.

»Meine Liebe, ich bin entzückt, Sie so munter zu sehen!«

Das war Nicola. Er stand breitbeinig und in bester Laune am Fuß der Treppe und strahlte sie an. Helen grinste. Sie beschleunigte ihren Schritt und gab ihm die Hand, worauf er sie sofort in seine Arme zog.

»Ich habe ein wunderschönes Kostüm für meine schöne

Helena aussuchen lassen«, flüsterte er an ihrem Ohr. »Sie werden wie eine Königin darin aussehen.« Helen erwiderte den Druck seines Körpers und spürte, wie erregt er war. Sie presste ihren Oberschenkel an seinen Schwanz und spürte, wie er noch größer wurde.

»Sie bekommen niemals genug, kann das sein?« In ihrer Stimme lag ein Lächeln.

Nicola nickte.

»Genug ist nie genug, meine Liebe. Das werden Sie auch noch erfahren. Es gibt immer ein mehr, mehr, mehr … einen Rausch. Sie werden sehen. Es gibt Leidenschaft und Hingabe und etwas, worin man sich verlieren kann.«

Er hauchte ihr einen Kuss auf die Wange und ließ sie los. Mit einer eleganten Verbeugung verabschiedete er sich und bemerkte dabei fast beiläufig:

»Wann werden Sie mir die Ehre erweisen, mich in meinem Atelier zu besuchen? Sie dürfen auch Fotos machen, falls das den Anreiz erhöht.«

Seine Schritte entfernten sich schnell; Helen blieb wie elektrisiert zurück. *Das ist ja unglaublich*, jagte es ihr durch den Kopf, *es ist das erste Mal, dass er sein Atelier öffnet. Und ich werde meine Chance nutzen. Jede Chance.*

Justin saß in der Küche und hatte einen Berg Rühreier vor sich. Ungefragt holte er einen Teller, als er Helens Gesicht sah, und schaufelte ihr eine gute Portion darauf. Auch er war heute Morgen bester Dinge, wie es schien. Er trug trotz der kühlen Temperaturen nur eine kurze Cargohose und ein ausgeleiertes Sweatshirt; die nackten Füße steckten in Flipflops. Er zündete sich entspannt eine Zigarette an und goss Helen Kaffee ein. Dann schob er ihr die Eier und den Brotkorb zu, legte die Füße auf den Tisch und begann zu essen. Helen verkniff sich jeden Kommentar zur letzten Nacht und fragte: »Weißt du, was heute Abend auf dem Programm steht?«

Justin kaute und nickte. Dann antwortete er grinsend: »Es wird im wahrsten Sinne des Wortes eine harte Nummer. Aber ich denke, du wirst Spaß haben. Bis jetzt hattest du doch Spaß mit uns, oder?«

Seine Augen blickten ernst, als sei ihm ihre Antwort wirklich wichtig.

»Ja. Ich hatte bis jetzt sehr viel Spaß mit euch und mit den Männern, die ihr mir – wie soll ich es sagen – zugeführt habt.«

Justin zeigte mit dem Finger auf sie und lachte auf.

»Aber rot wirst du immer noch. Das ist ja krass.«

Helen guckte weg. Der freche kleine Kerl hatte Recht. Bei alldem, was sie bereits hier erlebt hatte, war da noch ein Rest an Scham und Vorsicht. Justin schenkte ihr Kaffee nach und setzte sich direkt neben sie.

»Ich finde es schön, dass du hier bist«, sagte er mit treuherzigem Blick und drückte ihr einen Kuss auf die Wange. Dann ging er zu seinem Platz zurück und beschäftigte sich mit seinem Frühstück. Helen tat es ihm nach, und jeder hing ein wenig seinen Gedanken nach, da kam Camille in die Küche. Helen hatte sie an ihren trippelnden Schritten erkannt, noch bevor sie eingetreten war.

»Wollen wir uns um Ihre Robe für heute Abend kümmern?«, fragte sie freundlich. »Ich warte in Ihrem Zimmer auf Sie.«

Helen seufzte und stand auf. Sie hätte den gut gelaunten Justin gern noch etwas länger um sich gehabt. Und irgendwann musste sie ja auch anfangen zu arbeiten. Aber gut, Camille war die Hausherrin. Helen stopfte sich ein halbes Brötchen in den Mund und spülte mit Kaffee nach. Sie spürte Justins Blick in ihrem Rücken, als sie ging, aber sie drehte sich nicht um.

»Die Königin der Nacht.« Camille hatte das Kostüm auf Helens Bett ausgebreitet und stand lässig an den Kamin gelehnt. Sie war gerade dabei, sich eine Zigarette anzuzünden, und deutete auf ihr Feuerzeug.

»Darf ich?«

Helen nickte und trat auf das Bett zu. Die Robe bestand aus einem recht einfachen schwarzen Kleid mit Mieder und weitem Rock und einem weiten, ebenfalls schwarzen Cape, in dessen reich verzierte Kapuze eine goldene Gesichtsmaske bereits eingearbeitet war. In dieser Verkleidung, das wusste sie, war sie für niemanden zu erkennen. Auch für ihren unbekannten Liebhaber nicht. Sie strich vorsichtig mit den Fingern über die knisternde Seide.

»Gefällt es Ihnen?«

Helen schrak auf. Sie hatte Camilles Anwesenheit einen Moment vollkommen vergessen.

»Ich würde es gern anprobieren. Helfen Sie mir?«

Camille inhalierte tief, dann drückte sie ihre Zigarette auf dem nackten Kaminsims aus und nahm sich das Kleid, um das Mieder aufzuschnüren. Helen zog Jeans und Pullover aus und wartete fröstelnd, denn obwohl der Kamin Tag und Nacht brannte, war es recht kühl im Raum. Schließlich war Camille fertig und hielt Helen das Oberteil hin. Schweigend schloss sie die Schnüre im Rücken, dann half sie ihr in den Rock. Zum Schluss legte sie ihr das Cape um und befestigte die Maske so, dass sie nicht wegrutschen konnte.

»Das hätte ich fast vergessen!« Camille rollte mit den Augen und zog schwarze lange Satinhandschuhe aus ihrer Tasche. Helen seufzte. Unkenntlicher ging es wirklich nicht. Sie ließ sich die engen Handschuhe über die Finger ziehen und trat vor den Kamin. Der Blick in den Spiegel machte sie sprachlos. Die prächtigen Verzierungen an der Kapuze, die Federn und Spitzen, das Gold der Maske – das Kostüm war atemberaubend schön. Helen machte ein paar Schritte und spürte das Rascheln der Stoffe.

»Warum diese Robe?«, fragte sie und hörte dabei ihre Stimme vollkommen fremd klingen. Camille hatte sich gerade eine neue Zigarette angezündet.

»Es ist nur zu Ihrem Schutz«, sagte sie teilnahmslos, dann nahm sie ihre Tasche und ging zur Tür.

»Marisol wird Ihnen beim Ausziehen helfen. Das ist doch sicher in Ihrem Sinne.«

Bevor Helen etwas darauf erwidern konnte, hatte sich die Tür hinter der Hausherrin geschlossen.

»Was wird heute passieren? Warum muss ich ein Kleid tragen, das mich vollkommen unkenntlich macht?«

Helen stand in Nicolas Atelier und sah dem Bildhauer zu, wie er Hammer und Meißel zur Seite legte. Mit langsamen Schritten ging Nicola auf die Fotografin zu, legte eine Hand um ihre Taille und machte ein paar Tanzschritte.

»Warum fragen Sie das, meine Liebe? Gefällt Ihnen die Robe nicht? Es ist eine unserer schönsten. Es müsste Ihnen eine Ehre sein, sie zu tragen.«

Helen spürte, wie sie errötete.

»Ich will ja auch keinesfalls undankbar erscheinen, Nicola. Ich weiß es sehr zu schätzen, was ich hier mit Ihnen – mit Ihnen allen – erleben darf. Aber ich weiß, dass Sie nichts dem Zufall überlassen. Und darum frage ich: Warum dieses Kostüm?«

Der Bildhauer zog sie noch enger an sich. Seine Stimme war rau vor Lust, und er gab sich auch keine Mühe, das zu verheimlichen. Wieder machte er mit ihr einen wiegenden Schritt und ließ sie dann weit über seinen Arm gebeugt zurücksinken.

»Der heutige Abend ist mit den anderen nicht zu vergleichen. Es wird eine Nacht der Rauschhaftigkeit sein, und der Zirkel, der sich in diesem Rausch verlieren wird, ist sehr klein. Sie stehen unter meinem Schutz, Helen. Ich möchte nicht, dass Ihnen etwas geschieht. Und nun geben Sie mir einen Kuss.«

Seine Lippen waren vorsichtig und sanft, fast suchend. Helen genoss die zarten Berührungen, dann öffnete sie langsam ihren Mund und erwiderte das Spiel seiner Zunge.

»Komm.«

Nicola nahm sie an der Hand und zog sie zu der mit Samt bespannten Récamière, die weiter hinten im Atelier stand. Er drückte sie auf das weiche Polster und begann kommentarlos, sich auszuziehen. Auf Helens erschrockenen Blick hin lachte er, dann gab er ihr einen Kuss auf die Nase und sagte: »Niemand wird sich trauen, uns hier zu stören. Selbst der Teufel nicht.«

Er öffnete seine Hose und ließ sie fallen. Helen sah, dass er keine Unterwäsche trug.

»Nimm ihn in den Mund. Er wartet schon so lange auf dich.«

Helen wich zurück. Damit hatte sie nicht gerechnet. Sicher, Nicola hatte eine enorme erotische Ausstrahlung, und sie hatte die Begegnungen mit ihm sehr genossen – aber hatte er nicht vom Recht der ersten Nacht gesprochen? Und war der Galan, Scaramouche, wer auch immer – war der Unbekannte nicht sein Freund?

»Ich weiß, was du denkst«, sagte Nicola leise und griff ihr in die Haare. »Du denkst, warum tut er das? Ich will dir sagen, warum: weil dein großer Unbekannter ein Vollidiot ist. Eine Frau wie dich behandelt man nicht so. Er hat eine Lektion verdient. Und wir beide ein wenig Spaß …«

Der Bildhauer zog Helens Gesicht an seinen Schoß und bot ihr seinen Schwanz an. Helen atmete den warmen Geruch seiner Haut ein und spürte, wie ihr heiß wurde. Da war etwas in diesem Duft versteckt, etwas Einmaliges, etwas Wunderbares. Sie leckte kurz an der Eichel, dann fasste sie zu und begann, an ihm zu saugen. Nicola stöhnte auf und drückte ihr sein Becken entgegen, damit sie seinen Schaft noch besser lutschen konnte. Er schmeckte gut, sehr gut, aber Helen wollte mehr. Ohne in ihren Bewegungen nachzulassen, begann sie, sich aus ihrem Pullover zu befreien.

»Ich helfe dir.«

Nicola zog sich zurück und kniete vor ihr nieder, zog ihr die Jeans von den Beinen und warf sie in eine Ecke. Mit dem nächsten Griff lag auch ihr Pullover dort.

»Spreiz die Beine.«

Helen öffnete ihre Schenkel. Nicola küsste ihren Venushügel durch den dünnen Stoff des Slips hindurch, fuhr mit der Zunge durch ihre Spalte, zog mit den Zähnen an den Schamlippen.

»Zieh dich aus. Ganz.«

Helen löste ihren BH und hob ihr Becken an, um den Slip herunterzuziehen, doch Nicola kam ihr zuvor. Im nächsten Moment war seine Hand zwischen ihren Beinen. Helen spürte erst jetzt, wie feucht sie inzwischen war. Ihre Beine zitterten ein bisschen, als Nicola sich ihre Unterschenkel über die Schultern legte und begann, sie zu lecken. Seine Liebkosungen zeugten von dem Wissen um weibliche Lust, und er ließ ihr alle Zeit, die sie wollte, um ihre wachsende Erregung zu genießen.

»Sag mir, was du willst, meine schöne Helena.«

Nicola hatte sich über die Fotografin gebeugt; seine Finger machten sie weit und nass.

»Ganz schön saftig, kleine Helen.«

Nicola ließ seinen Daumen in ihrer Vagina kreisen und drückte immer wieder an diese ganz besondere Stelle … Helen hielt den Atem an. Das Gefühl der Lust war unbeschreiblich. Es war so ganz anders als die Erregung, die von ihr Besitz nahm, wenn sie geleckt und geküsst wurde. Das hier war etwas ganz anderes.

»Mädchen, du schwimmst mir ja davon.«

Helen sah Nicolas Gesicht über sich, spürte seinen Kuss. Und dann war er auf einmal in ihr, mit seinem ganzen Gewicht hielt er sie auf der Récamière unter sich und trieb seinen Schwanz in sie hinein. Helen hatte die Augen geschlossen. Der Rhythmus seiner Stöße trug sie, nahm sie mit, ließ sie an seiner Lust teilhaben. Es tat so gut, ihn zu spüren, ihn zu riechen, seine Küsse zu schmecken. Bilder der ersten gemeinsamen Nacht kamen in Helen hoch, dann Bilder, in denen er und sein Freund sich ihrer bedient hatten. *Was würde ich darum geben, wenn ER jetzt neben mir sitzen und uns zusehen würde* … Helen schrie auf. Nicola hatte ihr einen Stoß versetzt, der ihr durch Mark und Bein ging. Tränen standen in ihren Augen. Sie mochte es hart, wenn sie hoch erregt war, aber das hier mochte sie nicht.

»Meine kleine …«

Nicolas Augen sahen durch sie hindurch; es war ein Feuer darin, das sie bislang nicht bemerkt hatte. Aber jetzt. Eifersucht. Nicola war eifersüchtig. Und wieder ein tiefer Stoß. Der Bildhauer hatte Helen fest an sich gezogen; ihre Körper waren nass vor Schweiß.

»Was willst du wirklich von mir?«, fragte Helen matt.

Nicolas Antwort war ein Kuss. Dann wurden seine Bewegungen sanft und langsam. Er stieß konzentriert und sacht in sie hinein und zog sich danach fast vollständig zurück, um wieder in sie einzudringen, um sich aus der Hüfte in ihr zu bewegen. Helen spürte seinen Schweiß in kleinen Tropfen auf ihren Körper fallen, auf ihr Gesicht. Sie hatte ihm ihr Becken entgegengestreckt, und er hielt sie nur mit einer Hand; wie an einem Zauberfaden zog er sie an sich heran. Ihre Schenkel zitterten, sie leckte sich den Schweiß von der Oberlippe. Die Lust schrie aus jeder Pore ihres Körpers. Hart griff sie ihm in die Haare und zwang ihn, sie anzusehen.

»Sag endlich. Was willst du von mir?«

Diesmal antwortete er ihr mit seinen Augen. Er drang in sie ein mit seinem Blick, viel tiefer, als sein Schwanz es jemals hätte tun können. Sein Gesicht war ernst.

»Ich will dich«, sagte er leise und küsste ihre schweißnasse Stirn, »für immer.«

»Warum?« Helen wand sich in seiner Umarmung.

»Weil ich dich liebe«, flüsterte er an ihrem Ohr, dann hob er ihr Becken an und gab ihr das, was sie brauchte, um sich in einem Strudel der Lust zu verlieren. *Ist es wirklich wichtig, WER der Mann ist, der in mir ist? Ist das WIE nicht viel wichtiger?*, fragte sich Helen, dann ergab sie sich dem Klopfen unter ihrem Nabel und genoss das Gefühl, ganz bei sich zu sein. Und nur bei sich.

»Du schmeckst gut, wenn du kommst«, sagte Nicola leise und warf ihr Jeans und Pullover zu. Helen blickte sich irritiert um. Der Bildhauer war bereits wieder völlig angezogen; sie selbst lag zusammengekauert wie ein kleines Kätzchen auf dem Tagesbett. Anscheinend hatte sie ein wenig geschlafen.

»Es ist gleich acht«, sagte Nicola. »Zieh dich um – es wird Zeit für uns zu gehen …«

Verwirrt setzte sich Helen auf. Acht Uhr – sie musste den halben Tag in diesem Atelier geschlafen haben. *Verschlafen*, dachte sie und zog sich hektisch an, *ich habe den ganzen Tag verschlafen.*

10

Langsam, fast suchend, steuerte Justin das kleine Boot durch das schwarze Labyrinth der Kanäle. Ein dichter Nebelschleier hing tief über den Wassern, und die Kälte legte sich wie eine eisige Hand auf alle ungeschützten Körperstellen. Entgegen ihrer sonstigen Gewohnheit hatten Camille und Marisol darauf bestanden, allein zum Fest zu fahren. Helen hatte sich nicht darüber gewundert; sie dachte an Camilles Anspielung, den Abend abseits des Balles in erotischer Zweisamkeit zu verbringen, und was lag da näher, als Marisol als Alibi zu nutzen. Nicola saß neben Helen, er war genauso still wie Justin. Der Bildhauer trug wie immer den klassischen Dreispitz mit dunkler Gesichtsmaske und ein langes Cape. Zu Helens Überraschung war auch Justin so gekleidet. *Obwohl es nicht gern gesehen wird, scheinen meine Freunde hier großen Gefallen an Einheitskleidung zu haben*, überlegte sie. *Wen sie wohl heute damit verwirren wollen?*

»Hier muss es sein.«

Nicolas Stimme klang so, als sei er sich nicht ganz sicher. Er machte Justin ein Zeichen anzulegen, und wenig später stand er schon auf dem Steg. Der Bildhauer hüllte sich tief in sein Cape ein, dann marschierte er ohne ein weiteres Wort davon.

»Und wir? Was machen wir jetzt?«

Helen fand Nicolas Verhalten unmöglich. Sie rieb ihre Hände in den langen Satinhandschuhen. Wie konnte er sie einfach kommentarlos in dieser Hundekälte zurücklassen? Justin kletterte zu ihr und schob sich die Maske hoch.

»Heute ist der Ablauf ein wenig anders. Man muss vorsichtig sein. Nicola wird uns holen, sobald alle Formalitäten geklärt sind.«

Helen nickte unter ihrem Kopfputz. Sie spürte schon jetzt, wie schwer und unbequem die Maske war. Ob sie das den ganzen Abend würde aushalten können, war fraglich.

»Warum gehen wir überhaupt da hin, wenn das alles so kompliziert ist?«, hörte sie sich mit fremder Stimme fragen. Die Maske ließ jedes Wort in ihren Ohren dröhnen. Am liebsten hätte sie sich das Ding vom Kopf gerissen. Justin rückte nah an sie heran.

»Es ist eine Ehre, daran teilzunehmen. Und wer einmal dort war, will es immer wieder tun.«

»Tun? Was tun?«, fragte Helen ungeduldig. »Und was soll diese Geheimniskrämerei? Ihr vögelt euch von Fest zu Fest, und auf einmal seid ihr alle so zugeknöpft?«

Sie wollte tadelnd den Kopf schütteln, beließ es jedoch bei einer kleinen Bewegung. Dieses Kostüm war der Horror. Justin lachte auf, aber es war alles andere als ein fröhliches Lachen.

»Es ist nicht meine Sache, dir das alles zu erklären. Und jetzt«, er deutete auf den Steg, »lass uns aussteigen. Nicola wird jeden Moment zurück sein.«

Er reichte ihr die Hand und half ihr, aus dem schwankenden kleinen Boot sicher herauszukommen. Helen ordnete ihre Kleidung; dieses Cape war irgendwie viel zu voluminös. Außerdem endete es in einer Schleppe, die zusätzliches Gewicht verursachte und ihre Schultern noch mehr nach hinten zog. Während sie schweigend neben Justin auf Nicola wartete, stellte sie fest, dass sie schlechte Laune hatte. Bislang war alles hier nur ein großes, buntes Abenteuer gewesen, aber langsam schien sie in etwas hineinzugeraten, was ihr nicht geheuer war. Helen konnte sich auf ihre Intuition verlassen.

Sie spürte Aufregung in sich hochsteigen – und so etwas wie Angst.

Justin hatte sich eine Zigarette angezündet und blies Rauchringe in die Nebelluft. Als sich Schritte näherten, trat er sie schnell aus und befestigte seine Maske. Und da war er auch schon, der Dreispitz. Er trug eine Fackel und blieb in einiger Entfernung stehen. Jetzt machte er den beiden Wartenden ein Zeichen, ihm zu folgen. Dann drehte er sich um und schritt zügig voran. Helen und Justin folgten ihm, aber der Dreispitz ging so schnell, dass sie ihn nicht einholen konnten. Wieder nahmen die Gassen kein Ende. Helen geriet bei dem Tempo schnell außer Atem. Justin bemerkte, dass sie langsamer wurde, und fasste ihre Hand. So zog er sie, immer dem Schein der Fackel folgend, tiefer und tiefer in die venezianischen Gassen hinein. Sie begegneten niemandem; kein Laut drang an ihre Ohren, es war, als wären sie ganz allein in diesem Irrgarten aus nassen, dunklen Pflastersteinen.

Da, endlich, ein geöffnetes Tor in einer Mauer. Helen versuchte den Kopf zu heben, um sich zu orientieren. Es gelang ihr nicht. Resigniert hielt sie Justins Hand fest, der sie an dem Dreispitz vorbei durch die Öffnung schob. Kaum hatten beide das Tor passiert, wurde es hinter ihnen geschlossen. Helen hörte, wie ein Riegel vorgeschoben wurde. Justin hakte sich bei ihr ein und schritt mit ihr über einen winzigen ungepflasterten Hof zu einem Gebäude hin, das nicht wie ein Wohnhaus aussah. Es hatte nicht die Pracht der Palazzi, die sie bis jetzt kennengelernt hatte.

»Es ist das alte Waisenhaus«, erklärte Justin. »Eines von vielen leerstehenden Gebäuden in diesem Teil der Altstadt. Was hier geschieht, interessiert niemanden. Nur uns.«

Langsam, fast andächtig, nahm er mit Helen an seiner Seite

Stufe um Stufe der Treppe hoch zum Eingang. Ein Dialog in Klopfzeichen folgte, dann öffnete sich die Tür. Helen war im ersten Moment geblendet von dem grellen Licht, das ihr entgegenschlug. Justin schien es nicht anders zu gehen, genau wie sie blieb er auf der Schwelle stehen.

»Willkommen«, sagte eine tiefe Stimme. Sie gehörte einem Dreispitz mit Cape und Maske, und einen Moment kam etwas wie Erleichterung in Helen auf, denn sie glaubte, Nicola erkannt zu haben. Dann sah sie sich um. Und erschrak. Alle Männer trugen das schwarze klassische Kostüm, und alle Damen waren genauso angezogen wie sie selbst. Justin deutete einen Handkuss an, dann verschwand er in der Menge der Dreispitze: perfekte Kopien sie alle, sogar in Größe und Statur waren sich die Männer ähnlich. Helen stöhnte auf. Hier konnte jeder jeder sein. *Und wer weiß*, dachte sie, *wie viele der Königinnen hier Frauen sind. Vielleicht bin ich ja die einzige.* Als sie die Tragweite dieser Vermutung begriff, wurde ihr übel. *Das kann Nicola nicht mit mir machen*, überlegte sie, und Panik stieg in ihr hoch, *er hat mir doch versprochen, mich zu beschützen …* Camilles Worte vom Vormittag fielen ihr wieder ein: »Sobald das Licht gelöscht ist, verschwinden Sie.« *Eine gute Idee*, dachte Helen. *Aber wohin?*

Ein lautes Geräusch ließ sie aus ihren Gedanken hochschrecken. Es war der Zeremonienmeister, der mit einem dicken, metallbeschwerten Holzstab auf den Boden klopfte. Sofort war es still in der Halle. Helen wusste, was nun kam.

»Löscht das Licht«, sagte der Dreispitz, »und lasst uns die Königin der Nacht willkommen heißen.«

Helen sah, wie sich alle Blicke auf sie richteten. Die Masken hatten sich in einem weiten Bogen um sie herumgestellt; warum war ihr das eben nicht aufgefallen? Sie selbst stand immer noch in der Nähe der Eingangstür. Kerze um Kerze erlosch, und je dunkler es wurde, desto schneller schlug Helens Herz.

Sie versuchte, die Kostüme zu zählen; es mussten insgesamt so um die dreißig sein, vielleicht auch mehr. Sie spürte, wie sich die Menge langsam auf sie zubewegte. Von irgendwoher klang klassische Musik, erst zart, dann immer lauter. Mozarts Requiem. Helen schluchzte auf. Das Gefühl, im Mittelpunkt zu stehen und nicht zu wissen, was auf sie zukam, wurde ihr unerträglich. Sie würde Nicola die Augen auskratzen für all das hier. Und abreisen. Mit dem ersten Schiff würde sie sich morgen übersetzen lassen. Sie wich zurück und stieß mit dem Rücken an die Haustür. Im Takt kamen die Masken näher, wiegten sich in den Tonfolgen. Helen spürte, wie sie den Boden unter den Füßen verlor. *Dies irae, dies illa… Tag des Zornes, jener Tag… solvet saeclum in favilla… löst die Welt in Asche auf… Das ist alles nur ein Alptraum*, versuchte sich Helen zu beruhigen, dann verlor sie das Bewusstsein.

Das Bett war groß und hatte einen bunten Baldachin. Er war das Erste, worauf ihr Blick fiel, als sie wach wurde. Helen versuchte sich zu erinnern, was geschehen war, aber es gelang ihr nicht. Langsam gewöhnten sich ihre Augen an die Dunkelheit im Raum, und sie konnte erkennen, dass es außer dem brennenden Kamin keine Lichtquelle gab. Vor dem Kamin stand ein Sessel und in dem Sessel saß jemand. Sie konnte sich denken, wer das war. Die Situation erschien ihr wie ein Déjà-vu. Helen wollte sich aufrichten, aber auch das war nicht möglich. Erst jetzt registrierte sie, dass ihre Hände zu beiden Seiten an das Bett gebunden waren. Helen blickte an sich hinunter. Sie war nackt.

»Wo bin ich?«, fragte sie und spürte, wie ihre Stimme zitterte. »Und was ist passiert, und wie lange bin ich schon hier?«

»Immer diese Fragerei«, war die Antwort. Es klang spöttisch. »Zu Frage eins, du bist da, wo du hingehörst: in meinem Bett.

Zu zwei – bis jetzt noch nichts, und zu drei – viel zu lange … ohne meine Stöße …«

Der Mann war jetzt aufgestanden und kam auf das Bett zu. Im Gehen zog er sich aus, ganz selbstverständlich und vertraut ließ er seine Sachen fallen. Die schwarze Gesichtsmaske und die ebenso schwarze Perücke mit Dreispitz legte er nicht ab. *Natürlich legt er sie nicht ab*, dachte Helen, und etwas wie Wut über ihre eigenen Empfindungen flackerte in ihr auf. *Dieser Galan, Scaramouche, Dreispitz … was auch immer, ich will ihn spüren. Jetzt.* Der Mann ließ sich am Bettrand nieder. Ohne Umschweife griff er an ihre Brüste, glitt mit den Händen über ihren Hals, über ihr Gesicht.

»Ich fände es sehr freundlich, wenn ich endlich wüsste, wer mich da betatscht«, zischte Helen. Sie merkte sofort, dass sie nicht besonders glaubhaft klang. Seine Antwort war dann auch ein lautes Lachen. Er schüttelte den Kopf.

»Kaum wach und schon wieder das wilde Käthchen? Mir war, als wärest du ein wenig enttäuscht gewesen, dass ich dich gestern so schnell verlassen habe. Das wollte ich wiedergutmachen. Und nun bist du schon wieder frech.«

Er legte sich an ihre Seite und begann, ihre Brüste zärtlich zu streicheln. Helen spürte, dass ihr Körper sofort reagierte. Sie ärgerte sich darüber, aber sie konnte nichts dagegen tun. Wo seine Hände sie berührten, begann ihre Haut, vor Lust zu glühen. Helen schlug die Beine übereinander und bemerkte, wie feucht sie bereits war.

»Mach meine Hände los«, sagte sie so ruhig wie möglich. Der Dreispitz blickte sie an und antwortete ebenso ruhig: »Damit du wieder an meiner Maske herumziehst? Ich trau dir nicht, du kleines Aas.«

»Ach, leck mich am Arsch.« Helen drehte den Kopf weg. Jetzt war sie wirklich wütend. Der Dreispitz lachte wieder, noch lauter als zuvor.

»Das geht leider nicht, weißt du doch. Keine Küsse, schöne Helena …«

»Du weißt genau, wie ich das meine.« Helen spuckte ihm die Worte förmlich ins Gesicht. »Ich verachte dich.«

»Das ist bedauerlich – für mich, denn deiner Lust scheint die Verachtung ja nicht im Wege zu stehen.«

Er hatte ihr seine Hand zwischen die Schenkel geschoben und berührte vorsichtig ihren Kitzler. Helen stöhnte. Dieser Mistkerl hatte Recht. Sie fand ihn arrogant und widerlich, aber sie sehnte sich mit jeder Faser ihres Körpers nach ihm. Sein Daumen umspielte ihre Vagina, drang in sie ein. Helen bäumte sich auf. Sie wollte mehr. Die schreckliche Situation in der Halle mit all den identischen Dreispitzen und Königinnen lag hinter ihr, und Stück für Stück kehrte ihr Verstand zurück. Ihr war anscheinend nichts passiert; vielleicht war das alles nur ein zugegeben etwas ungewöhnliches Vorspiel für das gewesen, was sie nun im Begriff war zu erleben. Vielleicht war das alles sein Plan gewesen.

»War das dein Plan?«, fragte sie etwas atemlos.

Ihr Liebhaber bewegte weiterhin seinen Daumen in ihr, strich mit der anderen Hand über ihren Bauch, über ihre Brüste.

»Nein, das soll dir Nicola erklären. Ich bin nur der Nutznießer dieser – Situation.«

Er nahm seine Hand zurück, rollte sich auf sie, kratzte leicht durch ihre Achseln. Helen fühlte, wie hart sein Schwanz war und wie heiß. Sie zog an den Schnüren, mit denen sie festgebunden war. Die Bänder schnitten tief in ihre Haut und hatten schon rote Striemen hinterlassen. Helen entfuhr ein unwilliger Laut. Sie hasste es, ihm so ausgeliefert zu sein. Jetzt war sein Kopf ganz nah an ihrem. Sie hörte ihn hinter der Maske atmen. Dann spürte sie auf einmal seine Hände an ihren Handgelenken. Im nächsten Moment waren die Fesseln gelöst.

»Danke.« Helen atmete tief ein und zog die Arme an ihre

Brust. Sein Kommentar war ein Knurren, jedenfalls hörte es sich durch die Maske so an.

»Hier seid ihr also!«

Helen schrak auf. Das war Nicola. Atemlos stand er in der offenen Tür. Er hatte seine Maske hochgeschoben und schäumte vor Wut. Helens Liebhaber seufzte, dann löste er sich von ihr, stand auf und bedeckte sie mit ihrem Cape. Helen registrierte, mit wie viel Behutsamkeit das geschah. Dann trat er dem Eindringling entgegen. Der nackte, erregte Körper und der maskierte Kopf waren eine Kombination, die sie ungewollt zum Schmunzeln brachte.

»Das ist mein Haus, alter Freund«, sagte der Nackte betont ruhig. »Was willst du hier? Ich habe – Damenbesuch, wie du unschwer erkennen kannst.«

Nicola lachte laut auf und zeigte auf Helen.

»Ich weiß, dass das dein Haus ist. Du … du hast sie gestohlen. Du hast Helen einfach mitgenommen. Wer gab dir das Recht dazu?«

»Das Recht? Pah!« Jetzt war es der andere, der sich vor Nicola aufbaute. »Das Recht der ersten Nacht, ja. Das Recht, Scharaden mit Pagenlivrees zu inszenieren, ja. Alles ja, ja, ja. Aber diese Frau mit in unseren innersten Zirkel zu bringen, wohl wissend, was ihr dort widerfahren würde – NEIN. Das kann ich nicht zulassen.«

»Du hast sie gestohlen«, wiederholte Nicola. Er klang wie ein trotziges Kind, das sein Spielzeug wiederhaben will.

»Sie ist in meinem Haus, und hier bleibt sie.«

»Du hast sie gestohlen.« Nicola trat von einem Fuß auf den anderen, wankte. *Er ist total betrunken*, dachte Helen.

»Nicola?« Im Türrahmen erschien eine der zahlreichen Königinnen der Nacht.

»Nimm ihn mit, Camille«, sagte der Unbekannte, »er hat ein wenig zu viel getrunken.«

Die Königin nickte und griff nach Nicolas Hand. Ohne Widerstand folgte der seiner Frau und zog hinter sich die schwere Tür ins Schloss. Der Hausherr quittierte das mit einem zufriedenen Nicken und ging langsam zum Bett, wo Helen sich inzwischen in warme Decken geschmiegt hatte. Er legte sich neben sie und blickte hoch zum Baldachin. Helen sah ihn aufmerksam an. Sie fühlte sich diesem Mann auf einmal sehr nahe.

»Nimm doch endlich dieses dämliche Ding ab. Bitte.«

»Nein.«

»Und jetzt?«

»… genießen wir diese Nacht, schöne Helena.«

Er schlug die Decke zurück und legte seine Hand auf ihren Bauch. Helen griff nach seinem Handgelenk.

»Ich glaube, ich habe heute Abend ganz schön Glück gehabt, kann das sein?«

»Das kann wohl sein«, hörte sie seine dumpfe Stimme sagen, »das kann wohl sein.«

Noch auf der Treppe fing Camille an zu schimpfen.

»Was hast du dir dabei gedacht, du geiler Bock?«

Sie schlug ihm ihren Pompon in den Rücken, was allerdings mehr symbolisch gemeint war. Trotzdem heulte Nicola auf, als habe sie ihn verletzt. Camille lachte und blieb stehen. Sie konnte ihrem Mann einfach nicht lange böse sein.

Nicola lachte auch. Dann nahm er seine Frau in den Arm und ging mit ihr eng umschlungen die letzten Stufen hinab. Ein Diener öffnete ihnen die Tür. Er sah dem Paar nach, das innerhalb weniger Momente vom Schwarz der Nacht verschluckt wurde.

Helen lag auf dem Rücken und bewegte sich nicht. Ihr Geliebter lag auf ihren Schenkeln und drückte sie mit seinen Beinen zusammen. Langsam ließ er seinen Schwanz in sie hineingleiten, bevor er sich ebenso langsam wieder aus ihr zurückzog. Helen hatte die Augen geschlossen. Sie wusste nicht, wann sie das letzte Mal durch einen Mann solche Wonne erlebt hatte. Ihr Schoß schien sich unter seinen Stößen in Nässe und Leidenschaft aufzulösen. Das Gefühl war so intensiv, dass sie kaum noch atmen konnte. Ihr ganzes Sehnen und Streben galt einzig dem erlösenden Moment der absoluten Hingabe, aber der Unbekannte schien es nicht eilig zu haben.

»Pause?«, fragte er dicht an ihrem Ohr, doch ihre Antwort war ein heftiges Kopfschütteln. »Nein?« Er lachte leise. »Es tut gut, so richtig durchgefickt zu werden, hab ich Recht?«

Helens Antwort war ein Stöhnen. Sie war so kurz davor, so kurz … vor einer ungeahnt heftigen Explosion ihrer Sinne. Der Dreispitz lachte wieder und kniff vorsichtig in ihre erregten Nippel. Wieder stöhnte Helen auf. Ihre Beine zitterten in der Umklammerung seiner Schenkel. Sie spürte, wie sich ein feiner Schweißfilm auf ihrem Körper bildete. Noch zwei, drei Stöße und sie würde die Welt hinter sich lassen und eins sein mit dem Toben, das aus ihrem Schoß heraus auf ihr ganzes Wesen übergreifen würde. Jetzt … Der Orgasmus packte sie, und wie von fremder Hand gesteuert, warf sie sich auf den Laken hin und her, versuchte, sich aus seiner Beinklammer zu befreien. Es gelang ihr nicht, im Gegenteil. Ihr Liebhaber hielt sie mit beiden Händen fest auf die Matratze gedrückt und bewegte sich weiter in ihr. Sie krallte sich an seinen Handgelenken fest und versuchte, seine Hände von ihren Schultern zu drücken.

»Hör auf«, japste sie zwischen zwei Atemzügen, »lass mich, bitte, ich kann nicht mehr.«

»Natürlich kannst du. Beruhige dich ein bisschen … ja … beruhige dich.«

Seine Bewegungen wurden nun noch langsamer. Wenn Helen seine Augen hätte sehen können, hätte sie festgestellt, dass er sie aufmerksam beobachtete. In dem Moment, als sie entspannt die Hände zur Seite fallen ließ, zog er sich aus ihr zurück und öffnete ihre Schenkel.

»Du zitterst ja immer noch«, sagte er leise. Dann glitten seine Finger zwischen ihren nassen Lippen hin und her, als suchten sie nach einem geeigneten Ausgangspunkt für die nächste erotische Runde. Helen blickte ihn an und sah, dass er zwischen ihren Beinen kniete und seinen Schaft rieb. Dann hob er ihr Becken an und zog mit einer Hand ihre Pobacken auseinander. In der anderen hielt er seinen Schwanz und strich sanft an ihrer geschwollenen Vagina entlang. Er schien die Nässe und Hitze ihres Schoßes zu genießen, denn er stöhnte laut auf. Dann drückte er die Eichel an ihren Anus. Helens Herz klopfte schnell. Sie hatte gerade einen wundervollen Höhepunkt erlebt und war schon wieder total erregt beim Gedanken daran, ihn auf diese Weise zu spüren. Sie atmete tief ein und entspannte sich. Das war der Moment, in dem er in sie eindrang. Seine Bewegungen waren schnell und tief und alles andere als sanft. Helen genoss diese intensive Begegnung. Sie spürte ihn so gut, so unendlich gut … und da waren seine Finger, sie spielten an ihr, in ihr, rieben an ihrem Kitzler. Und wieder ein tiefer Stoß. Sie drückte ihm ihr Becken entgegen, wollte ihn noch härter und noch tiefer.

»Ich spritz dir alles auf den Bauch, wenn du magst«, flüsterte er an ihrem Ohr. Trotz seiner Maske konnte sie hören, wie heiser seine Stimme klang. Helen nickte, sprechen konnte sie nicht mehr. Dieses heisere Timbre gab ihr den Kick. Sie ließ sich fallen, und der Orgasmus riss sie mit sich fort.

»Ich denke, ich muss mich bei Ihnen entschuldigen.«

Nicola saß sichtlich verkatert am Küchentisch und legte seine Serviette beiseite, als die Fotografin den Raum betrat. Er stand auf, räusperte sich umständlich und ging dann mit beherztem Schritt auf sie zu.

»Es tut mir leid, meine Liebe. Glauben Sie einem alten Narren. Mein Temperament ist mit mir durchgegangen.«

Wie es seine Art war, umarmte er Helen mit großer Geste und zog sie an der Hand mit sich zum Tisch, wo er ihr den Stuhl zurechtrückte und Kaffee und heiße Milch eingoss. Helen versuchte, möglichst unbeteiligt zu wirken. Ihre Wut auf den Bildhauer war zwar inzwischen verflogen, und wenn sie an die Stunden in den Armen ihres Geliebten dachte, war sie sowieso mit der ganzen Welt versöhnt, aber sie wollte dem alten Haudegen nicht so einfach die Absolution erteilen. *Er soll sich Mühe geben*, dachte Helen, *und er soll sagen, was das gestern Abend für eine Veranstaltung war.* Nicola hatte inzwischen auch wieder Platz genommen und reichte ihr Brot und Butter. Die Fotografin bediente sich, dann blickte sie ihren Gastgeber offen an.

»Haben Sie mir sonst nichts zu sagen, Nicola? Ich finde, bei alldem, was ich erlebt habe, wäre eine Erklärung ganz angebracht.«

Sie bestrich eine Scheibe Weißbrot mit Butter und Honig und wartete. Nicola reagierte, indem er ebenfalls in den Brotkorb langte und sich umständlich bediente. Helen seufzte und legte ihr Brot auf den Teller.

»Nicola!«

Ihre Stimme, auf einmal bestimmt und hart, ließ den Bildhauer zusammenzucken. Er trank einen Schluck Kaffee und fixierte sie dabei über den Tassenrand hinweg, was schon wieder so komisch aussah, dass Helen ungewollt schmunzeln musste. Jetzt war sie es, die die Tasse zum Mund führte. Nicola hielt ihrem Blick stand, dann lehnte er sich auf seinem Stuhl zurück, schlug sich mit den Händen auf die Schenkel und sagte, mehr zu sich als zu seinem Gast: »Also gut, Helen, also gut …«

Helen schenkte sich Kaffee nach und hörte aufmerksam zu. Das, was Nicola erzählte, entsprach im Großen und Ganzen dem, was sie erwartet hatte. Sie war in einen erotischen Zirkel hineingeraten, bei dessen Zusammenkünften jedes Mal eine einzige Frau im Mittelpunkt stand. Diese Frau gab sich die ganze Nacht lang den Leidenschaften der Anwesenden hin und war mit diesem Ritual in die Gemeinschaft aufgenommen.

»Das ist ein Gang-Bang, Nicola.«

Helen tunkte eine Madeleine in den Milchkaffee und freute sich, dass das Gebäck dieses Mal heil blieb. Nicola machte eine abschätzende Bewegung.

»Ich würde lieber sagen: eine Spielwiese für Obsessionen …«

»Und diesen Obsessionen wollten Sie mich aussetzen – ohne mich vorher informiert zu haben? Ich hatte Angst, Nicola. Mir war ganz schlecht vor Angst.«

Der Bildhauer beugte sich zu ihr und tätschelte ihre Hand.

»Ich weiß, es war zu früh. Aber die Gelegenheit war einmalig …«

»Zu früh?« Helens Augen blitzten. »Das war nicht zu früh, das war grundsätzlich falsch. Ich habe Ihnen vertraut. Sie haben versprochen, mich zu beschützen. Und dann das.«

Jetzt griff Nicola nach ihrer Hand und küsste ihre Finger, einen nach dem anderen. Helen seufzte. Gegen seinen Charme war kein Kraut gewachsen.

»Wären Sie mitgegangen, wenn ich Ihnen die Wahrheit erzählt hätte?«, fragte er mit treuherzigem Blick. Helen legte den Kopf schief.

»Nein, ich glaube nicht.«

»Habe ich mir gedacht. Und ich weiß auch, warum. Weil Sie vollkommen verliebt sind in diesen – Kerl – und keinen anderen mehr wollen. Darum.«

Nicola stand mit einem Ruck auf, der seinen Stuhl zu Boden fallen ließ. Wie ein Tiger ging er in der Küche auf und ab, die Hände hinter dem Rücken verschränkt. Helen beobachtete ihn genau und wartete auf weitere Ausbrüche. Aber es schienen keine neuen Schimpftiraden zu folgen. Die Fotografin sah auf die Uhr. Der Morgen war bereits weit vorangeschritten, und sie musste sich beeilen, wenn sie den Garten der Casparis heute noch ablichten wollte. Sie faltete die Leinenserviette zusammen und stand auf. Nicola blieb stehen und sah sie an. Die Verwundbarkeit in seinem Blick berührte sie.

»Darf ich ehrlich sein, Nicola? Ich glaube, Sie sind eifersüchtig. Kann das sein?«

Für einen Moment kniff Nicola die Augen zusammen, dann entspannte er sich und schlenderte auf Helen zu.

»Eifersüchtig? Ich? Das sehen Sie vollkommen falsch.«

11

Helen genoss die Wintersonne, die sich endlich durch die graue Wolkendecke gekämpft hatte, und streckte die Beine von sich. Noch ein wenig hier sitzen bleiben, den Touristen zuschauen, wie sie voll Ehrfurcht und Erstaunen diesem fremdartigen Treiben beiwohnten, ohne im Geringsten ein Teil davon zu werden … Sie blinzelte in das kalte Licht und bestellte beim Kellner noch einen Weißwein mit Aperol. Justin zündete sich gerade eine neue Zigarette an und zeigte ebenfalls auf sein Glas. Er bevorzugte Gin Tonic.

»Was habt ihr eigentlich gestern Abend gemacht ohne mich?«, begann sie das Gespräch ohne Vorgeplänkel. Justin nahm einen Zug und zuckte mit den Schultern.

»Irgendeine findet sich immer, weißt du. Die Weiber finden es geil, von allen genagelt zu werden, vor versammelter Mannschaft. Soweit ich weiß, gibt es sogar eine ›Warteliste‹ …«

Er sah sie an, und sein Blick war ernst. »Ich bin froh, dass du umgekippt bist. Ich glaube, so was ist nicht dein Stil. Oder?«

Helen nickte und legte Geld auf das Tablett des Kellners, der sich dankend mit einem Kopfnicken zurückzog. Sie hob ihr Glas und stieß mit Justin an.

»Auf die Ohnmacht, sozusagen.« Sie zwinkerte ihm zu. »Und was ist dann passiert?«

Justin antwortete nicht sofort; er war dabei, das optimale Mischungsverhältnis zwischen Gin und Tonic herauszufinden. Schließlich schmatzte er zufrieden und trank. Dann schenkte er Helen seine volle Aufmerksamkeit.

»Es ging alles ziemlich schnell. Zwei Diener sind zu dir hin und haben dich weggetragen. Wir dachten erst, in einen Nebenraum oder so. Nicola und ich haben dich überall gesucht. Als wir gemerkt haben, dass ER auch nicht mehr da war – tja. Den Rest kennst du …«

Er nickte bedächtig vor sich hin und blinzelte in die Sonne. »Was ist eigentlich mit der Parfümerie? Wollen wir da noch hin? Ist nämlich schon ganz schön spät, *Signorina.*«

Helen wickelte sich in ihren Schal und zog den Reißverschluss ihrer Daunenjacke hoch. Sie stand auf und schlug vage die Richtung ein; Justin folgte ihr durch die engen, gut besetzten Stuhlreihen. Nach ein paar Metern übernahm er jedoch die Führung, und wenige Minuten später standen sie vor dem kleinen Laden. Im Gegensatz zu neulich war das Geschäft heute geradezu überfüllt mit Kunden. Helen und Justin blieben vor dem Schaufenster stehen und betrachteten das Menschenknäuel, in dem die Verkäuferin hin und her hetzte.

»Was willst du da eigentlich«, wollte Justin wissen, »ich dachte, du hättest dir da vorgestern gerade was gekauft?«

Helen sah ihn an.

»Hab ich auch, aber das Zeug wirkt nicht. Absolut nicht.«

Aus den Augenwinkeln heraus sah sie, dass Justin grinste. Er stupste sie leicht an.

»Machst du immer dein Parfüm dafür verantwortlich, wenn's mit einem Kerl nicht so läuft?« Er suchte seine Taschen nach Zigaretten ab und summte zufrieden, als er die Packung gefunden hatte.

»Trägst du es jetzt auch?«, fragte er, die Zigarette schon im Mundwinkel. Helen schüttelte den Kopf.

»Nein, erst heute Abend.«

Justin inhalierte und atmete lange aus. Dann kam er ihr mit seinem Gesicht ganz nahe. Seine Lippen berührten ihre Wange, als er ihr ins Ohr flüsterte: »Es wird ihn wahnsinnig machen. Du wirst ihn wahnsinnig machen. Verlass dich drauf.«

Helen drehte sich vor dem Spiegel über ihrem Kamin hin und her. Marisol stand hinter ihr und versuchte, die Haken an ihrem Oberteil zu schließen. »Zappel nicht so rum, Helen, ich muss mich auch noch anziehen!« Mit einem beherzten Ruck schloss sie auch die letzten Haken in der Taille.

»Ich kriege keine Luft mehr«, keuchte Helen. Als sie Marisols erschrockenes Gesicht sah, musste sie lachen. Dann stieg sie in ein Gestell aus leichtem Draht, den Unterrock, der das schwere Ungetüm aus Seidentaft in Form halten sollte. Marisol klatschte in die Hände vor Vergnügen.

»Bei der Perücke helfe ich dir – ich hole nur schnell meine Sachen.« Im nächsten Moment war sie fort, und die Tür fiel laut hinter ihr ins Schloss. Helen begann, sich schon einmal weiß zu schminken, dann musste sie nicht untätig herumsitzen und warten. Auch wenn wieder eine Maske ihr ganzes Gesicht bedecken würde, trug sie die Farbe dort ebenfalls auf. Vom Dekolleté bis zur Stirn war sie weiß wie Schnee, als Marisol zurückkam. Jetzt noch die bienenkorbartige, ebenfalls weiße Perücke, dann ein paar Schmetterlinge ins Haar – die Frau, die Helen im Spiegel entgegenblickte, schien gerade dem Hofstaat von Marie Antoinette entsprungen zu sein. Ihr Kleid war von elegantem, am Oberkörper sehr engem Schnitt. Auf dem in zartem Gelb und Weiß gestreiften Stoff waren hier und da große, bunte Schmetterlinge aufgestickt, sie sahen aus wie die, die sich in ihren Haaren fanden. Der Ausschnitt ließ die Brust frei, und nur ein kunstvoll drapiertes Spitzentuch vermittelte den Eindruck, die Brust sei verhüllt.

»Wunderschön.« Marisol gab Helen einen Kuss auf den Mund. »Du bist einfach wunderschön.«

»Ich glaube, ich habe mich in keiner Robe so wohlgefühlt wie in dieser«, sagte Helen leise. Sie wusste, dass Marisol Recht hatte. In diesem Kostüm sah sie umwerfend aus.

»Und nun zu dir. Was hast du mitgebracht?« Sie zog neugierig die Kleider aus dem Leinensack, den Marisol auf dem Bett abgelegt hatte. Die Robe war aus weißem, fließendem Stoff. Als Marisol hineinschlüpfte, erkannte Helen, dass es ein Gewand im antiken griechischen Stil war. Es wurde zwischen Brust und Taille durch goldene Kordeln dem Körper angepasst und hatte auf der einen Schulter eine große goldene Schnalle, die eine Art Überwurf hielt. Dazu kamen eine kleine weiße Halbmaske und geschnürte goldene Sandalen.

»Als Verkleidung kann man das ja nicht so wirklich bezeichnen«, kommentierte Helen das Ergebnis. »Gibt es einen Grund dafür, warum du so erkennbar sein darfst?«

Marisol nickte und fing an, sich die Haare hochzustecken.

»Camille hat jemanden für mich gefunden. Darum trage ich das Kleid der Aphrodite.« Sie lächelte und blickte dann verlegen zu Boden.

»Marisol.« Helen nahm die andere in den Arm, soweit das möglich war bei den Ausmaßen ihrer Robe. Die junge Frau schluchzte und löste sich aus der Umarmung.

»Warum weinst du?«, fragte Helen sanft.

»Heute ist mein letzter Ball«, erwiderte Marisol und schluchzte noch mehr, »und dann muss ich mit irgendeinem Langweiler in die italienische Provinz ziehen und sehe das alles hier vielleicht nie wieder.« Jetzt weinte sie bitterlich.

Helen legte die Hand unter Marisols Kinn und zwang sie, ihr in die Augen zu schauen.

»Wir beide werden uns bestimmt wiedersehen, Marisol, ganz bestimmt. Wenn nicht hier, dann in Berlin oder ...«, sie versuchte ein Lächeln, »... in der italienischen Provinz.«

Sie wusste, Marisol hatte Angst, dieses bequeme Nest, das

Nicola ihr bereitet hatte, zu verlassen. Aber Camille und Justin schienen sich durchgesetzt zu haben.

Justin hatte ihr auf dem Weg zur Parfümerie von der Opulenz dieses Festes erzählt, und seine Augen hatten geleuchtet vor Begeisterung. Nun, als Helen in Begleitung von Marisol die breite Treppe zum Foyer hinunterschritt, musste sie ihm beipflichten. Da Nicola in diesem Jahr den Vorsitz des erotischen Zirkels innehatte, den sie hatte erleben dürfen, fand die letzte Zusammenkunft der Saison in seinem Haus statt. Helen war fasziniert von der Pracht, die die Räume bei Licht und Musik entfalteten. Unten an der Treppe stand Camille, einzig an ihren kleinen Trippelschritten zu erkennen, im Habit von Elisabeth I., inklusive rot gelockter Perücke und mit rundem Spitzenkragen über der schweren Samtmontur. Justin trug sein Harlekinkostüm und winkte ihr von der Eingangstür aus zu, wo er Fackeln entzündete.

»Meine Liebchen.« Das war unverkennbar Nicola. Breitbeinig stolzierte er in seinen kurzen Samthosen unter dem breitschultrigen Umhang auf die beiden Frauen zu. *Heinrich VIII.*, fuhr es Helen durch den Kopf, *wie er leibt und lebt.* Er reichte Helen die Hand und machte mit ihr ein paar wiegende Tanzschritte. »Unsere letzte Nacht, schöne Helena.«

Helen sagte nichts. Ja, es war ihre letzte Nacht. Die letzte Gelegenheit, ihn zu sehen, und vielleicht, ja, vielleicht würde er sich doch noch zu erkennen geben. Sie war sich inzwischen vollkommen sicher, dass es Adrian nicht sein konnte, aber wer war es dann? Auf einmal fiel ihr Nina ein. Nina und Thilo und das *Duke* und Berlin und … ja. Morgen noch ein wenig ausruhen und Donnerstag dann zurück.

»Marisol wird uns heute verlassen«, versuchte Nicola erneut, die Konversation mit ihr in Gang zu bringen.

»Du weißt, dass ich dich liebe. Bleib hier. Bitte.«

Helen schüttelte energisch den Kopf und spürte, wie die Bienenkorbperücke wackelte.

»Du begehrst mich, aber du liebst mich nicht, Nicola. In erster Linie liebst du dich und dann Camille. Und Justin – ein wenig.«

Sie wunderte sich über die Offenheit ihrer Worte, aber noch viel mehr darüber, dass der Bildhauer sie ihr nicht übelzunehmen schien. Nicola presste sie an sich.

»Begehren, Liebe – wo endet das eine, wo beginnt das andere, meine Kleine, sag es mir? Ist es nicht alles eins, wenn wir es nur wollen?« Zärtlich ließ er sie aus seinem Arm gleiten und gesellte sich nach einer tiefen Verbeugung zu Elisabeth I. Ein Wink, und die Diener postierten sich an der Eingangstreppe, die Musiker begannen zu spielen. Es war ein Rondo.

Helen hatte sich dem Trubel entzogen. Sie stand oben auf der Galerie und betrachtete die Empfangsszenerie unter sich in der Halle mit einer Mischung aus Neugier und Wehmut. Ein Paar nach dem anderen defilierte an Camille und Nicola vorbei, aber von ihrem unbekannten Liebhaber war weit und breit nichts zu sehen. Sie hatte ihre Aufmerksamkeit vollkommen von den Kostümen abgezogen und konzentrierte sich nur auf die Körpersprache und den Gang der Männer, die den Gastgebern ihre Aufwartung machten. Doch so sehr sie sich auch bemühte, sie konnte ihn nirgendwo entdecken. Inzwischen hatte der Zeremonienmeister das Fest eröffnet, und es wurde langsam um sie herum dunkel. Nur noch wenige Fackeln brannten, und die Gesellschaft begann, sich ungeniert der Lust hinzugeben. Helen entdeckte Marisol, die mit einem gut gewachsenen Bajazzo an einer Säule lehnte. Er schien ihr zu gefallen; zumindest flirtete sie mit ihm. *Ob das der Lang-*

weiler aus der Provinz ist?, dachte Helen und lächelte. *So langweilig schien er doch gar nicht zu sein.* Ein paar Meter weiter entdeckte sie Justin in seinem silbrig glänzenden Harlekinkostüm mit einem hübschen Pagen. Ihre Augen suchten weiter.

»*Signorina.*«

Helen drehte sich um, sie kannte diese Stimme. Es war der *Dottore*, der sie am Abend bei den Casparis in das Zimmer geführt hatte, wo Nicola den ersten Tanz einforderte. Das Recht der ersten Nacht… Was wohl heute auf sie wartete? Wortlos folgte sie dem dunklen Schatten über die Flure der Galerie in einen abgelegenen Teil des Gebäudes. Die Restauratoren hatten diesen Trakt wohl übersehen; die Wände waren klamm, die Fresken matt und schadhaft. Es roch nach Kälte und Wasser. Der *Dottore* öffnete eine Tür und ließ sie eintreten. Trotz des brennenden Kaminfeuers war der Raum unangenehm feucht. Helen fröstelte; sie fühlte sich unwohl. Allein die Hoffnung, hier ihren unbekannten Gespielen wiederzutreffen, ließ sie ausharren. Als die Minuten vergingen, ohne dass etwas passierte, wurde die Fotografin unruhig. Heute war ihr letzter Abend in Venedig, und es sollte ein fulminanter Abschied von der morbiden Lagunenstadt werden. Stattdessen wartete sie in einer muffigen Kammer auf einen Mann, der anscheinend ein Spiel mit ihr trieb. Genervt öffnete sie die Tür, um zu gehen, und prallte mit dem *Dottore* zusammen.

»Lassen Sie mich vorbei«, zischte Helen, »ich habe genug von dieser Warterei.«

Der Mann trat augenblicklich zur Seite und ließ sie passieren. Helen machte ein paar Schritte, dann drehte sie sich noch einmal zu ihm um: »Sagen Sie ihm, ich habe es satt. Er soll mich in Ruhe lassen.«

»Wie schade.« Der *Dottore* legte bedauernd die Hand auf sein Herz. Helen sah ihn genau an, fixierte ihn. War das wirklich der Mann, der sie in diesen Trakt geführt hatte? Oder war sie schon wieder einer Scharade aufgesessen? Sie schüttelte den Kopf und stohnte kurz auf unter der Last der schweren Perücke. Sie hob drohend den Zeigefinger gegen den Maskierten.

»Und wenn DU es bist, dann umso besser: Ich hab genug von dem ganzen Spektakel. Du spielst mit mir, mit meinen Gefühlen … lass das. Auf der Stelle.«

Sie stampfte zornig auf. Seine Reaktion war ein lautes Lachen. Helen erschrak. *Er ist es wirklich*, dachte sie und wich zurück. Aber es war zu spät. Er hatte sie schon gepackt und hielt sie in der Taille fest.

»Ich mag es, wenn du wütend bist«, sagte er maliziös. Helen trat ihm zur Antwort auf den Fuß.

»Und ich mag es nicht, ständig verarscht zu werden.«

»Das tat weh.«

»Sollte es auch.«

Der *Dottore* schüttelte tadelnd den Kopf und zog sie noch enger an sich. Für einen Moment spürte sie sein Herz schlagen. Dann stieß er sie von sich, drehte sich um und ging. Einfach so.

»Einfach so?«

Justin hatte seine Maske hochgeschoben und saß auf dem Küchentisch. Er hatte ein sehr volles Weinglas in der Hand und balancierte gefährlich damit herum. Vor ihm saß Helen. Auch sie hatte sich ihrer Maske entledigt; ihre weiße Schminke war verschmiert. Sie schniefte und trank ein Glas Wein auf ex. Dann nickte sie, immer noch schniefend.

»Er ist so ein arrogantes, widerwärtiges Arschloch, Justin. Glaub mir.«

Justin schenkte ihnen beiden nach und zündete sich umständlich eine Zigarette an. Er legte den Kopf in den Nacken und inhalierte tief. »Irgendwie schade mit Marisol.«

Helen wusste zwar nicht, was diese Bemerkung jetzt sollte, aber sie ging darauf ein.

»Ich glaube, sie mag ihren Bajazzo«, sagte sie und lächelte Justin schief an. »Kennst du ihn?«

Justin nickte. »Ein Freund von Nicola. Aus Berlin. Frag mich nicht, wie er heißt. Ich habe ihn nur einmal kurz gesehen, als Camille ihn neulich vom Flughafen abgeholt hat.« Er drückte die Zigarette auf dem Tisch aus und schnippte die Reste auf den Boden.

»Nun guck nicht so. Ich glaube, du warst gerade irgendwo hier im Haus am Fotografieren.«

»Wie sieht er aus?« Helens Herz klopfte. Justin räkelte sich auf der Tischplatte und war sich seiner Wichtigkeit für den Moment vollkommen bewusst.

»Ganz schön attraktiv, würde ich sagen. Nicht mehr jung, aber irgendwie was Jungenhaftes.« Er grinste.

Helen spürte, wie ihr schwindelig wurde. So, wie Justin den Mann beschrieb, konnte es nur Jasper sein. Komisch, sie hatte überhaupt nicht mehr an ihn gedacht seit ihrer missglückten Verabschiedung bei seinem Dinner. Sie schloss die Augen. Alles kam in ihr hoch. Ihre erste Begegnung. Die Besichtigung seines Gartens, Nicola … Und nun hatten sie ihm Marisol zugeschanzt. So einfach war er also zu trösten. Sie erinnerte sich an seine Worte: *Ich könnte in Ihren Augen ertrinken …* Helen fühlte etwas wie Wut in sich hochsteigen. *Also doch*, dachte sie und spürte, wie der Zorn in ihrem Hals würgte, *es war alles nur blödes Gerede. Reine Anmache. Gut, dass ich nicht darauf hereingefallen bin. Ich hätte dir mehr Stil zugetraut, lieber Herr von Schöning.* Sie führte ihr Glas an den Mund und überlegte. Wenn sie wieder in Berlin war, würde sie ihn – ihn und Marisol – besuchen. Auf sein Gesicht war sie jetzt schon gespannt.

»Endlich ein paar echte Menschen.« Das war Camille. Sie hatte sich ihre Halbmaske in die rote Lockenpracht geschoben und kramte in ihrem Pompon nach Zigaretten. Justin machte eine abwehrende Geste und zündete sich schnell eine an. Er reichte sie an Camille weiter, die sich mit einem glücklichen Seufzer auf den Stuhl neben Helen fallen ließ.

»Ich bin froh, dass morgen Aschermittwoch ist, glaubt mir.« Sie gluckste fröhlich. »Auch wenn das hier jedes Jahr einen Heidenspaß macht – ich kann einfach nicht mehr. Zwei Wochen am Stück durchvögeln, ich glaube, ich werde langsam alt. Ich brauche meinen Schönheitsschlaf.«

Jetzt war es Justin, der lachte. Er gab Camille ein Glas Wein, und die drei prosteten sich zu.

»Warum heulst du?«, fragte Camille unvermittelt und sah Helen streng an. Die zuckte mit den Schultern.

»Vielleicht, weil er einfach ein arrogantes Miststück ist, deshalb. Vielleicht, weil ich ihn trotzdem will. Vielleicht, weil ich keine Lust habe, wieder in Berlin zu leben. Vielleicht.«

»Aha.« Camille hatte ihr Glas geleert und hielt es Justin auffordernd unter die Nase. Der trollte sich und holte eine neue Flasche.

»Meine Liebe, wenn ich Ihnen einen Rat geben darf: *Carpe diem*. Im Übrigen sollten Sie eines in der kurzen, sinnenfrohen Zeit bei uns gelernt haben: Nichts ist, wie es scheint. Suchen Sie Ihren Kavalier. Er ist verrückt nach Ihnen. Zumindest hat er mir das eben gesagt. Ah – Justin. Gib mir die Flasche.«

Helen wischte sich durch das Gesicht und richtete ihre Maske. Dann stand sie langsam auf und wandte sich noch einmal an die Hausherrin.

»Danke.«

Camille nickte und trank. Helen straffte die Schultern und öffnete die Tür zum Flur.

12

»Darf ich um diesen Tanz bitten?«

Erschrocken drehte sich Helen um; es war der Galan. Aber war es IHR Galan?

»Haben Sie sich für mich umgezogen? Wie aufmerksam.«

Sie reichte ihm die Hand. Er deutete einen Handkuss an und führte sie auf die Tanzfläche.

»Ich fürchte, der *Dottore* ist negativ besetzt bei Ihnen – bei dir –, waren wir nicht schon beim vertrauten Du, meine Liebe?«

Helen spürte die Aufmerksamkeit der anderen Tanzenden und genoss es. Noch mehr genoss sie aber seine Nähe.

»Sie sind verrückt nach mir, wurde mir zugetragen.«

»Ach, wirklich.«

»Ja. Aus erster Quelle. Absolut glaubwürdig.«

»Aha.«

»Und nun?«

Das Menuett war zu Ende, die Musiker hatten sich erhoben, um den gebotenen Beifall entgegenzunehmen.

»Und nun was, schöne Helena?«

»Ich möchte einen Kuss. Nur einen.«

Der Galan nickte.

»Was bekomme ich dafür?«

»Was du willst.«

»Wirklich?«

»Ich verspreche es.«

»Dann komm.«

Er hatte sie am Handgelenk gepackt und zog sie hinter sich

her, zielsicher, durch die Menge der Gäste hindurch, in das Foyer, die Treppe hinunter zum Innenhof. Helen blickte sich um. Hier gab es nichts, nur winterliches Gestrüpp und eine Mauer, die das Grundstück vom *Canale* trennte. Jetzt öffnete sich ein Tor, und ein Diener trat in den gemauerten Bogen. Er winkte. Der Galan umfasste Helens Schultern und schritt mit ihr zügig zum Tor. Sein Diener half Helen beim Einsteigen in die Gondel. Es dauerte nur wenige Augenblicke, und der Steg und die Mauern des *Palazzo Fiore* lagen weit hinter ihnen. *Welch ein Bild*, dachte Helen. *Das glaubt mir niemand, nicht einmal Nina.* Der Galan hielt ihre Hand, sah sie an mit seinen unsichtbaren Augen. Helen spürte die Wärme seiner Haut durch die feinen ledernen Handschuhe und wünschte sich, er möge sie bald ausziehen, um sie zu streicheln. Der Ruderstab des Gondoliere stieß rhythmisch in die schwarzen Wasser und trieb das schmale Boot unaufhaltsam vorwärts. Nächtliche Schatten huschten am Ufer vorbei und ließen Helen schaudern. Venedig war ein Geheimnis. Ein wundervoller Ort. Sie seufzte. Und sie hatte nur noch diese Nacht, nein, die letzten Stunden dieser Nacht.

»*Signorina*, bitte.«

Der Gondoliere reichte Helen die Hand und half ihr ans Ufer, wo der Galan auf sie wartete. Schweigend nahm er ihren Arm und führte sie in sein Haus. Es stammte aus derselben Epoche wie Nicolas Palazzo, stellte Helen fest, als sie sich im Foyer umsah und die üppigen Fresken bemerkte. Ein Diener hatte ihr das Cape abgenommen, ein anderer reichte ihr ein Glas Champagner.

»Ich warte oben auf dich.«

Der Galan verbeugte sich vor ihr und war im nächsten Moment im Schatten der Säulen verschwunden.

Helen trank in kleinen Schlucken und genoss die feinen Bläschen in ihrem Mund. Auf einmal hatte sie es gar nicht mehr eilig, ihrem Liebhaber zu folgen. Sie hatte Angst, das wusste sie nur zu genau. Angst vor der Wahrheit und Angst vor dem Abschied. Ebenso wie der *Palazzo Fiore* war dieses Gebäude hier liebevoll und aufwändig renoviert worden. Helen konnte nicht anders, sie stellte das Glas ab und formte mit ihren Händen einen Bildausschnitt. Nachdenklich runzelte sie die Stirn. Sie war sich ziemlich sicher, die Eingangssituation mit der großen Prunktür und dem ornamentreichen Steinboden schon einmal gesehen zu haben. Aber wo? *Bestimmt in einem Kunstmagazin*, dachte sie, *als ich mich auf die Reise vorbereitet habe.* Sie nahm ihr Glas und wandte sich zur Treppe. Ihre Hand zitterte, als sie das Geländer berührte.

Auf der Galerie angekommen, blickte sie sich um. Aus einem der hinteren Räume fiel Licht in den Flur. Helen sammelte sich, dann raffte sie ihre schweren Röcke und eilte auf die halboffene Tür zu, doch zu ihrer Verwunderung konnte sie den Galan nirgendwo entdecken. Sie seufzte. Wenn das schon wieder losging… Sie hatte keine Lust mehr auf Katz und Maus. Helen überlegte, was sie tun sollte – warten? Oder gehen? Da spürte sie ihn von hinten an sich herantreten. Er musste neben der Tür gestanden haben. Sie legte ihren Kopf schief und ließ zu, dass er sanft über ihren Hals strich.

Stumm löste er die Haken ihres Kleides, einen nach dem anderen. Raschelnd fiel der Stoff zu Boden. Vorsichtig stieg Helen aus dem Drahtunterrock, nahm ihre Maske ab, die Perücke. Er kniete vor ihr nieder, half ihr aus den Strümpfen. Nun war sie nackt. *Ich muss grotesk aussehen mit dieser weißen Bemalung im Gesicht*, ging es ihr durch den Kopf. Sie fröstelte, aber nicht vor Kälte, sondern vor Aufregung. Der Galan kniete immer noch und streichelte ihre Innenschenkel, ihren Venushügel, griff mit seinen behandschuhten Händen zwischen ihre Beine. Was er tat, erregte sie, und das konnte er deutlich spüren. Er quittierte diese Erkenntnis mit einem Nicken, dann erhob er sich.

»Dreh dich um«, forderte er, und Helen gehorchte. Im nächsten Moment spürte sie einen Seidenschal, mit dem er ihr die Augen verband.

»Versprich mir, ihn anzulassen«, sagte er leise, »sonst wirst du mich nie mehr wiedersehen.«

»Ich verspreche es.« Helen schluckte. Wie es schien, wollte sich ihr Liebhaber selbst in der Nacht des Abschieds nicht zu erkennen geben.

»Gut.«

Der Galan führte sie zum Bett; sie hatte es eben aus den Augenwinkeln gesehen und wusste ungefähr, wo es sich befand und dass es riesig war. Sie ertastete die Bettkante und schob sich zwischen duftende, weiche Decken, die nur auf sie zu warten schienen. Helen seufzte. Der Schal war fest gebunden und absolut blickdicht. Sie versuchte zwar, den Kopf etwas anzuheben und zu blinzeln, aber es war aussichtslos. Helen zog sich die Bettdecke bis zum Hals und horchte. Er schien sich nun auch auszuziehen, zumindest hörte es sich so an.

»Ich nehme jetzt meine Maske ab«, sagte er nahe an ihrem Gesicht, »... versuche einfach, meine Wünsche zu erspüren. Und sei ganz du selbst ...«

Helen lag da, stocksteif, und strengte sich an zu hören, was ihr Galan gerade machte. Die Decke wurde angehoben, und er schlüpfte zu ihr unter die warmen Daunen. Jetzt. Seine Hand lag auf ihrem Bauch und – jetzt ... spürte sie seine Lippen an ihrem Nabel. Helen war wie elektrisiert. Sie schob sich intuitiv in die Kissen hinein, hielt die Luft an. Ihr Geliebter drückte ihr viele kleine Küsse auf den Bauch, auf die Scham. Sein Mund folgte seinen Fingern, die einer Vorhut gleich mal hier, mal da waren und von Helens wachsender Erregung erzählten. Endlich lag er zwischen ihren Schenkeln. Helens Beine zitterten. Sie mochte es, mit der Zunge stimuliert zu werden. Vorsichtig gab sie nach, entspannte ihre Schenkel. Als er nach ihren Füßen fasste, bemerkte sie, dass sie kalt waren wie Eisklötze. Er hob ihre Schenkel an, legte sich die süße Last auf die Schultern. Für einen winzigen Moment war da ein Nichts – Helen spürte, dass er sie ansah, sie genoss. Helen seufzte. Wie gern hätte sie auch ihn angesehen, und es wäre ein Leichtes, sich die Augenbinde hochzuschieben … *Nein*, dachte Helen, *der Preis wäre zu hoch. Es ist, wie es ist.*

»Küss mich«, hauchte sie, »nur das eine Mal …«

Seine Antwort war eine Berührung, die ihr den Atem raubte Er nahm sie mit seinen Lippen, mit seiner Zunge, mit seinen Zähnen. Er streichelte und liebkoste, biss und verwöhnte sie. Helen schrie auf. Dieser Mann kannte sie genau. Er war ihr nah und fremd zugleich, und die Blindheit, der sie sich ausgesetzt hatte, war ein Katalysator ihrer Lust. Helen stöhnte. Ihr Geliebter zog mit den Zähnen vorsichtig an ihrem Kitzler, saugte daran. Trank ihre Nässe; sie spürte seine Zunge tief in sich, seine Finger. Er drückte ihr die Pobacken auseinander, stieß seine Nase hinein, nahm das Aroma ihrer schwitzigen Haut auf. Dann, auf einmal, war es vorbei. Sie konnte nicht sagen, wo er gerade war. Über ihr, neben ihr … und da war sie, seine Hand, er fasste ihre Handgelenke, zog sie hoch, über ihren Kopf, hielt sie so in der Luft. Und da war sein Daumen, in ihr. Er drückte, so tief es ging, in sie hinein, und Helen antwortete auf seine Berührung mit einem Schwall von Feuchtigkeit. Wieder eine Sekunde des Nichts – oder war es länger? Helen wusste, er dachte sich etwas aus, er beobachtete sie und überlegte … und er stieß zu. Hart. Tief. Seine Lippen streiften dabei ihren Hals, leckten den Schweiß von ihrer Oberlippe, sein Gesicht berührte ihr Haar, vergrub sich darin. Helen wurde still.

Wenn die Lust zu groß wurde, konnte sie nicht mehr schreien. Ihre Arme lagen immer noch über ihrem Kopf; sie spürte, dass die Handflächen schwitzten. Der Galan erneuerte seinen Griff, hielt sie noch fester. Helen wand sich, warf den Kopf hin und her. Er stieß sie, wie er es immer tat: rhythmisch, kraftvoll, unerbittlich. Sie wusste, sie würde kommen, gleich, aber das, was sie wollte, hatte er ihr immer noch nicht gegeben: einen Kuss.

»Ein Kuss nur. Bitte.«

Helen konnte kaum noch sprechen. Ihr Mund war trocken, ihre Haare lagen schwitzig an ihrem Kopf. In diesem Moment war sie froh, dass sie seinem Blick nicht standhalten musste. Er hielt inne. Zog sich aus ihr zurück, gab ihre Hände frei. Helen spürte eine Gewichtsverlagerung im Bett. Und dann fühlte sie seine Hände, die sie an sich drückten. Er kniete vor ihr und bot ihr seinen Schwanz dar. Helen stupste ihn kurz an, nahm Fühlung auf. Sie atmete tief ein. Ja, sie mochte, nein, sie liebte seinen Duft, den Geruch seines Körpers. Vorsichtig leckte sie die Eichel. Er reagierte sofort und schob sich Helen noch mehr entgegen. Und da nahm sie ihn. Schluckte ihn. Tief.

Marisol lächelte glücklich. Sie hatte den Bajazzo irgendwann mit zu sich in ihr Zimmer genommen, wo er mehr als einmal unter Beweis gestellt hatte, dass er alles andere als langweilig war. Wie hatte Camille wissen können, dass sie sich sofort in ihn verlieben würde? Diese Frau hatte eine weitaus bessere Intuition, als sie ihr bislang zugetraut hatte.

»Ich wusste gar nicht, dass Nicola und Camille so nette Freunde haben.« Sie setzte sich im Bett auf und betrachtete ihn aufmerksam. Er drehte sich zu ihr und zog spielerisch an ihren langen Haaren. Dann küsste er zärtlich ihren Arm. Seine Augen waren groß und blickten sie ernst an.

»Hast du Lust, mit mir nach Berlin zu kommen?«

Ihre Antwort war ein Juchzen. Sie beugte sich zu ihm und strich über seine Wangen; der Bartschatten schimmerte dunkel und war von viel Grau durchzogen, ebenso wie seine Haare.

»Bist du dir sicher, dass es passt? Mit uns? Wir kennen uns ja kaum.« Marisol drückte ihm viele kleine Küsse auf den Hals. Er grinste und nahm sie in den Arm.

»Das weiß man sowieso nie. Lass es uns ausprobieren. Sofort.«

Er zog sie zu sich in die warmen Decken und begann sie zu liebkosen. Marisols Augenlider flatterten. Dieser Mann hier schien sie wirklich zu mögen. Sie ließ ihren Blick durch das Zimmer schweifen. Sie wollte sich das alles hier einprägen, bevor sie morgen ihre Koffer packen würde. Und dann ging es nach Berlin … in diese kalte, graue Stadt, wie Helen sie einmal beschrieben hatte. Ach ja, Helen. Wie es ihr wohl gerade erging mit ihrem Liebsten Marisol seufzte. Ihr Liebhaber hatte da gerade eine Stelle entdeckt …

»Mehr, mehr, mehr«, stöhnte sie und rutschte ganz zu ihm unter die Decke.

Helen saß auf seinem Schoß und bewegte sich rhythmisch auf und ab. Sein Atem folgte ihren Bewegungen. Er hielt ihre Hände fest auf seine Brust gedrückt, sodass sie etwas nach vorn kippte. Helen genoss es, ihn zu reiten, aber langsam wurde es anstrengend. Ihr Liebhaber hatte mehr Ausdauer, als sie gedacht hatte, und sie wusste, sie würde dieses schnelle Tempo nicht mehr lange durchhalten. Sie wurde langsamer, kippte ihr Becken noch mehr nach vorn, legte sich mit dem Oberkörper auf ihn. Er schien das zu mögen, denn er hielt die Luft an und verharrte ebenso still unter ihr. Dann packte er sie an Kopf und Taille und warf sie auf den Rücken, ohne aus ihr herauszugleiten. Er schob ihr ein Kissen unter die Pobacken und bewegte sich langsam, kreisend. Helen hatte die Schenkel weit geöffnet, damit sie ihn möglichst tief spüren konnte. Sie legte eine Hand auf ihren Bauch und konnte spüren, wie er bei jedem Stoß den Uterus bis hoch zum Nabel schob. Kurz griff sie sich zwischen die Lippen. Alles nass; es erregte sie, wenn sie daran dachte, wie sie jetzt wohl auf ihn wirkte in ihrer Hingabe. Seine Stöße wurden nun schneller, er atmete lauter; sie griff an seine Brust und fühlte, dass sie feucht war vor Schweiß. Helen ließ sich in die Kissen zurückfallen. Ihre Brüste taten weh vor Lust, und als hätte er ihre Gedanken erraten, griff er danach und knetete sie. Dann zog er sich unvermittelt zurück und drehte sie um, sodass sie das Kissen nun unter dem Bauch hatte. Er drückte ihr die Schenkel zusammen und legte sich auf sie, sodass Helen sein ganzes Gewicht auf sich spürte. Sein Schwanz glitt zwischen ihren Backen hin und her, bei jedem Stoß wurde er feuchter. Helen wusste, sie würde das nicht mehr lange aushalten. Ihr Herz hämmerte, ihr Puls dröhnte in ihren Ohren. Die Lust, die er ihr bereitete, übertraf alles, was sie kannte. Jetzt setzte er sich hinter sie und zog ihr Becken zu sich heran. Seine Finger schienen überall zu sein, ihr Schoß fühlte sich an wie eine einzige große erogene Zone. Er drang in sie ein, nahm sie von hinten, tief. Helen konnte sich nicht bewegen. Noch zwei, drei Stöße, das klatschende Geräusch ihrer Körper, sein Stöhnen – Helen hatte das Gefühl, gleich zu explodieren. Genau in dem Moment verharrte auch er. Helen spürte, wie sein Schwanz in ihr noch weiter anschwoll. Dann löste er sich von ihr, und sie spürte etwas Heißes auf ihrem Rücken. Ihr Liebhaber atmete schwer, er ließ sich vorsichtig auf sie fallen, und sie spürte seinen Atem an ihrem Hals. Seinen Kuss. Er seufzte. Es klang glücklich. Einige Momente lag er ganz entspannt auf ihr, strich durch ihr feuchtes Haar, streichelte zart über ihre Schultern, über ihren Hals. Dann rollte er sich von ihr herunter und nahm sie in den Arm. Als er mit den Handflächen über ihre Brustwarzen glitt, stöhnte

Helen auf. Sie war immer noch total erregt. Er zog sie fester in seine Umarmung und küsste ihre Nippel, saugte an ihnen. Seine Hand glitt zwischen ihre Schamlippen, öffnete sie, streichelte um ihren Kitzler herum, bevor seine Finger in sie eindrangen. Helen spürte, wie ihre Lust vollkommen Besitz von ihr ergriff. Sie drückte sich seinen Berührungen entgegen, quittierte seine Zärtlichkeiten mit mattem Stöhnen. *Mach was,* dachte sie, *irgendwas, aber mach, dass ich komme …*

Als hätte er ihre Gedanken gelesen, ließ er sie aus seinem Arm gleiten. Seine eine Hand war immer noch zwischen ihren Schamlippen, mit der anderen strich er über ihr Gesicht, ging mit den Fingern die Stirn entlang, die Wangen, die Augenbrauen unter dem Schal. Dann berührte sein Finger ihren Mund, begehrte Einlass. Helen verstand und umspielte ihn mit der Zunge, leckte daran. Und dann waren da auf einmal seine Nase, seine Lippen. Erst jetzt begriff Helen, dass er sie küsste. Sie erwiderte diesen Kuss, legte alles an Gefühl hinein, was sie für ihn hatte. Sie küsste ihn so, als würde sie mit ihm reden; sie war sich sicher, er werde sie verstehen. Ihre Leidenschaft trug sie hoch und höher. Seine Hand, sein Mund, der Duft seiner Haut … Helen ließ sich treiben, hörte auf das Klopfen unter ihrem Nabel, das sich wie in Schallwellen in ihrem ganzen Körper ausdehnte. Als sie kam, hörte er nicht auf. Sein Kuss wurde härter, seine Hand fordernder.

»Nimm mich«, jammerte Helen, sie war kurz davor, in Tränen auszubrechen, »bitte.«

Das tat er.

❧

Marisol stürmte in Helens Zimmer. Sie kaute an einem Apfel und sah hinreißend aus.

»Und? Koffer schon gepackt?« Sie ließ sich auf Helens Bett fallen und baumelte mit den Beinen. Die Frage war, wenn sie sich im Zimmer umsah, überflüssig. Überall hingen Sachen herum, es war ein einziges Chaos. Die Fotografin war gerade dabei, ihre Arbeitsutensilien reisefertig zu machen, und kniete vor ihrem Alukoffer, um den herum Objektive und Filter verstreut auf dem Boden lagen. Langsam erhob sie sich und warf sich dann schwungvoll neben Marisol auf das Bett. Beide kicherten.

»Schönen Abend gehabt?«, fragte Marisol und zwinkerte, bevor sie wieder in den Apfel biss. Helen grinste.

»Ich kann kaum laufen.«

»Ein herrliches Gefühl, oder?«

Helen nickte, dann setzte sie sich auf.

»Ich weiß immer noch nicht, wer er ist«, sagte sie dumpf. »Hast du vielleicht eine Ahnung?«

Marisol schüttelte energisch den Kopf. Der Pferdeschwanz, den sie heute trug, wippte dabei hin und her.

»Ich weiß nur, dass wir uns bald wiedersehen. In Berlin.«

»Aha.« Helen wurde aufmerksam.

»Wie heißt deine neue Errungenschaft eigentlich?«

Marisol zuckte mit den Schultern.

»Hat er nicht gesagt, und ich hab nicht gefragt. Kann ich ja heute im Flugzeug machen. Da habe ich genug Zeit.« Sie drehte den abgekauten Apfel am Stiel um seine eigene Achse, wie ein verträumtes Kind.

»Ihr fliegt schon heute?« Damit hatte Helen nicht gerechnet. Sie würde erst am nächsten Tag nach Berlin zurückkehren. Nina hatte angeboten, sie abzuholen, aber im Laufe des Telefonats, das sie vor einer guten Stunde geführt hatten, musste sie zugeben, dass es ihr körperlich nicht gut ging und sie sich schonen sollte. Thilo war irgendwo unterwegs und konnte auch nicht zum Flughafen kommen, und Adrian war verschollen, wie Nina es genannt hatte. *Da bin ich mir nicht so sicher*, dachte Helen und blickte Marisol offen an.

»Was willst du in Berlin machen?«

Bei dieser Frage legte sich Marisols schöne Stirn in Falten. Sie schob die Unterlippe vor und meinte etwas trotzig:

»Weiß ich nicht. Irgendwas. Er sagt, er hat Beziehungen, und die würde er für mich nutzen.«

»Beziehungen«, echote Helen. »Da scheinst du dir ja ein Prachtstück geangelt zu haben.«

Marisol grinste und küsste Helen auf den Mund. Es war ein langer, liebevoller Kuss, und Helen erwiderte ihn zärtlich.

Ohne ein weiteres Wort stand Marisol auf und ging zur Tür. Sie hatte bereits die Klinke in der Hand, da drehte sie sich noch einmal um. In ihren Augen glitzerten Tränen. Sie lächelte scheu, dann huschte sie aus dem Zimmer, und Helen war allein.

❧

Helen saß in einem kleinen Straßencafé und blickte auf den Campanile. Das Wetter war besser als in den vergangenen Tagen; die nasse Kälte war verschwunden und hatte der Sonne Platz gemacht, die sich mühte, die vom Winter gefrorene Stadt zu erwärmen. Die Fotografin blinzelte in das helle Licht. Sie hatte sich beim Frühstück von ihren Gastgebern verabschiedet; Camille war ungewohnt herzlich gewesen. *Wahrscheinlich ist sie einfach nur froh, dass sie Marisol und mich endlich los ist*, dachte Helen. Nicola hatte erstaunlich einsilbig gewirkt, seine Umarmung hatte sie als gekünstelt empfunden. Helen sah auf die Uhr. Justin hatte versprochen, sie hier abzuholen und sie dann zum Flughafen zu fahren. Sie nahm ihre Kamera und machte ein paar Bilder; der Platz vor dem Campanile war leer, die Karnevalstouristen schienen sich in Luft aufgelöst zu haben. Etwas Heiteres lag über der Stadt, als wüsste sie, dass sie nun ein ganzes Jahr vor den Masken und ihren Ausschweifungen Ruhe haben würde.

»Helen.«

Justin kam um die Ecke gelaufen und blickte sich suchend

nach ihr um. Die Fotografin fing diesen Moment ein: der verlorene Surfboy vor winterlicher Kulisse. Endlich sah er sie und kam herangetrabt. Er schien aufgeregt zu sein, doch er versuchte es zu überspielen und ließ sich mit großer Geste auf den Stuhl neben sie fallen. Justin bestellte sich einen doppelten Espresso, trank, sah sie dabei nicht an. Helen fotografierte ihn, provokativ hielt sie das Objektiv auf ihn gerichtet, aber er reagierte nicht.

»Was ist los?«, richtete Helen das Wort an ihn. Sie kannte ihn gut genug, um zu spüren, dass ihn etwas bedrückte. Wortlos nahm sie seine Hand und drückte sie. Da endlich schenkte er ihr einen Blick. Seine grünen Augen waren fast schwarz.

Er sagte leise: »Nicola tobt. Er will nicht, dass du gehst. Er hat sich in seinem Atelier eingeschlossen, und Camille steht vor der Tür und schreit. Und Nicola schreit zurück. Ich habe Angst … dieser Ausbruch … hat etwas Zerstörerisches.«

»Meinst du, er würde sich etwas antun?«

Auf diese Frage lachte Justin kurz auf. »Er? Sich was antun? Nein. Ich habe Angst, dass er seine Plastiken zerstört. Das hat er schon einmal gemacht, damals, als ich ins Haus kam und Camille ihn deshalb verlassen wollte.«

»Und was passierte dann?«, wollte Helen wissen. Justin atmete tief durch und schloss die Augen, als müsste er sich das Erlebte ins Gedächtnis zurückholen.

»Bei Nicola und mir war es Liebe auf den ersten Blick. Guck nicht so, Helen. Camille hat das gemerkt. Sie hat gespürt, dass es Nicola nicht nur um neue erotische Erfahrungen ging. Ich war vorher übrigens auch noch nicht mit einem Mann zusammen. Wir waren die ersten füreinander.«

Es schien Justin zu erleichtern, seine Geschichte jemandem erzählen zu können, der vielleicht etwas Verständnis für ihn aufbringen würde. Camille hatte Bedingungen gestellt, führte er weiter aus, und die hatte Nicola erfüllt. Da war sie geblieben.

»Und Marisol?« Helen fragte sich, was die Rolle der jungen Frau gewesen war, bevor man sie elegant und gut versorgt nach Berlin verabschiedet hatte.

Justin bestellte noch einen Espresso und zündete sich eine Zigarette an. Er streckte die Beine von sich, und Helen spürte, wie er sich allmählich entspannte. Marisol war zufällig in die Dreierbeziehung hineingeraten, und Camille hatte die Liaison, das war Justins Meinung, sogar forciert, um ihren Mann von ihm fernzuhalten. Leider erwies Marisol sich als nicht so pflegeleicht, wie Camille sich das dachte. Sie beanspruchte einen festen Platz in diesem Reigen. Das konnte und wollte Camille auf Dauer nicht akzeptieren.

»Marisol war drei Jahre bei euch. Warum habt ihr nicht schon früher einen Mann für sie gesucht? Nicola kennt doch genug Leute.« Helen wunderte sich.

»Hat halt vorher nicht gepasst«, war die lapidare Antwort. Damit war das Thema für Justin anscheinend erledigt. Er stellte den Kragen seiner Jacke hoch und hielt sein Gesicht in die Sonne. Dann sah er plötzlich auf die Uhr und machte dem Kellner ein Zeichen für die Rechnung.

Während der Überfahrt waren beide still. Jeder hing seinen Gedanken nach. Kurz bevor sie das Festland erreichten, nahm Justin Helen in den Arm. Als sie ihn überrascht anblickte, sagte er leise: »Ich bin froh, dass du gehst. Versteh mich nicht falsch. Nicola darf nicht immer seinen Willen bekommen, und es wird ihm guttun, wenn er merkt, dass nicht alle Menschen nach seiner Pfeife tanzen.«

Er gab ihr einen sanften Kuss auf den Mund, den sie erwiderte.

»Wir werden uns bestimmt alle bald wiedersehen«, flüsterte er, »ganz bestimmt.«

13

Die Flugzeit war zu kurz gewesen, um sie auf Berlin einzustimmen. Helen nahm mit Erleichterung zur Kenntnis, dass wirklich niemand gekommen war, um sie abzuholen. Während sie auf ihren Koffer wartete, wurde ihr bewusst, dass sie nur wenige Tage fort gewesen war, nicht einmal eine Woche. Und doch war nun nichts mehr so wie vorher. Sie beschloss, nicht sofort zu Nina zu fahren, sondern einen Abstecher über den Kudamm zu machen.

Helen schickte Nina eine SMS und winkte ein Taxi herbei. Der Abend mit ihrer Freundin würde anstrengend werden, das wusste sie. Da tat es gut, noch einmal durchzuatmen. Auch in Berlin war die klirrende Kälte einer milderen Luft gewichen, und vereinzelt blitzten sogar Sonnenstrahlen durch die Wolkendecke. Helen war müde, regelrecht erschöpft. Sie ließ sich an einem Straßencafé absetzen, wo die Bedienung jetzt, am späten Nachmittag, Heizstrahler anzündete und Decken auslegte. Allmählich machte sich der Schlafmangel der letzten Tage bemerkbar, und Helens Augen wurden schwer. Sie trank drei kleine Caffè Latte und nagte währenddessen ohne Appetit an einem Thunfisch-Sandwich herum. Langsam füllte sich die Prachtstraße; es war Feierabendzeit. Sie legte das Sandwich zur Seite. War es richtig gewesen, Venedig zu verlassen? Mit Camille hätte sie sich bestimmt arrangieren können, mit Justin auch. *Wer weiß, wen ich durch Nicola noch kennengelernt hätte*, ging es ihr durch den Kopf, *aber ich bin eben nicht berechnend genug*. Sie nahm sich eine Zeitung – die erste

Zeitung seit fast einer Woche – und legte sie mit einem Seufzer zur Seite. Sie hatte wirklich nichts verpasst.

»Schau mal an. Das ist ja eine Überraschung.«

Helen blickte hoch und sah in Adrians grinsendes Gesicht. Er trug einen engen schwarzen Anzug und darunter einen schwarzen Rollkragenpullover, was ihm ganz hervorragend stand. Trotzdem konnte sich Helen eine Bemerkung nicht verkneifen.

»Heute mal nicht als Indiana Jones unterwegs?«, spielte Helen auf sein Outfit an. Der Journalist zuckte mit den Schultern.

»Verlagstermin«, war die knappe Antwort. Dann zog er einen Stuhl an Helens Tisch und setzte sich zu ihr.

»Wo hast du gesteckt?«, fragte sie geradeheraus. »Wir haben uns Sorgen gemacht.«

Wieder ein Schulterzucken. Er orderte zwei kleine Caffè Latte und sah sie spitzbübisch an. Er schien vor guter Laune fast zu bersten.

»Das willst du nicht wissen, glaub mir.« Damit schien das Thema für ihn abgehandelt zu sein, und er streckte die Beine entspannt von sich. Helen sah ihn strafend an. Adrian seufzte.

»Falls es dir um das Interview mit dem Bildhauer geht – alles erledigt. Wir warten nur noch auf deine Fotos. Der Chef ist schon ganz gierig.«

Beide rührten schweigend in ihren Gläsern, dann hakte Helen noch einmal nach.

»Wann hast du mit Nicola gesprochen?«

Adrian schloss die Augen und dachte nach.

»Vor zwei oder drei Tagen, glaube ich.« Dann fügte er hinzu: »Um deiner nächsten Frage zuvorzukommen, man kann Interviews durchaus per Telefon führen. Es soll auch Fälle geben, wo das geklappt hat.«

»Spar dir deinen Sarkasmus«, sagte Helen leise. Sie war verunsichert. Sagte er die Wahrheit? Und was ging sie das überhaupt an? Wichtig war, dass seine Texte vorlagen, und dem war ja anscheinend so.

»Was hast du heute Abend noch so vor?«, wollte Adrian jetzt wissen. Helen sah ihn an; sie überlegte, ob er ihr gefiel. Konnte er ihr Galan gewesen sein? Sie versuchte, unauffällig auf seine Hände zu blicken, aber der Journalist hatte sie in die Jackentaschen gesteckt. Es war wohl doch etwas kühl ohne Mantel.

»Ich bin mit Nina verabredet«, sagte sie und erschrak, wie matt ihre Stimme klang.

»Wann denn?« Jetzt wurde ihr Gegenüber munter.

»Na gleich, so gegen sieben. Wieso?«

»Weil wir heute alle im *Duke* sind, darum. Hat sie dir das nicht gesagt? Wir wollen ein wenig feiern. Das Baby, du weißt ja.«

Helen nickte, aber sie verstand nichts.

»Nein, hat sie nicht gesagt.«

Adrian sah sie sehr nachdenklich an. Dann legte er einen Geldschein auf das Tischchen und stand auf.

»Komm doch einfach mit«, sagte er und nahm Helens Koffer, »ich bin mit dem Auto da. Deine Sachen legen wir so lange in den Kofferraum.«

Im *Duke* war es wie beim letzten Mal – das Licht, die Kunst, die Gäste. Helen folgte Adrian zu einem der hinteren Tische, wo Nina und Kaja saßen. Beide Frauen standen auf, als Helen an den Tisch trat. Während Kaja sie stürmisch begrüßte, hatte das Wiedersehen zwischen den beiden Freundinnen eine gewisse Kälte. Etwas verlegen tauschten sie ein paar Belanglosigkeiten aus. *Ich will hier weg*, dachte Helen, *ich mag das al-*

les nicht. Sie setzte sich demonstrativ neben Kaja und begann, von ihrer Reise zu berichten. In der jungen Frau hatte sie eine aufmerksame Zuhörerin, und sie spürte bald, dass es ihr richtig Spaß machte, von Venedig zu erzählen. Adrian kümmerte sich derweil um Nina, und langsam, ganz langsam, kehrte Helen auch innerlich nach Berlin zurück. Kaja nahm ihre Hand und drückte sie.

»Ich finde es schön, dass du wieder da bist. Nina sagte, vielleicht bleibst du länger fort.«

Helen sah Nina fragend an, die blickte weg. *Das ist doch alles seltsam*, überlegte die Fotografin, *so kenne ich Nina gar nicht.*

»Kommt Thilo noch?«, wandte sie sich an Kaja, und die nickte eifrig.

»Er sprach von einem Überraschungsgast«, sagte sie und verdrehte theatralisch die Augen. »Auf die Überraschung bin ich gespannt.«

»Ich auch«, sagte Helen leise und gab ihre Bestellung auf, wie alle am Tisch. Dann erhob sich Adrian und brachte einen Toast auf die werdende Mutter aus. Nina strahlte und prostete ihren Freunden mit Mineralwasser zu. Als sich Helens und Ninas Augen trafen, glaubte Helen etwas wie Sehnsucht nach Nähe in ihrem Blick zu erkennen. Sie warf ihrer Freundin eine Kusshand zu.

»Ich freu mich für dich«, rief sie über den Tisch hinweg, aber Ninas Aufmerksamkeit galt inzwischen etwas, das sich offenbar hinter Helen befand. Die Fotografin blickte sich um und sah Thilo an den Tisch eilen. Er war in Begleitung einer jungen Frau. *Das ist ja mal wirklich eine gelungene Überraschung*, dachte Helen.

»Darf ich vorstellen? Marisol.«

Im Gegensatz zu seinen sonstigen Auftritten wirkte er in diesem Moment alles andere als angewidert. Marisol begrüßte die Tischrunde artig, bei Helen stutzte sie und fiel ihr mit einem Schrei des Entzückens um den Hals. Sie hatte anscheinend nicht gewusst, dass sie sich hier treffen würden. Helen genoss die Umarmung, nein, mehr als das. Mit Marisol war Venedig auf einmal wieder präsent in ihrem Leben. Aber warum war sie hier? Marisol setzte sich zwischen Thilo und Adrian; es war ihr anzumerken, wie nervös sie war. *Fast wie bei unserer ersten Begegnung auf dem Markusplatz*, überlegte Helen.

»Du kommst spät«, sagte Nina knapp, »wir haben alle schon bestellt.« Thilo schien die Schärfe in ihrem Ton zu überhören und sagte gut gelaunt: »Es war nicht so einfach, mich loszueisen. Jasper wollte uns nicht gehen lassen. Ach ja. Er lässt sich entschuldigen. Er muss heute Abend noch einen Geschäftstermin wahrnehmen. Außerdem ist er schrecklich erkältet. Aber vielleicht kommt er später noch auf einen Drink vorbei.«

Helen spürte einen Stich. Also doch Jasper. Jasper und Marisol. Gerade hatte diese ihr Glas erhoben und prostete ihr zu. Helen tat es ihr nach, aber ihre Freude über das unverhoffte, schnelle Wiedersehen war dahin.

Ein quälendes Gefühl ergriff Besitz von ihr. Sie war eifersüchtig.

»Nina, bitte lass uns reden.«

Helen hatte sich an den Kühlschrank gelehnt und spürte das Vibrieren des Motors im Rücken. Nina ging in der kleinen Küche auf und ab. Nach dem Restaurantbesuch am Vorabend hatten sie sich nur noch beim Zähneputzen kurz zugenickt, und heute in der Redaktion war der Verlagsleiter direkt mit Adrian und Helen in seinem Büro verschwunden. Aber jetzt wollte Helen wissen, was mit ihrer Freundin los war. Sie trat auf Nina zu und hielt sie an den Schultern fest.

»Sag mir jetzt endlich, was du hast.«

Nina versuchte sich zusammenzureißen, das war ihr anzumerken. Und dann kullerten die Worte nur so aus ihr heraus. Sie erzählte, dass sie nun ziemlich sicher sei, was die Vaterschaft betreffe, und sie möge diesen Mann wirklich sehr, und bis vor ein paar Tagen habe auch alles danach ausgesehen, als wolle man es »miteinander versuchen«, wobei sie die letzten Worte mit Augenrollen untermalte – und nun sei alles anders. Er habe ihr vor zwei Tagen gesagt, dass er sich unsterblich verliebt habe und wisse, dass diese Frau die Mutter seiner Kinder werden solle.

»Da habe ich ihm gesagt: Eine Mutter mit Kind hast du ja schon«, schniefte Nina. Helen runzelte die Stirn.

»Ja, und wer ist es nun?«, fragte sie ungeduldig.

»Mensch, Helen, tu doch nicht so naiv.« Nina guckte ihre Freundin missmutig an. Sie putzte sich die Nase und strich sich eine Haarsträhne hinters Ohr.

»Adrian natürlich.«

»Adrian? Natürlich? Bist du sicher?«

»Klar bin ich sicher.«

»Kennst du die Frau?«

Nina zuckte mit den Schultern.

»Adrian ist, was Frauen angeht, ein Chamäleon. Es hätte jede von uns am Tisch sein können gestern. Oder auch keine.«

»Und was ist mit Marisol? Und wie kommt sie eigentlich in eure Runde?«

Nina schnäuzte sich ausgiebig, dann ging sie zum Herd, befüllte die kleine alte Mokkamaschine und stellte sie auf die Platte.

»Das ist auf Thilos Mist gewachsen. Er hat Jasper neulich auf einer Matinee kennengelernt, bei der wir auch zu Gast waren. Sie haben sich dann für vorgestern zum Wintergolf verabredet und, na ja. Da hat Thilo wohl auch Marisol kennengelernt.«

»Marisol spielt Golf?«, fragte Helen ungläubig.

»Wohl ziemlich gut«, bestätigte Nina.

Helen wunderte sich. Camille schien Recht gehabt zu haben. Es war nicht ratsam, Marisol zu unterschätzen. Sie wusste offenbar nicht nur genau, was sie wollte, sondern auch, wie sie es bekommen konnte.

»Und warum warst du gestern zu mir so unpersönlich, als wir uns im *Duke* getroffen haben?«

»Weil … ich gedacht habe, du bist die neue Frau an Adrians Seite.« Nina lächelte gequält. Sie rang um Fassung.

»Er war nie zu erreichen, du wusstest angeblich auch nichts, unsere Telefonate waren – wie sagtest du? – unpersönlich … Ich wusste nicht, was ich denken sollte. Und weiß es immer noch nicht. Wenn da was läuft – bitte sag's mir, Helen.«

Sie goss ihrer Freundin und sich Mokka ein und reichte Helen die zarte kleine Tasse. Helen hatte das Gefühl, aus dem Zustand der Verwunderung nicht mehr herauszukommen. Sie ließ drei Stück Zucker in den Mokka fallen und sah Nina offen an.

»Nina, ich schwör's. Ich hab nichts mit Adrian.«

Nina nickte. Sie schien unendlich erleichtert.

»Ich weiß, ich bin eine doofe Kuh zurzeit, aber ich war so eifersüchtig und, okay, er hat eine Neue, aber wenn du es wärst, ich könnte das schlecht aushalten.«

Helen seufzte.

»Warum ist er eigentlich auf einmal so interessant für dich? Du hast doch Thilo. Und in eurer Truppe vögelt doch sowieso jeder mit jedem rum. Ich dachte bisher, das ist alles nur Spaß und sowieso nichts Ernstes.«

»Du hast ja Recht. Ich hatte auf einmal so viel Angst. Vor der Verantwortung, davor, allein zu sein, alles Mögliche.«

Nina schniefte schon wieder. Helen nahm sie in den Arm. Für ein paar Augenblicke war nichts zu hören als Ninas leises Weinen. Da ging die Wohnungstür auf, und Thilo kam herein.

»Guten Abend«, flötete er und posierte im Türrahmen. *Schon wieder gute Laune*, stellte Helen fest, *sehr merkwürdig.*

»Du musst nicht gleich vor Freude weinen, nur weil ich mal pünktlich nach Hause komme«, frotzelte Thilo. Nina blitzte ihn böse an, worauf Thilo ihr durch die Haare wuschelte und Helen zuzwinkerte.

»Wie wäre es mit etwas Küchenkunst, ihr Mädels? Ich habe Besuch mitgebracht, und wir Kerle haben ganz schön Hunger.«

Erschrocken blickten Nina und Helen in die Küchentür. Da stand ein Mann hinter Thilo. Es war Jasper. Seine Verwunderung, Helen hier anzutreffen, schien sich in Grenzen zu halten. Seine Augen waren etwas gerötet, ebenso die Wangen. Er nickte ihr freundlich zu, aber seine Versuche, zu sprechen, verloren sich in einem Hustenanfall. Jasper zog ein Taschentuch aus seiner Jacke und ging in den Flur, um sich die Nase zu putzen. Thilo nahm Bier aus dem Kühlschrank, gab Nina einen aufmunternden Klaps auf den Po und machte seinem Besuch ein Zeichen, ihm ins Wohnzimmer zu folgen.

»Was war das denn?«

Nina war über diesen Auftritt genauso verdutzt wie Helen. Dann gewann ihre praktische Seite die Oberhand, und sie bat Helen, beim Türken in der Straße noch ein wenig einzukaufen. Sie wolle schnell unter die Dusche hüpfen und ihre Eifersucht wegspülen, wie sie es nannte. Helen nahm den Wohnungsschlüssel und ging zur Tür. Sie schmunzelte. Ninas Befehlston war ihr nicht unbedingt sympathisch, aber sein Anklingen ließ hoffen, dass sich ihre Sorgen etwas zerstreut hatten. Als Helen die Tür aufmachte, fiel ihr Blick ins Wohnzimmer, wo sich beide Männer in den Sesseln lümmelten. Als hätte er ihren Blick gespürt, sah Jasper sie an. Er lächelte. Helen spürte, wie sie rot wurde, und stolperte verwirrt ins Treppenhaus.

»… al arrabiata? Bist du sicher?« Nina griff nach den Chilischoten und begann sie abzuspülen. Helen packte den Rest ihrer Einkäufe auf den Tisch: Tomaten, Pecorino, Knoblauch und Speck.

»Klar. Scharfes Essen ist gut bei Erkältung. Und als Prophylaxe.« Sie nahm den großen Topf aus Ninas Küchenregal und füllte ihn mit Wasser. Aus dem Wohnzimmer drang laute Musik, Filmmusik. Neugierig machte Helen die paar Schritte zur Wohnzimmertür. Und richtig. Die beiden Männer hatten einen Stapel DVDs vor sich auf dem Tisch und zappten herum. Sie wunderte sich. Zum einen über Jasper, der auf einmal so locker und irgendwie jungenhaft wirkte, und zum anderen über Thilo, der seinen ansonsten ständig zur Schau getragenen Ekel über die Welt im Allgemeinen irgendwo abgelegt zu haben schien und einfach nur fröhlich war.

Als sie in die Küche zurückkam, war Nina gerade beim Zwiebelschneiden und heulte. Helen schickte ihre Freundin zu den beiden Männern mit dem Auftrag, einen guten, sprich frauentauglichen Film herauszusuchen. Sie würde sich um die Pasta kümmern. Helen horchte in sich hinein. Eigentlich gefiel ihr das alles sehr gut so. Dieser Abend hatte etwas Harmonisches, und das mochte sie generell. Als sie wenig später mit dampfenden Tellern im Wohnzimmer aufkreuzte, hatte man sich für einen James-Bond-Film mit dem jungen Sean Connery entschieden. Helen seufzte zufrieden. Berlin konnte also doch wirklich schön sein.

»Ich werde mich ausführlich bedanken, wenn meine Stimme wieder mitmacht«, krächzte Jasper und wandte sich zur Tür. Thilo schlug ihm kameradschaftlich auf den Rücken, dann nahm er Nina in den Arm und küsste sie liebevoll auf den Mund. *Ich weiß gar nicht, was Nina immer von Adrian will,* dachte Helen, *Thilo ist doch zuckersüß und die Besorgtheit in Person. Bestimmt der ideale Papa für ihr Kind.* Sie sah aus dem Küchenfenster auf die Straße, wo Jasper gerade in ein Taxi stieg. Einen Moment blickte er zu ihr hoch, dann schloss er die Wagentür. Helen spürte, dass sie unruhig war, irgendwie aufgekratzt. Sie stellte die Teller zusammen, räumte die Gläser ab und goss sich ein letztes Glas Rotwein ein. Thilo erschien in der Küchentür und fragte, ob er helfen solle. Helen schüttelte den Kopf.

»Na dann … Gute Nacht«, sagte Thilo. Er gähnte.

»Gute Nacht«, erwiderte Helen, »aber sag mal, warum ist eigentlich Marisol nicht mitgekommen?«

Thilo guckte, als würde ihn diese Frage jetzt überfordern. Er gähnte noch einmal, dann sagte er, schon im Weggehen: »Ich glaube, die war heute mit Adrian unterwegs. Gute Nacht.«

Helen dachte nach. Das passte alles gar nicht zusammen. Absolut nicht. Aber sie würde schon herausbekommen, was hinter alldem steckte.

❧

Helen konnte nicht einschlafen, und das lag nicht nur an Ninas Mokka. Sie ließ den Tag Revue passieren. Der Termin mit dem Verlagsleiter war gut gewesen. Sie würde in der nächsten Ausgabe sogar eine Doppelseite mehr bekommen als geplant; die Aufnahmen mit dem Garten der Casparis sollten ebenfalls Verwendung finden. Er hatte ihr zudem weitere Aufträge in Aussicht gestellt. Sie konnte also mit dem beruflichen Ergebnis ihrer Reise mehr als zufrieden sein.

Natürlich hatte sie es sich nicht verkneifen können, sich die Textfahnen von Adrian zu besorgen. Mit Erstaunen hatte sie sein Interview gelesen; es war einfühlsam und unterhaltsam und porträtierte Nicola in einer Art und Weise, die dem Bildhauer vollkommen gerecht wurde. Nicola … sie vermisste ihn.

Und ihr fiel auf, dass sie noch gar nicht miteinander telefoniert hatten, seitdem sie wieder in Berlin war. Helen stand auf und holte sich eine Flasche Wasser. Als sie am Schlafzimmer ihrer Freundin vorbeihuschte, hörte sie leises Kichern. Sie lächelte. Nina und Thilo waren anscheinend auch noch nicht müde. Wenn sie an das Gespräch mit ihr in der Küche dachte, wunderte sie sich immer noch. Diese Eifersüchtelei wegen Adrian – das passte nicht zu Nina. *Passt Eifersucht denn zu mir? Wohl kaum*, dachte Helen und trank gierig aus der Flasche. Die Penne waren wirklich sehr scharf gewesen. Sie zog sich die Decke über den Kopf und versuchte, sich an die letzte Begegnung mit ihrem Liebhaber zu erinnern. An seine Küsse, seinen Geruch. Auf einmal wurde sie traurig. Sie fühlte sich irgendwie verlassen und elend. Dann schlief sie endlich ein.

»Ich habe Ihnen einen Vorschlag zu machen.«

Das war Jaspers Stimme. Helen war sofort wie elektrisiert. Seit dem Abend mit Nina und Thilo hatte sie nichts mehr von ihm gehört, und die letzten Tage waren so voll gewesen mit Planungen für die nächsten Jobs, dass sie auch gar nicht an ihn gedacht hatte.

»Sind Sie noch dran?« Seine Stimme war heiser und klang angestrengt.

»Ja natürlich. Moment, ich suche nur schnell einen ruhigeren Platz.«

Kurz entschlossen ging sie in einen Hinterhof hinein, wo sie sich unter ein Vordach stellte. Ihr Herz klopfte. Sie freute sich wirklich, von ihm zu hören.

»Jetzt aber.« Erwartungsvoll horchte sie. Jasper hustete, dann kam sein Vorschlag. Er sprach von einer Fotoausstellung mit den Bildern aus Venedig. Zu diesem Zweck würde er sein Gartenhaus zur Verfügung stellen. Ob sie Interesse daran habe? Die Details müsse man natürlich noch besprechen, und es sei ja auch nur eine Idee, er könne sich aber sehr gut vorstellen, dass ihr diese Ausstellung einen weiteren Karriereschub geben könnte.

»Warum tun Sie das?«, hörte Helen sich fragen. Sie war total verblüfft. Natürlich war das ein ausgezeichneter Vorschlag, und sie wusste, sie konnte und durfte das Angebot nicht ausschlagen.

»Warum?«, krächzte Jasper. »Was wollen Sie denn hören?

»Die Wahrheit«, sagte Helen ernst.

»Weil ich dann einen Vorwand habe, etwas Zeit mit Ihnen zu verbringen. Darum.«

Helen sagte nichts darauf. Sie spürte nur, wie ihr wieder das Blut ins Gesicht schoss.

»Und was ist mit Marisol?« Die Frage rutschte reflexartig aus ihr heraus. Im selben Moment hätte sie sich für so viel Dummheit am liebsten die Zunge abgebissen.

»Was soll mit ihr sein?« Jasper hustete. Entweder verstand er ihre Frage nicht, oder er wollte sie nicht verstehen.

»Marisol geht es bestens, danke. Sie fand meinen Vorschlag übrigens ziemlich gut und hat gesagt, es würde sie sehr freuen, wenn Sie das Angebot annehmen. Also, was soll ich ihr sagen?«

»Ich bin immer noch etwas verwirrt, Jasper, aber ich nehme sehr gern an. Sehr, sehr gern. Vielen Dank.«

Helens Stimme zitterte. Dieser Mann konnte sie selbst am Telefon aus dem Gleichgewicht bringen. Es war ein zufriedenes Schnaufen zu hören.

»Am Sonntagnachmittag bei mir?«, hörte sie Jasper fragen. »Bis dahin ist das Gartenhaus ausgeräumt, und wir können eine Ortsbegehung machen. Sagen wir, gegen fünfzehn Uhr?«

Helen nahm die Einladung an. Geleitet von einer Mischung aus Stolz über das Angebot und Ungewissheit über das, was sie bei Jasper erwarten würde, dachte sie nach. Bis Sonntag waren es noch vier Tage. Zeit genug, um ein grobes Konzept zu erarbeiten und eine Vorauswahl an Motiven zu treffen. An das Gartenhaus hatte sie keine detaillierten Erinnerungen. Bei ihrem Parkrundgang vor wenigen Wochen hatte Jasper nur im Vorbeigehen darauf gezeigt; es diente im Sommer als Gästehaus und wurde für Gartenfeste genutzt. *Und nun werde ich dort meine erste wichtige Ausstellung haben*, dachte Helen. *Es ist wirklich unglaublich.*

14

Helen nahm ihre Mappe mit den Schwarzweißabzügen aus dem Kofferraum und schloss den Wagen ab. Der Kies knirschte unter ihren Füßen; sie genoss die paar Meter Fußweg bis zum Eingangsportal der Villa. Jasper stand in der Tür, immer noch dick eingepackt in Pullover und Schal, und grinste. Er nahm ihr die Mappe ab und ließ Helen an sich vorbei in die Halle gehen. Die Fotografin blieb stehen und wartete auf eine offizielle Begrüßung, doch der Hausherr ging geradewegs in den Salon und machte ihr ein Zeichen zu folgen.

»Gucken Sie nicht so, Helen. Wenn ich mich so reserviert gebe, ist das nur zu Ihrem Besten.«

Er nahm ihr Mantel und Handschuhe ab und legte sie über eine Sessellehne.

»Oder haben Sie Interesse an einer fiesen Mandelentzündung?«

Helen sah verlegen auf den Boden. Ihr war nicht wohl dabei, dass er anscheinend so gut in ihrem Blick lesen konnte.

»Helen.« Marisol war unbemerkt in den Raum gekommen; sie trug ein Tablett mit Teegeschirr und Gebäck, das sie vorsichtig auf einem antiken Beistelltisch absetzte. Mit schnellen Schritten kam sie auf Helen zu und umarmte sie herzlich. Dann fiel ihr Blick auf Jasper, dem sie ein strahlendes Lächeln schenkte.

»Leider kann ich euch nicht begleiten«, sagte sie mit einer Selbstverständlichkeit, die Helen einmal mehr verwunderte. »Aber ich muss dir unbedingt mein Zimmer zeigen, wenn ihr mit dem Gartenhaus fertig seid, ja?« Sie drückte der Fotografin einen Kuss auf die Wange und eilte davon, die Treppe hoch. *Hat sich ja schnell eingelebt*, dachte Helen.

»Erst Tee oder erst Gartenhaus?«, holte sie Jasper aus ihren Gedanken zurück.

»Am liebsten mit dem Tee ins Gartenhaus«, antwortete Helen.

»Gute Idee«, krächzte Jasper und holte zwei Thermobecher. Helen nahm ihren dankend entgegen und folgte Jasper über die Terrasse in den Garten. Sie dachte an seine Bemerkung über Kaffee und Tee, als sie sich damals den winterlichen Park angesehen hatten, und konnte sich eine kleine Spitze nicht verkneifen.

»Dafür, dass das hier ein teeloser Haushalt ist, schmeckt der Tee bemerkenswert gut.«

Jasper sah sie wortlos an und grinste.

»Willkommen in meinem kleinen Reich.«

Marisol hatte die Tür hinter Helen geschlossen und war dicht an sie herangetreten. Sie umarmte Helen und legte ihren Kopf an Helens Schulter. *Jetzt ist sie wieder die kleine Marisol, die schüchterne Columbine vom Markusplatz*, dachte Helen. Sie erwiderte die Umarmung. Irgendetwas mochte sie sehr an der jungen Frau, wenn sie auch nicht wusste, was das war. Sie spürte einen zarten Kuss an ihrem Hals.

»Ich habe dich vermisst«, hörte sie Marisol flüstern. »Wirklich.«

Noch ein Kuss, und noch einer. Helen schloss die Augen. In Venedig hatte das alles dazugehört, aber jetzt waren sie nicht in Venedig. Sie schob Marisol sanft von sich.

»Der Karneval ist vorbei«, sagte sie leise. Marisols Antwort war ein trotziger Blick.

»Gefühle sind doch nicht vorbei, weil Karneval vorbei ist. Ich spüre doch, dass du mich magst, dass du mich erotisch findest. Warum sollte sich das geändert haben?«

Helen zuckte mit den Schultern. Sie hatte kein echtes Gegenargument. Trotzdem versuchte sie es.

»Wir sind nicht mehr in Venedig. Wir sind in Berlin.« Sie wusste, es klang wenig überzeugend, was sie da sagte. Jetzt war es Marisol, die mit den Schultern zuckte.

»Ich dachte, du wärst auch ein kleines bisschen meinetwegen gekommen. Da habe ich mich wohl geirrt. Es geht dir wie immer nur um den Job.«

Sie stampfte mit dem Fuß auf wie ein zorniges Kind. Helen musste lachen. Marisol war wirklich ein zauberhaftes Wesen. Sie versuchte das Thema zu wechseln.

»Gefällt dir Berlin? Fühlst du dich hier wohl?«

Marisol blickte an ihr vorbei. Sie schmollte immer noch.

»Hey. Marisol.« Helen trat wieder an sie heran und streichelte ihre Wange. »Ich freue mich doch auch, dich wiederzusehen.«

»Wirklich?« Marisol schenkte Helen einen koketten Augenaufschlag. »Dann zeig ich dir was.« Sie ging zu einer geschlossenen Flügeltür und öffnete sie langsam. Der Raum, der sich nun Helens Blick darbot, erinnerte in der Ausstattung sehr an die Schlafzimmer des *Palazzo Fiore*. Die Fotografin staunte. Marisol nickte.

»Venedig ist überall«, sagte sie leise. Ohne Helens Augen loszulassen, knöpfte sie sich ihre Bluse auf. Dann nahm sie Helens Hände und legte sie sich auf die Brüste. Die Fotografin spürte, wie die Brustwarzen der anderen sofort reagierten, und erschauerte selbst.

»Jetzt du«, flüsterte Marisol und half Helen aus ihrem Pullover heraus. Dann gab sie ihr einen langen Kuss. Helen stöhnte auf. Sie hatte Marisol mehr vermisst, als sie gedacht hatte. Es tat so gut, sie zu spüren. Sie griff nach Marisols Hose, öffnete die Knöpfe der Jeans, fasste hinein. Marisol gab ihr noch einen Kuss, dann zog sie sich die Hose aus, streifte Slip und Strümpfe ab. Unter Marisols Küssen entledigte sich nun auch Helen ihrer Kleidung; es konnte ihr auf einmal alles nicht schnell genug gehen.

»Bleib so.«

Marisol kniete sich vor Helen hin und begann, ihren Venushügel zu lecken. Die unerwartete Intensität dieser Berührung ließ Helen zusammenzucken. Sie drückte Marisol ihr Becken entgegen und genoss die kreisenden Bewegungen der Zunge, die immer tiefer zwischen ihre Schenkel glitt. Helen spürte, wie ihre Brüste vor Lust ganz hart wurden. Sie seufzte auf, als Marisol mit der einen Hand ihre Schamlippen auseinanderzog und mit der anderen ihren Kitzler stimulierte.

»Du schwimmst gleich weg«, stellte Marisol fest und saugte den Kitzler in sich hinein, bis Helen leise aufschrie. Als hätte sie nur auf dieses Signal gewartet, erhob sie sich und zog Helen auf das venezianische Bett.

❧

Es war wie in ihrer ersten Nacht. Helen genoss die stürmischen Zärtlichkeiten ihrer Gespielin und ergab sich ganz ihrer Leidenschaft. In ihrem Schoß tobte ein Beben; wieder und wieder küsste Marisol sie mit geschickten Zungenschlägen zum Höhepunkt. *Wenn jetzt noch Justin da wäre … ein perfekter Reigen*, dachte Helen und stöhnte auf unter Marisols Händen. »Lass mich …«, Helen war atemlos, »ich möchte dich ein wenig verwöhnen …«

Marisols Antwort war ein helles Lachen.

»Ich bekomme meine Belohnung von anderer Seite«, flüsterte sie dicht an Helens Ohr. »Schau mal, wer uns da besucht.«

Helen blickte auf. In der Tür standen zwei Männer. Adrian und Jasper. Während Adrian sich bereits zur Hälfte ausgezogen hatte, blieb Jasper unbeteiligt an der Zimmertür stehen.

Adrian warf sich zu den beiden Frauen auf das Bett. Marisol bot sich ihm sofort dar, wofür ihr Helen dankbar war. Sie fühlte sich auf einmal unwohl in dem Wissen, dass der Hausherr in Pullover und Schal und hustend sie alle in Augenschein nahm. Helen hielt Marisols Kopf in ihrem Schoß und küsste sie zärtlich, während Adrian hart und tief in sie hineinstieß. Es gefiel ihm, das war ihm anzumerken, seine Lust mit den beiden zu teilen. Er suchte Helens Blick, fand ihn.

»Küss mich«, forderte er und zog sie an sich heran.

Helen ging darauf ein; er hatte ihr eine wunderbare Vorlage geliefert, um herauszufinden, ob ER der Galan war. Helen spielte mit seiner Zunge, suchte den Kontakt, versuchte sich zu erinnern – sie war sich sicher: Adrian war nicht der, der ihr Stunden der Wonne bereitet hatte. Er küsste nicht schlecht, im Gegenteil, aber seine Liebkosungen konnten nicht einen Hauch der Wonne in ihr auslösen, die sie von ihrem unbekannten Liebhaber erfahren hatte. Sie ließ sich aus Adrians Armen gleiten und befasste sich nun mit Marisols Brüsten. Die junge Frau atmete schwer, sie war nicht mehr ansprechbar in ihrer Lust.

»Gib ihr deine Liebe«, sagte sie zu Adrian, »sie wartet so sehr darauf.«

Adrian nickte – und stieß zu. Er nahm Marisol in die Arme, hob sie hoch, presste sie an sich, stieß wieder zu. Die Frau in seinen Armen wimmerte vor Lust. Adrian sah Helen tief in die Augen, sammelte sich, blickte auf die Frau in seinen Armen. Marisol öffnete einen Moment die Augen.

»Ich liebe dich«, sagte er leise zu ihr.

Marisol lächelte matt, krallte sich in seinen Armen fest, spannte an, ließ los. *Der Orgasmus zerreißt sie*, dachte Helen, *wie schön ist das. Sex haben mit dem geliebten Menschen. Wie schön.*

Erschöpft sank das Paar in die Laken. Die beiden hatten keinerlei Ambitionen mehr, ihre Gefühle vor den anderen zu verbergen. Helen blickte auf die Frau, die mehr als alle anderen in ihrer Umgebung die Fähigkeit besaß, ihre Ziele zu erreichen, und dachte an Nina, an Adrian, an das Kind. Einen Moment war da eine Irritation, aber sie wischte sie fort. *Es kommt auf den sozialen Vater an, nicht auf den biologischen*, überlegte sie. Dann fiel ihr Blick zur Tür. Jasper stand immer noch da. Es war ihm nicht anzumerken, ob er seine Beobachtungen genossen hatte. Als sich ihre Blicke trafen, zuckte er wie hilflos mit den Schultern. Dann sagte er mit kratziger Stimme:

»Lassen wir unsere Freunde ausruhen, und trinken wir ein Glas Wein. Ich erwarte Sie am Kamin, meine Liebe.«

Helen zog sich an; leise ließ sie die Tür zu Marisols Zimmer hinter sich ins Schloss fallen. Immer noch erhitzt von dem Erlebten, suchten ihre Augen das Kaminzimmer nach Jasper ab. Als sie ihn nirgendwo erblicken konnte, ließ sie sich auf der Felldecke nieder, die einladend vor der Feuerstelle ausgebreitet lag. Im nächsten Moment war der Hausherr da; in seinen Händen eine Flasche Rotwein und zwei Gläser. Er setzte sich kommentarlos neben sie und sah ein paar Momente konzentriert in die Flammen, als suchte er nach einer Antwort darin, nach einem Rat. Schließlich öffnete er den Primitivo und schenkte ihnen beiden ein.

»Ich hoffe, Sie sind jetzt nicht allzu schockiert, Helen.«

Seine Stimme war heiser vor Anstrengung. Er unterdrückte einen Hustenanfall und reichte ihr ein Glas. Jasper sah Helen tief in die Augen. Sie wich seinem Blick nicht aus, sondern hielt ihm stand, auch wenn es ihr nicht leichtfiel. Er hatte irgendetwas an sich, mit dem er sie unvermittelt in Verlegenheit bringen konnte.

»Jetzt weiß ich wenigstens, dass Adrian nicht der ist, den ich suche«, sagte sie leise und hob ihr Glas.

»Sie sind auf der Suche?«, ging Jasper auf ihr Spiel ein und hielt sein Glas gegen das Licht. »Wen oder was suchen Sie denn?«

Das weißt du doch genau, dachte Helen, *du hast mich doch auf diese Spur gesetzt, damit ich erkenne, dass du es bist. Aber wenn du spielen willst – bitte. Lass uns spielen.*

»Nicht so wichtig«, antwortete sie leichthin und registrierte die steile Stirnfalte, die sich sofort zwischen seinen Brauen bildete. Einen Moment fand sie seine Verstimmung amüsant. Er, der immer alles unter Kontrolle haben wollte, hatte sich selbst nicht unter Kontrolle.

»Waren Sie eigentlich auch dabei?«

»Auch dabei?«, echote Jasper und nahm einen tiefen Schluck. Ihm war deutlich anzumerken, dass er sich das Zusammensein vor dem Kamin anders vorgestellt hatte.

»Lassen wir das Geplänkel. Wir sind doch beide im Thema, oder? Ich meine, in Venedig dabei. Bei den Bällen, wie man dort sagt.« Jetzt trank auch Helen. Sie wunderte sich über die Ruhe, mit der ihr die Worte über die Lippen gekommen waren.

»Vielleicht«, krächzte Jasper. »Warum?«

»Vielleicht kennen wir uns besser, als ich es mir vorstellen kann, darum.« Helen beobachtete den Hausherrn aufmerksam, aber abgesehen davon, dass er etwas nervös an seinem Glas herumspielte, war Jasper nichts anzumerken. Wieder blickte er ins Feuer.

»Vielleicht …«, sagte er mehr zu sich selbst als zu seinem Gast. Es folgte eine Pause, die Helen etwas zu lang fand, um angenehm zu sein, und sie spürte instinktiv, dass die Stimmung kippte.

»Taxi?« Seine Stimme klang auf einmal schroff, obwohl er leise sprach. Helen war erstaunt, sie hatte nicht damit gerechnet, dass er sich dem Katz-und-Maus-Spiel so schnell entziehen würde. Sie hatte erwartet, dass es ihm Spaß machte, seine Identität scheibchenweise preiszugeben, aber da hatte sie sich wohl gründlich getäuscht.

»Ja, gern.« Sie versuchte, ihre Enttäuschung zu überspielen, und stellte vorsichtig das Weinglas ab. Mit einem aufgesetzten Lächeln stand sie auf und schlenderte hinaus. Jasper führte ein kurzes Telefonat und folgte ihr dann hustend in den Eingangsbereich, wo sie sich inzwischen Mantel und Handschuhe angezogen hatte. *Ist schon merkwürdig*, dachte sie, *es fängt so schön an, und dann endet es im Missklang. Wie nach dem Dinner damals.*

Schweigend warteten sie auf das Taxi. Ihr Gastgeber machte keinerlei Anstalten, diese letzten Momente mit etwas Konversation zu überbrücken. Es schien, als ob er den Stimmungsumschwung spürte. Als sie die Scheinwerfer des Wagens in der Auffahrt sah, blickte Helen Jasper an. *Trau dich doch*, sagten ihre Augen, aber er schaute durch sie hindurch und öffnete die Haustür in dem Moment, als der Fahrer ausstieg.

»Ich freue mich sehr auf Ihre Ausstellung«, sagte er förmlich und deutete einen Handkuss an. Kaum hatte Helen einen Schritt nach draußen gemacht, fiel die schwere Tür bereits hinter ihr ins Schloss. *Erwischt*, dachte Helen. Auf der Fahrt zu Nina verloren sich ihre Gedanken in Erinnerungen an den Galan.

Es musste ganz einfach Jasper sein. Es konnte – nein, es durfte kein anderer als Jasper sein.

❧

Die nächsten Tage verstrichen aus Helens Sicht ohne besondere Vorkommnisse. Sie war ganz auf die Vorbereitung ihrer

Ausstellung konzentriert und verbrachte viel Zeit in der Redaktion. Der Verlagsleiter hatte sie zu dem Projekt beglückwünscht und angeboten, einen begleitenden Katalog zu erstellen. Helen war klar, dass diesem Vorschlag auch eine gehörige Portion Eigennutz zugrunde lag, aber sie hatte nichts dagegen, im Gegenteil. Adrian wollte die Texte schreiben, und sie konnte sich darauf verlassen, dass die Produktion professionell durchgeführt werden würde.

Privat hatte sie weder den Journalisten noch seine neue Freundin wiedergesehen. In der Redaktion nickten sie sich wissend zu, wie Komplizen, die ein Geheimnis hüten, aber das war es auch. Was Nina betraf, hier war im Moment auch alles im Lot. Der Bauch rundete sich, und Thilo hatte gute Laune. Diese private Harmonie tat ihr gut, sie fühlte sich bei ihren Freunden aufgehoben und entspannt. Aber die Fotografin wusste, dass es so nicht mehr lange weitergehen konnte. Sie war bei Nina unter ganz anderen Voraussetzungen untergeschlüpft. Und auch wenn die Freundinnen nie darüber gesprochen hatten, so war es doch klar gewesen, dass Helen sich nach einer Phase des Eingewöhnens eine eigene Wohnung suchen würde.

❧

Helen betrachtete einen hochwertigen Lambda-Abzug und spürte etwas wie Melancholie in sich hochsteigen. Das großformatige Foto zeigte Justin, wie er sie im Café beim Campanile abholte und dabei einen Sprung über einen Stuhl machte. Die Aufnahme war durch die Bewegung an manchen Stellen etwas unscharf, aber sie hatte sich für dieses Motiv entschieden, weil Justins Augen den Betrachter in ihren Bann zogen. Erst jetzt fiel Helen wieder auf, wie schön der junge Mann war. Die kraftvolle Bewegung des Sprungs unterstützte seine männliche Ausstrahlung. Helen legte das Blatt zur Seite und versuchte, sich dem nächsten Motiv zu widmen, doch ihre Konzentration war dahin. Die Suche nach einer Wohnung beschäftigte sie mehr, als sie sich zunächst hatte eingestehen wollen. Dabei, und da war sie ehrlich zu sich selbst, ging es ihr nicht um die Frage, in welchem Stadtteil von Berlin sie leben wollte, sondern ob sie überhaupt in Berlin leben wollte.

Vielleicht war es besser für sie, eine Zeit lang in Venedig zu wohnen. Sie könnte den Palazzi ihre architektonischen und künstlerischen Geheimnisse entlocken, und vielleicht würde sie dort auch ihren Galan wiedertreffen. Auch wenn sich Helen inzwischen sicher war, dass Jasper der war, den sie suchte, so musste es ja einen Grund geben, der ihn davon abhielt, sich ihr zu erklären. Sie dachte an den missglückten Abend am Kamin und suchte nach einer Erklärung für sein Verhalten. Hatte sie etwas falsch gemacht? Nein, sie hatte ihm nur zu verstehen gegeben, dass er aufhören konnte, ihr etwas vorzumachen, und das hatte ihm scheinbar gar nicht gefallen. *Vielleicht ist es genau das*, überlegte die Fotografin, *vielleicht will er im Grunde immer nur spielen. Unverbindlich, anonym. Vielleicht ist ihm persönliche Nähe unangenehm. Vielleicht sollte mir das alles egal sein*, ging es ihr weiter durch den Kopf, *er hat sich in den ganzen Tagen noch nicht ein Mal gemeldet. Vielleicht ist er ja doch nur ein verwöhntes Söhnchen, das denkt, alles ist käuflich und kann genauso schnell auch wieder entsorgt werden.* Helen betrachtete das vor ihr liegende Foto. Die Großaufnahme einer Freske, aufgenommen im harten Winterlicht. Sie lächelte. Es wurde Zeit, Jasper anzurufen und das Gartenhaus herzurichten.

»Schön, Sie zu sehen, Helen.«

Jasper stand an der Haustür und ließ die Fotografin eintreten. Helen war mit Packpapierrollen und Stecknadeln ausgerüstet; sie hatte vor, im Gartenhaus die einzelnen Formate in Papier abzubilden, um ein Gefühl für die Menge an Fotos zu bekommen, die sie ausstellen wollte. Helen trat an Jasper vorbei in die Halle und horchte. Außer ihm schien niemand da zu sein. Als hätte er ihre Gedanken erraten, sagte er freundlich: »Marisol ist in Potsdam, Vorstellungstermin.«

Helen nickte. Diese Marisol. Einfach unglaublich. Dann wandte sie sich an Jasper.

»Haben Sie irgendwelche Wünsche oder Vorgaben, die die Ausstellung betreffen?«

Jasper sah sie fragend an.

»Ich meine, ab wann, bis wann, Pressearbeit, Einbindung der Medien – ich denke, Sie wollen doch auch etwas davon haben, oder?«

Seine Antwort war wieder ein fragender Blick. Dann ging er in Richtung Salon und machte ihr ein Zeichen, ihm zu folgen. Während er die Tür zur Terrasse öffnete, sah er sie forschend an.

»Dachten Sie im Ernst, ich nutze Sie und Ihre Arbeiten für Publicity in meinem Sinne? Als Mittel zum Zweck? Ach Helen!« Er lachte, aber es war kein fröhliches Lachen. Ernst betrachtete er die Fotografin und sagte leise: »Sie haben keine Ahnung von meinem Leben. Wie ich lebe, von was ich lebe. Aber ich kann Ihnen versichern, dass Sie die allerletzte Person sind, in deren medialer Aufmerksamkeit ich mich sonnen muss.«

»So war das nicht gemeint«, verteidigte sich Helen. Jasper machte eine abwehrende Bewegung.

»Ja, ja. Ich wollte auch nur sagen, Helen: Diese Veranstaltung ist für mich ein Amüsement. Ein vollkommen nutzloses und daher echtes Amüsement. Ohne Hintergedanken. Nur so.«

Helen biss sich auf die Zunge. Sie hätte jetzt gern mit ihm

gestritten, aber dann würde er vielleicht sein Angebot zurückziehen, *und dann ... was dann?*, dachte sie. *Dann eben nicht. Dann soll es eben nicht so sein.*

»Jasper«, Helens Stimme klang fest und bestimmt, »ich habe das eben nicht böse oder anzüglich gemeint. Ich habe Sie gefragt, weil es üblich ist, den Sponsor – und das sind Sie ja – zu fragen. Aber ich habe nicht vor, mich hier von Ihnen herunterputzen zu lassen. Und wenn Sie jetzt eingeschnappt sind, so wie immer, wenn ich Ihnen die Meinung sage, und Sie ziehen Ihr Angebot zurück – schade. Aber dann ist es eben so.«

Jasper betrachtete sie aufmerksam und schien sie in Verlegenheit bringen zu wollen. Dann trat er nah an sie heran, er hatte einen Punkt an ihrem Gesicht fixiert.

»Sie haben da was an Ihrer Wange«, sagte er, ohne auf ihre Worte einzugehen, und strich sanft darüber. Helen merkte, dass sie wütend wurde. Dieser Mann schien sie nicht im Geringsten ernst zu nehmen.

»Jetzt sind Sie es, die sauer ist, hab ich Recht?«, fragte er in neutralem Ton und schritt die Stufen in die Gartenanlage hinab, ohne weiter Notiz von ihr zu nehmen.

❧

Abends auf dem Weg zu Nina fragte sich Helen, was das wohl noch alles geben würde mit diesem Kerl. Sie mochte ihn, sehr sogar, und gleichzeitig ärgerte sie sich über ihn und darüber, dass sie ihn so mochte. Nach der kleinen Auseinandersetzung auf der Terrasse hatten sie sich betont professionell mit der Ausgestaltung des Gartenhauses beschäftigt. Zu Helens Freude hatte er es in der Zwischenzeit komplett streichen lassen, was den Räumen einen ausgesprochen homogenen Charakter gab. Es war nicht riesig, ein Gartenhaus eben, aber es brauchte den Größenvergleich mit einer durchschnittlichen Galerie in Mitte nicht zu scheuen. Helen wusste, die Fotografien würden wunderbar an den reinweißen Wänden zur Geltung kommen. Nachdem sie mit Hilfe der Papierrolle Position und Größe der Abzüge skizziert hatten, waren sie einträchtig ins Haus zurückgekehrt, wo Marisol sie bereits erwartete. Noch bevor sie etwas sagte, wusste Helen, dass ihr Gespräch erfolgreich verlaufen war. Marisol strahlte.

»Ich hab den Job. Am ersten März geht's los.«

15

Es war ein anstrengender Tag gewesen. Die Vorbereitungen im Gartenhaus schritten mehr als gut voran, aber die Spannung zwischen Jasper und ihr, so empfand es Helen, war manchmal kaum zu ertragen. Seit dem verunglückten Kaminabend ging er ihr privat aus dem Weg, tat aber alles dafür, um sie bei ihren Arbeiten zu unterstützen. Helen war froh, ihn wenig zu sehen, denn wenn sie sich über den Weg liefen, waren diese Begegnungen aufgesetzt und kosteten einfach Kraft – Kraft, die sie dringend in ihr Ausstellungsprojekt stecken musste.

In Sachen Wohnungssuche war sie auch noch nicht vorangekommen; sie hatte zwar mit Nina gesprochen, aber die signalisierte, dass Helen alle Zeit habe, die sie brauche. Jetzt, als Helen die Wohnungstür aufschloss, spürte sie diesen Tag in jedem einzelnen Knochen und wünschte sich nichts weiter außer einem heißen Wannenbad, doch dann wurde sie urplötzlich wieder munter. Aus der Küche waberte der angenehme Duft von Salbei und Butter in den Flur, außerdem tönte eine klassische Arie aus der Musikanlage. Helen grinste. Wahrscheinlich trieben es Nina und Thilo gerade auf dem Küchentisch und hatten total vergessen, dass sie irgendwann nach Hause käme … Mit Schwung öffnete sie die Tür zur Küche und stutzte. Kein Thilo weit und breit, dafür eine kochende Nina am Herd. Auf dem Küchentisch stand neben einer entkorkten Flasche Wein ein riesiger Rosenstrauß.

»Toll«, entfuhr es Helen, »Thilo zieht ja wirklich alle Register. Ich hoffe, du bist ihm dafür auch gnädig gesinnt …«

Sie nahm sich eine Olive vom Antipastiteller und zwinkerte ihrer Freundin zu. Die antwortete nicht sofort, weil sie die Gnocchi probierte, die sie gerade aus dem Wasserbad gefischt hatte.

»Sind nich' meine«, sagte sie mit vollem Mund. »Karte. Guck mal. Karte.« Sie zeigte mit dem Kochlöffel auf den Umschlag, der in dem Strauß steckte. Helen ging ungläubig zum Tisch und nahm die Karte aus dem Kuvert. Wurde ja auch Zeit, dass es Jasper leidtat. Irgendwie hatte er sich in den letzten Tagen ziemlich ekelig verhalten. Ihr Herz schlug ein bisschen schneller, dann war sie mutig und las die Zeilen. Sie waren mit dem Computer geschrieben, wahrscheinlich von dem Mitarbeiter des Blumengeschäfts, das den Auftrag für die Rosen bekommen hatte. Nina trat neben die Fotografin und steckte ihr ein in Salbeibutter geschwenktes Gnocchistück in den Mund.

»Lies vor«, forderte sie und stellte sich wieder an den Herd.

Liebe Helen, meine schöne Helena. Verzeihen Sie einem alten Narren, der durch Sie erst weiß, welch ein Narr er ist. Ich bin in Berlin und muss Sie sehen. Ich muss, verstehen Sie? Ich wohne im Hotel de Rome, Gendarmenmarkt. Kommen Sie, wann immer Sie wollen. Meine Verehrung – Nicola.

»Ach du Scheiße.« Nina schlug sich die Hand vor den Mund. »Entschuldige«, setzte sie schnell nach. Helen winkte ab.

»Nein, nein, du triffst den Nagel auf den Kopf: Scheiße.«

Helen schenkte Wein und Wasser ein und hielt ihrer Freundin zwei Teller unter die Nase, die Nina schnell füllte.

»Wie geht es dem Hamster?«, fragte Helen und zeigte mit der Gabel auf Ninas Bauch. Die zuckte mit den Schultern.

»Wächst und verhält sich ruhig.« Sie grinste. Helen prostete ihr zu.

»Auf den Hamster.«

»Auf den Hamster.«

Helen aß mit gutem Appetit; sie hatte den ganzen Tag über keine Pause machen können. Sie schob ihren leeren Teller von sich und steckte ihre Nase tief in das duftende Bouquet.

»Du hattest gedacht, sie sind von Jasper, oder?«, fragte Nina vorsichtig und nippte an ihrem Wasserglas. Helen nickte. Die Blumen waren wirklich wunderschön. Und Nicolas Zeilen … Jedem anderen Mann, inklusive Jasper, hätte sie Kalkül unterstellt.

Aber Nicola, das wusste sie, war wirklich so. Nicola war absolut authentisch.

»Er hat mich gebeten zu bleiben«, sagte sie leise, »aber ich habe ihn nicht ernst genommen. Er hat mir gesagt, dass er mich liebt, und ich habe es nicht geglaubt. Und jetzt ist er hier.«

Nina legte ihr die Hand auf die Schulter, streichelte ihren Nacken.

»Und du? Liebst du ihn?«, wollte sie wissen. Helen fing an zu weinen.

»Ich weiß überhaupt nicht mehr, was ich denken soll«, schniefte sie. »Nicola hat mich beeindruckt, ja, er ist ein wunderbarer Liebhaber, ja, aber er ist ein Selbstdarsteller, er braucht eine Bühne. Und ich habe keine Lust, einer seiner Claqueure zu sein.«

Sie schnippte nach einer Rose, die schwingend nachgab.

»Außerdem habe ich keine Lust, einen Mann zu teilen. So weit kommt es noch!«

Nina stand auf und holte umständlich eine Packung Eiscreme aus dem Gefrierfach. Sie drückte Helen einen Löffel in die Hand, nahm selbst einen und öffnete den Karton.

»Kann das sein, dass du ganz schön zulangst?«, fragte Helen und grinste schief.

»Na ja«, antwortete Nina, »es ist einfach toll, dass mir nicht mehr schlecht ist den ganzen Tag. Hm … probier mal. Na los.«

Helen hatte ihr Auto dem Hoteldiener überlassen, der für das Valet Parking zuständig war, und betrat die große Halle des Hotels. Das ehemalige Bankgebäude aus DDR-Zeiten war mit Hilfe von Geld und Geschmack und jeweils mit viel von beidem in eine Luxusdestination für diese gewisse Klientel verwandelt worden, die karawanengleich die Hot Spots des Planeten bereist. Helen kannte sich hier gut aus. Im Auftrag eines Architekturmagazins hatte sie die Metamorphose vom Geldinstitut zum Designhotel fotografisch begleitet. Die Fotografin wandte sich zur Bar; mit dem Hoteldirektor und seiner Crew hatte sie hier während der letzten Bauphase so manche Nacht bei Gin Fizz und Sea Breeze verbracht.

»Helen. Helena. *Bellissima mia.*«

Sie musste sich nicht umdrehen. Sie wusste, Nicola kam gerade herangestürmt, aufgedreht, aufgeregt, zwischen Lachen und Weinen. Sie freute sich auf ihn. Und sie fragte sich, warum.

»*Mia cara. Principessa. Anima mia* … ah …«

Helen spürte seine Lippen in ihrem Nacken, und unwillkürlich streckte sie sich auf ihrem Barhocker. Nicola setzte sich neben sie und hielt ihre Hand, küsste ihre Finger. Er war wirklich vollkommen außer sich.

»Die Rosen sind wundervoll.« Mehr fiel Helen nicht ein, sie war den Umgang mit außer Kontrolle geratenen Männern nicht gewohnt. Nicola seufzte, dann griff er sich an sein Herz, seufzte wieder. Die Bar war gut besucht; Helen spürte, wie sie die Aufmerksamkeit der Anwesenden auf sich zogen. Ihr war es immer etwas unangenehm, im Mittelpunkt zu stehen. Nicola dagegen genoss die Situation, das war ihm anzusehen. Seine dunklen Augen leuchteten, sein Gesicht strahlte vor Freude.

»Es ist einsam in Venedig ohne Sie, Helen.«

Er reichte ihr galant ihren Drink und prostete ihr zu. Helen sah ihm tief in die Augen. War das jetzt alles ein koketter Anbändelungsversuch, oder sagte er die Wahrheit? Die Fotografin entschied sich für Ersteres. Es war wohl kaum anzunehmen, dass sich Nicola mit Camille und Justin langweilte. Der Bildhauer nahm ihre Hand und drückte sie fest.

»Um mir das zu sagen, haben Sie den weiten Weg gemacht?«, fragte Helen und erwiderte den Druck seiner Finger. *Ich lasse mich gerade auf ein gefährliches Spiel ein*, ging es ihr durch den Kopf. Nicola zog ihre Hand zu seinem Mund. Er drückte viele kleine Küsse auf den Handrücken, dann ließ er sie los. Seine Augen verloren ihren Glanz.

»Es ist nichts mehr wie vorher, Helen. Nichts. Ich kann nicht arbeiten, nicht essen, nicht schlafen. Und ich bin ein alter Narr.«

Helens Antwort war ein erstaunter Blick. Nicola bestellte weitere Drinks, dann sah er sie offen an.

»Wenn ich mich als alten Narren bezeichne, dann deshalb, weil ich sehr wohl weiß, wem Ihr Herz gehört, Helen. Trotzdem bitte ich Sie, kommen Sie mit mir nach Venedig zurück.«

»Und was wird aus der Ausstellung?« Helen ging davon aus, dass Nicola über das Projekt informiert war, und genauso war es. Der Bildhauer tat weder überrascht noch ahnungslos. Natürlich wisse er Bescheid, und ja, selbstverständlich solle sie die Fotos in dem Gartenhaus zeigen, aber dann, nach der Eröffnung, solle sie zu ihm kommen.

»Oder ich reise zur Vernissage an und nehme Sie im Anschluss mit nach Hause. Eine schöne Idee, finden Sie nicht?«

In Helens Kopf begann es zu arbeiten. Vielleicht war das wirklich eine ernst zu nehmende Option. Schließlich wusste sie immer noch nicht, ob sie in Berlin leben wollte, und sie hatte ja selbst schon überlegt, für einige Zeit noch einmal nach

Venedig zu gehen. Mit Jasper ging es keinen Schritt voran, und es war auch nicht abzusehen, wie und ob sich überhaupt etwas zwischen ihnen entwickeln würde. Nina konnte sie getrost der Fürsorge Thilos überlassen, und andere wichtige Menschen gab es in ihrem Umfeld momentan nicht. *Ich bin frei*, dachte Helen, *ich kann gehen, wohin ich will. Warum nicht nach Venedig?*

»Helen?«

Sie fuhr aus ihren Gedanken hoch und begegnete Nicolas Blick. Er schien sie schon eine ganze Weile zu beobachten. Sie nahm einen Schluck von ihrem Drink und versuchte, ein unbekümmertes Gesicht zu machen.

»Entschuldigen Sie. Mir gingen gerade ein paar Sachen durch den Kopf. Ich wollte nicht unhöflich sein.«

»Das würde ich von Ihnen auch nie annehmen, meine Liebe.«

Wieder küsste er zärtlich ihre Hand. Helen schluckte. Nicola war schon wieder dabei, sie in seinen Bann zu ziehen. Als hätte er ihre Gedanken erraten, lachte er kurz auf.

»Wollen wir etwas essen? Kommen Sie.«

Er legte ihr locker den Arm um die Hüfte, als er mit ihr die Bar verließ. Helen wusste, wo das Restaurant war, und steuerte automatisch darauf zu.

»Wo wollen Sie hin?«, fragte Nicola mit amüsiertem Unterton.

»Ich dachte, Sie wollten im Hotel essen, Nicola.«

»Will ich auch«, sagte er spitzbübisch und zog sie in Richtung Fahrstuhl, »aber in meiner Suite.«

Helen trat an das hohe, schmale Fenster und schob die schweren Seidenvorhänge zur Seite. Die Prachtstraße Unter den Linden war nur eine Armlänge entfernt, und auf der anderen

Straßenseite beleuchteten gusseiserne Laternen das Trottoir vor dem Eingang zur Humboldt-Universität. Die Fotografin sah sich um. Die Suiten des Hotels waren in den ehemaligen Vorstandsbüros eingerichtet worden, und der Innenarchitekt hatte prägnante Details wie die dunkle Kassettenvertäfelung der Räume erhalten. Die extreme Deckenhöhe wurde durch großvolumige Lampen gemildert; der Kamin an der Stirnseite des Wohnraumes sorgte für Behaglichkeit. Helen wollte Nicola gerade fragen, ob er sich hier wohlfühle, da klopfte es an der Tür. Als der Bildhauer öffnete, brachten zwei junge Etagenkellner das Dinner herein. Helen wollte sich setzen, doch Nicola winkte ab.

»Wir sind hier ganz unter uns, meine Liebe – diese beiden Herren sind sozusagen blind, taub und stumm –, machen Sie mir also die Freude, und tragen Sie nur Ihre Haut, während wir essen. Bitte.«

Helen glaubte, sich verhört zu haben. In der Tat ignorierte sie die beiden Kellner, als sie Nicola fragte:

»Sie wollen, dass ich mich nackt an diesen Tisch setze?«

Der Bildhauer zuckte mit den Schultern.

»Sonst hätten wir ja auch im Restaurant essen können. Oder?«

Er legte den Kopf schief und lächelte. Helen war verunsichert.

»Und dann? Wollen Sie mich dann zum Nachtisch zwischen den Tellern vögeln, und die beiden Herren hier gucken zu?«

Nicola schüttelte den Kopf.

»Um ehrlich zu sein, darüber habe ich mir noch keine Gedanken gemacht. Aber der Vorschlag ist nicht schlecht.«

Er sah sie durchdringend an.

»Ich bin mit dem Hoteldirektor bekannt, Nicola. Ich KANN mich hier nicht nackt an den Tisch setzen.«

Sie blickte wieder zu den beiden Kellnern, die Löcher in die Luft starrten. *Ich möchte nicht wissen*, dachte sie, *was Hoteldiener alles so zu sehen bekommen. Da sind wir wahrscheinlich noch sehr harmlose Gäste.*

»Bitte.«

Nicolas Stimme war hart, und sie spürte, er duldete keinen Widerspruch.

»Das hört sich an wie ein Befehl«, sagte sie und machte eine gleichgültige Miene. Innerlich war sie alles andere als ruhig. Ihr Herz schlug schnell, sie war aufgeregt.

»Natürlich ist das ein Befehl«, sagte Nicola leichthin, »aber wenn das Ausziehen so schwerfällt: Im Bad liegt ein wunderschöner Bademantel. Müsste Ihre Größe sein.«

Helen sah ihm in die Augen. Sie wusste, sie musste sich jetzt entscheiden. Spielte sie sein Spiel mit, würden ihr alle Türen offenstehen. Würde sie sich jetzt verweigern, wären ihre Chancen dahin. *Und vor ein paar Tagen habe ich noch gedacht, ich bin nicht berechnend genug*, überlegte sie. *So schnell ändert sich das.* Sie wandte den Blick ab und ging ins Bad. Dort wartete keiner der üblichen Hotelbademäntel auf sie, sondern ein scharlachroter, bodenlanger Kimono, über dessen Rücken sich die Stickerei eines feuerspeienden Drachens ausbreitete. Natürlich war es ihre Größe, stellte sie kurz darauf fest. Das leuchtende Rot stand ihr ausgezeichnet und ließ ihren Teint leuchten. Sie wuschelte sich durch die Haare, zog die Lippen nach und ließ sich kaltes Wasser über den Puls laufen. Dann zwinkerte sie sich im Spiegel zu und ging in den Wohnraum der Suite zurück. Nicola empfing sie mit einer Tirade an Komplimenten. Jetzt, wo er sich durchgesetzt hatte, war die Schärfe aus seiner Stimme verschwunden, und er war charmant und unterhaltsam. Helen versuchte, die Anwesenheit der beiden Diener auszublenden und sich auf Nicola zu konzentrieren.

»Sind Sie wirklich meinetwegen nach Berlin gekommen?«,

wollte sie wissen. Der Bildhauer nickte und gab den Kellnern zu verstehen nachzuschenken.

»Warum fragen Sie? Glauben Sie mir nicht?«

»Sie sind ein Machtmensch, Nicola, das wissen wir beide. Und Sie machen nichts ohne Grund. Genau wie Ihr Freund Jasper.«

»Womit wir beim Thema wären«, sagte Nicola und schob seinen Teller zur Seite, »eigentlich müsste ich ihm dankbar sein. Durch ihn haben wir uns kennengelernt. Weil er mein Freund ist, habe ich mich Ihnen gegenüber sehr zurückgehalten. Aber er hat seine Chance gehabt, er hat sie nicht genutzt, und Sie werden ihn vergessen. Glauben Sie mir.«

»Und wenn ich ihn nicht vergessen will?«, begehrte Helen auf.

»Meine schöne Helena.«

Nicola erhob sich und ging um den Tisch herum zu ihrem Platz.

Er setzte sich locker auf die Tischkante und betrachtete ausgiebig seine Hände.

»Wenn Sie glücklich wären, hätten Sie sich nicht mit mir getroffen. Sie hätten mich angerufen, mir für den wunderschönen Strauß gedankt, und ich hätte am Klang Ihrer Stimme gehört, dass es aussichtslos ist.«

Er sah sie an, und Helen errötete unter seinem Blick. Nicola zog sie von ihrem Stuhl hoch und öffnete langsam ihren Gürtel. Er griff an der Seide vorbei nach ihren Hüften und presste sie an sich.

»Aber Sie kommen zu mir, in die Höhle des Löwen. Sie kennen mich, Sie wissen, wie der Abend verlaufen wird. Daraus schließe ich, dass Sie nicht glücklich sind und dass Jasper die Sache vergeigt hat. Ganz einfach.«

»Ganz einfach«, wiederholte Helen und fügte sich seinem Kuss. Nicola schob ihr den Kimono vom Körper und streichelte ihre Schultern, den Hals. Seine Hand fasste nach ihrem Kinn, dann drückte er sie auf den Stuhl zurück. Helen wandte einen Moment den Blick von ihm und sah, dass die beiden Etagenkellner immer noch im Zimmer waren.

»Schick sie weg«, sagte sie leise.

»Gleich«, antwortete Nicola und schlang den Gürtel des Kimonos um ihre Arme, dann um die Stuhllehne. Er kniete sich vor dem Stuhl hin und öffnete ihre Schenkel, hob ihr Becken an und verlagerte es zur Stuhlkante. Helen versuchte, sich mit den Fußspitzen abzustützen, um nicht noch mehr nach vorn zu rutschen. Ihre Arme taten weh, die Oberschenkel auch. Wenn das hier Spaß machen sollte – ihr machte es jedenfalls keinen Spaß.

»Mach mich los«, sagte sie ruhig.

»Du musst dich gut abstützen, sonst verrenkst du dir die Arme«, antwortete er leise und glitt mit seinem Finger zwischen ihren Schamlippen hin und her.

»Guck nicht so böse, Helen, deinem kleinen Honigtopf gefällt das alles ganz gut, oder etwa nicht?«

Bei den letzten Worten war er mit dem Finger in sie eingedrungen. Helen spürte, wie feucht sie war. Es gefiel ihr nicht, wie er über sie bestimmte, aber die Erregung, die er in ihr auslöste, war unbeschreiblich. Sie fühlte, wie er begann, sie zu streicheln. Sie stöhnte auf, drückte ihm ihr Becken entgegen. Ihre Beine zitterten vor Anstrengung. Jetzt öffnete er sie mit seinen Fingern, machte sie weit. Helen schluckte. Irgendwo unter ihrem Nabel pochte es. Sie begann zu schwitzen, ihre Haut schien zu glühen. Nicola seufzte, er glitt mit seiner Nase an ihrer Scham entlang, küsste sie. Und da war seine Zunge. Helen entfuhr ein kleiner Schrei. Er küsste sie hingebungsvoll, saugte an ihr, sie fühlte sich, als würde er sich an ihr satt essen. Sie öffnete die Augen und sah, dass die beiden jungen Männer immer noch da waren. Helen wollte nicht darüber nachdenken, warum das so war. Sie wollte überhaupt nichts mehr denken. Sie spürte das harte Holz der Lehne in ihrem Rücken, konnte sich kaum noch mit den Füßen abstützen. Ihr Körper tat weh, aber diese Lust deckte alles andere zu. Es gab nur noch diese Zunge, die sie irre machte, die jeden Millimeter zwischen ihren Schenkeln in Brand setzte. Diese Glut überall, ein Feuer … und sie kam.

»Vorsichtig.«

Helen machte die Augen auf und sah, dass einer der Kellner ihre Arme aus dem Seidengürtel löste. Dann nahm Nicola sie an der Taille und hob sie hoch. Er küsste sie auf den Mund.

»Es ist so geil, wenn du kommst«, flüsterte er, »ich kann es schmecken.«

Helen war in einer Trägheit gefangen, die sie immer spürte, wenn ein Orgasmus heftig und schön gewesen war. Doch sie war wach genug, um zu erfassen, dass er sie in das Schlafzimmer trug. Als sie sah, dass der zweite Kellner dort nackt auf sie beide zu warten schien, war sie schlagartig wieder wach.

»Lass mich sofort runter«, fauchte sie. Nicolas Antwort war ein Lachen. Er ließ sie auf das Bett gleiten und warf sich im selben Moment auf sie. Aus den Augenwinkeln sah Helen, dass nun auch der andere Diener unter die Bettdecke schlüpfte. Sie sah Nicola flehend an.

»Das kann ich nicht«, sagte sie leise.

»Was kannst du nicht?«, fragte er und küsste sie vorsichtig.

»Mit drei Männern … das will ich nicht.«

»Du wirst es mögen, glaub mir. Dir wird nichts geschehen, was du nicht wirklich willst. Vertrau mir. Und vertrau deiner Lust.«

Nicola rollte sich ein wenig zur Seite und streichelte sie. Die Zärtlichkeiten beruhigten Helen ein wenig, außerdem verhielten sich die beiden jungen Männer passiv und warteten anscheinend auf ein Signal für ihren Einsatz. Wieder einmal war sie erstaunt über Nicolas Qualitäten als Liebhaber. Er wusste genau, wo er sie berühren musste, um sie in kürzester Zeit wieder so zu erregen, dass ihr alles um sie herum vollkommen egal war.

»Du bist so nass«, sagte er plötzlich, »spürst du das?«

Helen nickte. *Du kannst dir nicht vorstellen, wie gut das ist*, dachte sie. Er rollte sich ganz auf den Rücken und ließ sie los.

»Reite mich«, flüsterte er an ihrem Ohr und lutschte daran, »ich will dich ganz tief spüren.«

Helen hockte sich über ihn und griff nach seinem Schwanz. Ihre Blicke trafen sich, als sie ihn langsam in sich hineinschob. *Es ist so schön, dich in mir zu haben*, sagten ihre Augen, und er antwortete mit einem tiefen Stöhnen. Dann fasste er sie an den Hüften und verstärkte ihre Bewegung, hob sein Becken an und stieß sie immer heftiger. Helen ließ sich etwas nach vorn fallen und gab ihm einen langen Kuss. Er quittierte ihn mit einem Lachen und gab ihr einen Klaps auf den Po.

»Ich nehme dich jetzt von hinten.«

Nicola hob Helen von sich herunter und drehte sie auf den Rücken. Dann kniete er sich zwischen ihre Schenkel und stopfte ihr ein Kissen in den Rücken. Helen hielt die Luft an, als sie seinen Schwanz zwischen ihren Pobacken spürte. Sie legte eine Hand zwischen ihre Schamlippen, zupfte am Kitzler, spürte Lust in sich hochsteigen. Ja, sie wollte ihn so in sich haben.

»Ist das eng«, stöhnte er, als er vorsichtig in sie eindrang. Helen nickte und schloss die Augen. Da spürte sie es. Lippen küssten ihre Brust und gleichzeitig ihren Venushügel; Finger spielten mit ihren Nippeln und umkreisten ihre Vagina. Sie hörte Nicolas tiefes Stöhnen und öffnete die Augen. Es waren die beiden jungen Kellner, die sich dazugesellt hatten und sie mit ihren Liebkosungen dort verwöhnten, wo Nicola gerade nicht sein konnte. Helen betrachtete die Szenerie, deren Mittelpunkt sie war, und gab sich hin. Nicola spürte das und stieß noch tiefer und härter in sie hinein. Helen zog den Kopf des einen Dieners noch fester an ihre Brust, den anderen drückte sie tiefer in ihren Schoß. Sie fühlte sich wie in einem Rausch, wie in einem Strudel, dem sie nicht entkommen wollte. Nicola wurde langsamer, als wüsste er, dass sie gleich kommen würde. Die beiden jungen Männer taten es ihm nach.

Helen wimmerte, selten hatte sie so viel Lust erlebt. In ihrem Bauch tobte ein Sturm. Der Orgasmus tat fast weh; sie schrie. Nicola wartete, bis sie sich etwas beruhigt hatte, dann zog er sich aus ihr zurück und verschwand im Bad, ebenso wie die beiden Kellner. Helen hörte Duschgeräusche und versuchte, wieder normal zu atmen. Ihr Hals war trocken, ihre Haare klebten verschwitzt am Kopf. Als die Minuten vergingen, ohne dass Nicola zurückkam, machte sie sich Gedanken. Ob er sich jetzt mit den beiden Kerlen den Kick geben würde? War sie vielleicht nur ein Appetithäppchen für die drei gewesen? *Irgendwie nicht wichtig*, dachte Helen und schlief ein.

16

Soll ich Nicola vom Flughafen abholen, oder möchten Sie das vielleicht übernehmen?«

Helen war der süffisante Unterton in Jaspers Frage nicht entgangen, und sie verdrehte genervt die Augen.

»Ehrlich gesagt habe ich im Moment andere Sorgen als die, wer Nicola abholt.«

»So, so. Das wird ihm aber gar nicht gefallen, wenn ich ihm das sage, Helen.«

Die Fotografin lehnte den kaschierten Fotoabzug vorsichtig an die Wand und ging auf Jasper zu, der provozierend grinsend in der offenen Eingangstür des Gartenhauses stand. Er hatte beide Hände tief in die Taschen seiner Jeans gesteckt und stand dort wie jemand, der genau weiß, dass er gerade einen Streit anzettelt. Und genauso war es. Helen hatte genug von seinen Anzüglichkeiten. Natürlich hatte sie sich an drei Fingern abzählen können, dass Nicola seinem Freund von ihrem Tête-à-tête erzählen würde, aber sie ging davon aus, dass der Bildhauer nicht allzu viel ausplappern würde – schließlich verfolgte er seine eigenen Ziele. Letztendlich war es auch ihre Sache, und – in der Hinsicht hatte Nicola vollkommen Recht – Jasper hatte seine Chancen bei ihr absolut nicht genutzt.

»Was wollen Sie eigentlich von mir?«, fragte sie ihn betont ruhig, obwohl sie innerlich kochte. Sie verfluchte sich sowieso dafür, dass sie sich auf die Ausstellung hier eingelassen hatte, und nun, einen Tag vor der Eröffnung, konnte sie ihm nicht mehr die Brocken vor die Füße schmeißen. So etwas würde ihr Ansehen in der Branche erheblich beschädigen, und das wusste Jasper auch. Trotzdem wollte sie sich seine Sticheleien nicht mehr länger gefallen lassen.

»Ich habe Sie etwas gefragt, Jasper. Was soll das?«

Er grinste immer noch.

»Wenn Blicke töten könnten… Was soll sein? Nichts. Alles bestens. Ich wollte nur wissen, wer Nicola nebst Entourage abholt.« Er zuckte harmlos mit den Schultern und wollte sich umdrehen, aber Helen hielt ihn am Arm fest.

»Sie wissen, dass das Blödsinn ist. Sie sind sauer auf mich, weil ich mich mit Nicola getroffen habe. Sie sind eifersüchtig auf ihn. Geben Sie es doch wenigstens zu.«

»Eifersüchtig? Ich? Auf einen dekadenten Selbstdarsteller?«

»Das wird Nicola aber gar nicht gefallen, wenn ich ihm das so sage«, parierte Helen und stellte mit Genugtuung fest, dass Jasper nun auch wütend wurde.

»Erzählen Sie ihm doch, was Sie wollen, es wird schon stimmen«, brummte er und stapfte davon. Jetzt war es Helen, die grinste.

»Was hast du denn mit Jasper gemacht?« Marisol reichte Helen einen Becher mit Kaffee und füllte sich auch einen.

»Er hat mich im Haus eben fast umgerannt. Jetzt telefoniert er mit Nicola und schreit rum.«

Helen trank einen Schluck und strich Marisol über die Wange.

»Idioten, alle beide«, sagte sie und wandte sich dann wieder ihren Fotografien zu. Zwei Exemplare fehlten noch; ihr Lieblingsmotiv mit dem springenden Justin war darunter, und sie hoffte, das Fotolabor werde noch rechtzeitig liefern. *Wir haben ja noch einen ganzen Tag Zeit, es wird schon irgendwie alles klappen*, machte sie sich Mut.

»Idioten? Ich weiß nicht.« Marisol schritt die bereits aufgehängten Aufnahmen ab und verweilte bei einem Foto, das die Fresken aus dem Speisesaal zeigte.

»Alles so weit weg irgendwie«, sagte sie leise und drehte sich zu Helen um, »oder findest du nicht? Es ist wie eine andere Welt, dieses Venedig.«

Helen antwortete nicht darauf, sondern fragte:

»Wie meinst du das, von wegen Idioten-ich-weiß-nicht?«

»Ich kenne sie ja ein bisschen länger als du und kann dir nur sagen, dass beide hinter dir her sind wie der Leibhaftige. Dass sie Freunde sind, macht die Sache kompliziert. Auf einmal macht das Teilen nämlich keinen Spaß mehr.«

»Dafür, dass Jasper mich will, benimmt er sich aber sehr kontraproduktiv, wenn ich an seine Aktionen denke.«

Helen pustete in ihre Tasse, dann sah sie Marisol fragend an.

»Was würdest du an meiner Stelle tun?«

Marisol grinste.

»Zugucken und abwarten, wer zuerst aufgibt. Und mir dann überlegen, ob ich den Sieger will oder lieber den anderen. Und in der Zwischenzeit«, sie trat ganz nah an Helen heran, »würde ich einfach tun, was mir gefällt.«

Sie gab der Fotografin einen zärtlichen Kuss auf den Mund.

»Schmeckt gut«, sagte Helen und schaute Marisol bedeutsam an.

»Schmeckt nach mehr … Wollen wir uns bei mir ein wenig ausruhen? Der Tag morgen wird hart genug.«

Marisol nahm Helen bei der Hand und führte sie ins Haus; während sie die Treppe zu ihrem Zimmer hochstiegen, hörten die beiden Jaspers laute Stimme. Er telefonierte anscheinend immer noch – zumindest fluchte er abwechselnd auf Deutsch und Italienisch. Leise schloss Marisol die Tür hinter sich, dann begann sie auch schon, sich die Bluse aufzuknöpfen. Helen tat es ihr nach und zog sich ebenfalls aus. Mit einem Seufzer schlüpfte sie unter die Bettdecke. Warum mussten Männer immer alles so kompliziert machen? Marisol und sie gingen doch auch ganz entspannt miteinander um.

»Woran denkst du?« Marisol hatte sich zu ihr gelegt und streichelte Helens Brüste.

»Ich frage mich, warum du hier wohnst und nicht bei Adrian.«

»Ganz einfach. Adrian hat eine kleine Wohnung.«

»Mag sein, aber mit ihm und seinetwegen bist du doch nach Berlin gekommen, oder? Hast du keine Sehnsucht, bei ihm zu sein?«

Marisol beugte sich über Helen und saugte an den Brustwarzen ihrer Gespielin. Die quittierte die Berührung mit einem lustvollen Stöhnen. Marisol schob die Decke beiseite und legte sich zwischen Helens Schenkel. Sie stützte sich mit den Ellbogen ab und sah Helen offen an.

»Es ist schön mit Adrian, ich genieße es, aber ich brauche erst einmal etwas Zeit zum Eingewöhnen. Ich war drei Jahre lang in Nicolas Familie. Da kann ich mich nicht auf Knopfdruck auf einen neuen Mann einstellen. Hier bei Jasper bin ich einfach nur Gast und kann sehen, wie sich alles entwickelt. Aber ja, Sehnsucht habe ich schon.«

Sie küsste Helens Bauchnabel und schob sich höher, bis sie mit dem Gesicht direkt auf ihren Brüsten lag.

»Soll ich Jasper fragen, ob er mitmachen möchte? Vielleicht sorgt ein wenig Sex für bessere Laune bei ihm.« Sie kicherte und zupfte mit den Fingern an Helens Brustwarzen, die sich sofort zusammenzogen und hart wurden.

»Kein Bedarf«, hauchte die Fotografin und löste Marisols Haargummi. »Ich möchte dich spüren, und nur dich.«

Helen strich sich die vom Duschen noch nassen Haare hinter die Ohren und stieg ohne Eile die Terrassenstufen hinab. Die kleine zärtliche Auszeit mit Marisol hatte ihr gutgetan, und sie summte entspannt vor sich hin.

»Sie werden sich erkälten.«

Helen blickte sich um. Jasper stand hinter ihr und hielt ihr ihre Daunenjacke entgegen. Sie lächelte. Daran hatte sie gar nicht gedacht. Irgendwie war sie noch so erhitzt, dass sie nur im Pullover nach draußen gegangen war.

»Danke.« Sie zog die Jacke an und marschierte weiter. Jasper folgte ihr. Am Gartenhaus angekommen schloss er die Tür auf. Helen war überrascht; bis jetzt war die Tür immer offen gewesen.

»Darf ich bitten?«

Er machte eine kleine Verbeugung und ließ sie als Erste eintreten.

Helen ging neugierig von Raum zu Raum und stellte dann entzückt fest: »Alles ist fertig.«

»Das haben Sie sehr richtig erkannt, Helen.«

Jasper sah sie gespielt erwartungsvoll an.

»Ich bin begeistert«, sagte sie fröhlich, ohne sich über die Ironie in seiner Stimme zu ärgern, und machte einen Schritt auf ihn zu.

»Es ist einfach toll geworden.«

»Da gebe ich Ihnen Recht«, erwiderte der Hausherr trocken. »Ist Ihnen vielleicht aufgefallen, dass die beiden letzten Fotografien auch hängen? Es ist wirklich alles komplett.«

Natürlich war es Helen aufgefallen. Aber nicht nur die Ausstellung war fertig, auch die Tische für das Catering waren aufgebaut und eingedeckt. Gläser, Teller, Silberbesteck – alles da. Der Holzboden war frisch gewischt, kein Krümelchen war mehr zu finden. *Jasper muss das alles in der Zeit erledigt haben, als ich mit Marisol im Bett war*, überlegte Helen. Die Vorstellung, dass er von ihrem Schäferstündchen wusste, war ihr unangenehm. Sie spürte seinen Blick und wurde unsicher. Um irgendetwas zu sagen, fragte sie: »Haben Sie das alles allein gemacht? Die Fotos? Und das andere auch?«

»Zu Ihrer ersten Frage: relativ allein, Sie und Marisol waren ja anderweitig – beschäftigt. Zweitens: Ja, und drittens: Nein. Tische aufbauen und Bodenpflege gehören nicht zu meinen Aufgaben in diesem Haushalt.«

Helen spürte, wie sie rot wurde. Etwas Dämlicheres hatte sie wohl kaum fragen können. Aber egal. Sie hatte sich vorgenommen, noch einmal mit Jasper zu reden, und jetzt schien ihr der geeignete Zeitpunkt zu sein. Sie sah ihn an und erschrak.

Sein Blick war so tief… sie musste sich zusammennehmen, um nicht wegzuschauen.

»Ich möchte nicht, dass wir uns streiten«, sagte sie vollkommen unvermittelt. Jaspers Stirn legte sich in Falten, und er vergrub seine Hände tief in den Jackentaschen.

»Was soll das denn jetzt?«

Er war sichtlich irritiert. Helen schluckte. Sie spürte, dass die Stimmung wieder einmal kippte. Aber diesmal war es ihre Schuld. Sie versuchte zu retten, was zu retten war.

»Ich meine nur… es gab so viele Sticheleien, und ich war genervt, und ich wollte nur sagen, dass es mir leidtut, wenn ich aufbrausend war.« *Was rede ich da für einen Unsinn*, dachte Helen, *der Streit ging doch von ihm aus.* Jasper legte den Kopf schief und sah sie nachdenklich an.

»Ich denke, wir sollten für heute Feierabend machen.«

Er sah auf seine Armbanduhr. »Unsere venezianischen Freunde sind bereits im Hotel und machen sich gerade frisch.«

Als Jasper Helens erstauntes Gesicht sah, lachte er kurz auf.

»Marisol hat Ihnen was zum Anziehen gekauft. Wir essen um acht.«

Ohne auf eine Antwort zu warten, drehte er sich um und ging. Helen nickte. *Wenn das eine Überraschung sein soll, die ist dir wirklich gelungen …*

❧

»Sie sind da.«

Marisol hatte die Tür zum Bad geöffnet, wo Helen noch an ihrem Kleid herumzupfte. Einmal mehr bewunderte sie Marisols Geschmack. Schmaler Schnitt, ärmellos, Pucci-Muster. Einfach schick.

»Wow.« Marisol war sichtlich beeindruckt. »Sieht so aus, als hätte ich das richtige Händchen gehabt. Und nun komm.«

Helen war nervös. Sie hatte ein wenig Angst vor dem Zusammentreffen mit Nicola. Es war absolut nicht vorhersehbar, wie er sich verhalten würde. Vom theatralischen Auftritt wie im Hotel neulich bis zum abweisenden Blick war ihm alles zuzutrauen. Sie straffte die Schultern, schlüpfte in ihre Schuhe und konzentrierte sich einen Moment. Ängstlich zu sein war absoluter Blödsinn, jeder in der Runde kannte Nicolas Ausbrüche und würde sie nicht überbewerten. Sie nahm sich vor, diesen Abend als weitere Chance zu sehen, und atmete noch einmal tief durch. Da hörte sie auch schon laute Stimmen an der Eingangstür.

❧

Justin war der Erste, der ihr um den Hals fiel.

»Du hast mir gefehlt, *Signorina*«, rief er und hob sie übermütig in die Höhe.

»Jetzt bin ich dran.« Das war Nicolas Stimme.

Justin setzte Helen vorsichtig ab und wandte sich Marisol zu. Helens Herz klopfte. Sie spürte, dass der Bildhauer hinter sie getreten war, und drehte sich zu ihm um. Als ihre Blicke sich trafen, begann sie zu frösteln. In seinem Blick war nichts als Liebe. Er nahm sie in den Arm, als sei sie seine Frau. Es kümmerte ihn nicht, dass Jasper direkt neben ihnen stand.

»Mein Herz«, sagte er leise und gab ihr einen langen Kuss. Als sie sich voneinander lösten, bemerkte Helen, wie still es um sie herum war. Sie lächelte Nicola zu und wollte nun auch Camille begrüßen, doch sie schien nicht mitgekommen zu sein.

»Wo ist Camille?«, fragte sie Justin, der sich schon wieder eine Zigarette angezündet hatte. Er blies sich die Ponysträhnen aus dem Gesicht und steckte sein Feuerzeug ein.

»In Venedig ist auch dicke Luft, nicht nur hier«, sagte er kryptisch und setzte nach: »Camille hat ihm fast die Augen ausgekratzt nach eurem Abend im Hotel. Sie ist immer noch sauer. Darum ist sie auch nicht mitgekommen.«

»Warum hat Nicola ihr denn auch davon erzählt? War vielleicht nicht so schlau.«

»Keine Ahnung.« Justin nahm einen tiefen Zug und blies den Rauch über Helens Kopf hinweg. »Eitelkeit. Wahrheitsliebe. Was weiß ich. Marisol sagt, hier gibt's auch Zoff?«

Er deutete mit dem Kopf auf Jasper, der sich mit Nicola in den angrenzenden Wohnbereich zurückgezogen hatte und heftig gestikulierend auf ihn einredete. Helen betrachtete die beiden Männer und nickte.

»Jasper ist eifersüchtig, aber andererseits macht er keine Anstalten, mir zu zeigen, dass ich ihm wichtig bin. Justin …«, ihre Augen blickten den blonden Surfboy ernst an, »sag mir die Wahrheit. Ist Jasper der Galan?«

Überrascht trat Justin einen Schritt zurück.

»Dazu sage ich nichts«, war die knappe Antwort. »Musst du schon selbst rausfinden. Das ist das Spiel, verstehst du?«

Helen nickte. Genau. Alles war nur ein Spiel. Da kam Jasper auf sie zu. Er klatschte in die Hände.

»Zu Tisch.«

Das Dinner verlief entgegen Helens Bedenken äußerst harmonisch. Marisol und sie hatten an den Stirnseiten des Tisches Platz genommen, die Männer saßen an den langen Seiten. Mit Adrian, der sich etwas verspätet zu ihnen gesellt hatte, waren sie nun zu sechst. Langsam wurde die Fotografin etwas lockerer. Die Anspannung der letzten Tage fiel von ihr ab, und sie fing an, den Abend zu genießen. Als sie ihren Blick über die Tafel schweifen ließ, stellte sie fest, dass sich alle bestens unterhielten. Die Gesprächsthemen waren bunt gemischt und interessant und wurden von Jasper mit viel Esprit moderiert. Ihn beobachtete Helen ganz genau. Sie wollte wissen, ob seine gute Laune echt war oder ob er nur seiner Verpflichtung als Gastgeber nachkam. Doch so sehr sie sich auch bemühte, es war keine Verstimmtheit an ihm zu entdecken. Auch Nicola schien sich in der Runde wohlzufühlen. Nach ihrer liebevollen Begrüßung hatte sie ihn noch nicht allein gesehen, doch immer, wenn er zu ihr herübersah, lächelte er versonnen.

»So.« Jasper hatte sein Weinglas abgestellt und war aufgestanden. »Wenn ihr mir bitte folgen wollt.« Er legte seine Serviette auf den Stuhl und deutete auf den Garten. Erst jetzt bemerkte Helen, dass kleine Scheinwerfer am Boden den Weg zum Gartenhaus beleuchteten. Auch im Haus selbst brannte Licht.

»Dann wollen wir mal.« Justin erhob sich ebenfalls und nahm Helen bei der Hand. An der Terrassentür blieben sie stehen; einen Moment ließ Helen die Stimmung auf sich wirken.

»Ich bin total gespannt«, sagte Justin leise und gab ihr einen Kuss auf die Wange. »Marisol hat gesagt, die Bilder sind der Hammer.«

Helen lächelte. Es freute sie, dass Marisol ihre Arbeit gefiel. Sie würde ihr ein paar kleinere Abzüge schenken.

»Helen.« Nicola kam auf sie zu und drückte sie innig. »Diese Fotos, diese Stimmung … das Licht … mein Gott. Das ist Venedig. Mein Venedig. Ich kaufe sie. Alle.«

»Alle?«, fragte Helen tonlos.

»Egal, was sie kosten«, bekräftigte der Bildhauer. »Ich will sie, so wie ich dich will. Basta.«

»Meinen Glückwunsch«, sagte Jasper, der zu ihnen getreten war. Sein Mund lächelte, aber seine Augen nicht. Er drückte Helen und Nicola Champagnerschalen in die Hand und hob sein Glas zum Toast.

»Da die Fotografien bereits verkauft sind, muss ich der Künstlerin in dieser Hinsicht nicht mehr die Daumen drücken. Bleibt mir also nur, uns allen einen wunderschönen Abend zu wünschen. Ich freue mich, dass ihr alle da seid.«

Ohne Helen noch einmal anzusehen, drehte er sich weg. *Na toll*, dachte Helen, *nun ist er schon wieder eingeschnappt. Aber dieses Mal kommt er mir nicht so davon.* Sie nickte dem Bildhauer zu und folgte Jasper zu dem Raum, wo das Foto mit Justin hing. Helen stellte sich neben ihn und betrachtete ebenfalls die Fotografie.

»Gefällt es Ihnen?«, fragte sie und blickte ihn von der Seite an.

»Ja.« Jasper guckte stur geradeaus.

»Dann lasse ich für Sie einen zweiten Abzug machen.«

»Nein!« Jetzt sah er sie doch an. »Ich bin an Originalen interessiert, nicht an Zweitabzügen.«

Helen seufzte. »Die Abzüge sind alle von Hand hergestellt. Da ist jedes Foto ein Original.«

»Sie wissen genau, was ich meine«, zischte Jasper. »Meinen Sie, ich lasse das Gartenhaus herrichten für eine Ausstellung, damit diese Ausstellung verkauft und weggebracht wird? Ich will Ihnen mal was sagen, Helen«, er räusperte sich, »ICH wollte die Fotos haben. Damit sie für immer hierbleiben, hier bei mir. Damit ich sie mir jederzeit angucken kann und Venedig so erlebe, wie Sie es erlebt haben. Darum. Und nur darum!«

Helen wusste nicht, was sie darauf sagen sollte. Sie war über diesen Gefühlsausbruch etwas irritiert. Nach einer Minute des Schweigens meinte sie:

»Das wusste ich doch nicht. Ich dachte, Sie wollten mir einen kleinen Karriereschubs geben, nichts weiter. Wenn ich gewusst hätte, dass Ihnen die Fotos so viel bedeuten, hätte ich Sie Ihnen auch so gegeben. Auch ohne Ausstellung.«

Helen spürte, dass ihr die Tränen in die Augen stiegen.

»Warum haben Sie denn nichts gesagt?« Jetzt war es passiert. Sie weinte. »Sie sind wirklich ein Idiot.«

»Da bin ich absolut Ihrer Meinung«, sagte Jasper leise und reichte ihr ein Taschentuch.

»Hast du die Fotos gekauft, weil du sie schön findest oder weil Jasper sie nicht haben soll?« Helen lag neben Nicola und strich über die Haare auf seiner Brust. Sie war einfach mit ihm ins Hotel gefahren, und wie sie es erwartet hatte, hatte Jasper sie kommentarlos gehen lassen. Nicola gab ihr einen Kuss und setzte sich im Bett auf.

»Was denkst du eigentlich von mir?«, wollte er wissen und schob die Bettdecke zurück. Er streichelte über ihren Bauch, küsste den Nabel, leckte ihre Scham.

»Tu nicht so.« Helen schob seinen Kopf beiseite und zog die Decke über ihren Körper. Sie wollte jetzt keinen Sex, sie wollte Klarheit.

»Ich verstehe das einfach nicht«, begann sie. »Warum benehmt ihr beide euch wie Rivalen? Und warum werde ich das Gefühl nicht los, dass es überhaupt nicht um mich geht, sondern nur darum, wer gewinnt? Wenn das ein Spiel ist, ist es ein Scheiß-Spiel, finde ich.«

Nicolas Antwort war ein Lachen.

»Meine schöne Helena, weißt du noch, wie wir über die Liebe sprachen? Wo hört das Begehren auf, und wo fängt die Liebe an? Und hier ist es auch so: Wo hört die Realität, auf und wo beginnt das Spiel?«

»Ich verstehe dich nicht. Dich nicht und Jasper auch nicht.« Helens Stimmung begann sich zu verdüstern.

»Das macht nichts«, erwiderte Nicola und schob erneut die Bettdecke zur Seite, »und jetzt hör auf damit, sonst vergeht mir die Lust. Und das wäre doch schade, oder?«

17

»Wir haben schon lange nicht mehr geredet – so richtig, meine ich.«

Nina reichte ihrer Freundin ein Glas Prosecco und prostete ihr mit Apfelschorle zu. Helen saß an Ninas Küchentisch und putzte Gemüse für den Wok. Sie nickte. Sie hatten sich wirklich ein wenig aus den Augen verloren in den letzten Tagen; außer über ein paar SMS hatten sie keinen Kontakt gehabt.

»Ist alles in Ordnung?«, wollte Nina wissen. »Dafür, dass du gestern eine sensationelle Vernissage hattest und alle Fotos bereits verkauft sind, guckst du etwas trübe aus der Wäsche. Was ist los?«

»Gute Frage.« Helen schälte konzentriert eine Ingwerwurzel und dachte nach. Nina hatte Recht. Die Eröffnung war ein großer Erfolg gewesen. Adrian hatte mit seinen guten Kontakten zur Lokalpresse für gehörigen Medienrummel gesorgt, und der Verlagsleiter hatte es sich nicht nehmen lassen, eine launige Laudatio auf sie zu halten. Thilo und Nina waren ebenso da gewesen wie die kleine Kaja aus dem *Duke* und ein paar Leute aus der Redaktion. Nicola hatte die Anwesenheit der Presse dazu genutzt, Werbung in eigener Sache zu machen, und dazu eine Reportage von Adrian und Helen über die Arbeit in seinem Atelier angekündigt. Wie hatte Jasper ihn genannt? Einen dekadenten Selbstdarsteller. Überhaupt – Jasper. Ihn hatte sie gestern nur selten zu Gesicht bekommen, ebenso wie Justin und Marisol. Sie legte die kleingeschnittene Wurzel zur Seite und seufzte.

»Bekomme ich vielleicht mal eine Antwort?« Nina schob das Fleisch im Wok zusammen und gab den Ingwer hinzu, dann etwas Zitronengras.

»Entschuldige.« Helen war aufgestanden und stellte sich neben Nina an den Herd, die Schüssel mit dem Gemüse in der Hand.

»Es hört sich seltsam an, aber seitdem ich aus Venedig zurück bin, ist alles so anders. Einerseits ist es schön, andererseits ist alles so kompliziert. Und dann noch dieses Hin und Her mit Jasper und Nicola.« Sie griff in die Schüssel und fischte sich ein Stück Paprika heraus.

»Womit wir beim Thema wären. Willst du etwa ewig so weitermachen?« Nina griff nach der Schüssel und schüttete den Inhalt in die Pfanne. Helen trank einen Schluck Prosecco und sah ihre Freundin ernst an.

»Ich weiß nicht, was ich machen soll. Ich habe das Gefühl, Mittelpunkt eines Spiels zwischen den beiden zu sein. Und bei dem Spiel geht es nicht um mich, sondern darum, wer gewinnt.«

»Dann lass sie doch beide sausen«, schlug Nina vor und rührte weiter in dem Wok. »Du bist weder auf einen von beiden angewiesen, noch besteht eine Abhängigkeit – abgesehen von der sexuellen.« Sie grinste breit. Helen grinste zurück. Nina war über die Liebhaberqualitäten der beiden Herren bestens informiert.

»Oder noch besser: Du lässt sie am ausgestreckten Arm verhungern. Alle beide.«

»Das kann ich nicht. Weißt du doch. Ich bin viel zu schnell zu verführen … und jeder von beiden weiß, wie er mich ruckzuck rumkriegt.«

»Dann musst du eben da durch«, sagte Nina energisch und schenkte Helen nach. Die nickte. Und erzählte von ihrer Absicht, am nächsten Tag mit Nicola und Justin nach Venedig zu fliegen, erst einmal nur für ein paar Tage, um sich etwas zu erholen.

»Erholen? In eisiger Atmosphäre? Du glaubst doch wohl nicht, dass Camille erfreut sein wird, dich zu sehen. Und das kann man ja wohl auch nachvollziehen.«

»Ich werde nicht bei Nicola wohnen. Genau aus dem Grund. Er geht zwar davon aus, dass ich sein Gast bin, aber ich habe ein Hotelzimmer gebucht.« Helen wusste, das war nur die halbe Wahrheit. Es stimmte zwar, dass sie Camille aus dem Weg gehen wollte, aber mit dem Hotelzimmer dachte sie vor allem ein Signal zu setzen. Nicola sollte spüren, dass er nicht über sie bestimmen konnte, wie es ihm gerade gefiel. Sie war durchaus in der Lage, Grenzen zu ziehen. Und das sollte er merken.

»Und was ist hier so passiert?« Helen deckte den Tisch und spielte mit dem Besteck herum. »Ist das mit Adrian jetzt geklärt?«

Nina stellte den Wok auf den Tisch und setzte sich.

»Ja, irgendwie ist alles ganz harmonisch zurzeit.« Sie berichtete, dass Thilo und sie sich eine größere Wohnung suchen wollten, dass sie sich mit Adrian und Marisol zum Essen getroffen und ihre kleine intime Runde im *Duke* aufgelöst hatten.

»Aufgelöst? Also kein Bäumchen-wechsel-dich-Spiel mehr?« Helen guckte erstaunt von ihrem Teller hoch. »Ist übrigens köstlich, das Essen«, setzte sie nach. Ihre Freundin quittierte das Kompliment mit einem Lächeln.

»Genau. Bis auf weiteres, sozusagen.«

»Arme kleine Kaja«, meinte Helen und seufzte.

»Wieso?«

»Weil Thilo und Adrian nun in festen Händen sind und sie nun keine Spielkameraden mehr hat.«

»Da muss ich dich korrigieren«, sagte Nina und grinste

schelmisch. »Hast du gestern nichts gemerkt bei der Eröffnung?«

Helen dachte nach. Nein, sie hatte überhaupt nichts gemerkt. Sie war aufgeregt gewesen und hatte sich nur darüber gewundert, dass Jasper so selten auftauchte. Sie schüttelte energisch den Kopf.

»Nein, keine Ahnung. Wen hat sie sich denn gekrallt?«

»Justin.« Nina blickte sie triumphierend an.

»Das glaub ich jetzt nicht.« Helen lachte auf. »Na, das kann ja heiter werden. Hat Nicola etwas gemerkt?«

Nina zuckte mit den Schultern. Sie hatte die zwei Hand in Hand in ein Taxi steigen sehen, als sie sich auf den Heimweg machte.

»O je«, Helen trank einen großen Schluck Prosecco, »ich denke, nicht Camille wird in den nächsten Tagen das Problem sein, sondern Nicola.«

»Was soll das heißen, du wohnst im Hotel?« Nicola hatte den Koffer fallen lassen und schrie Helen seine Wut ins Gesicht. Der Taxifahrer schien vollkommen unbeeindruckt von dieser Szene und hievte das Gepäck der Männer in den Kofferraum. Die Fotografin versuchte ruhig zu bleiben. Sie hatte damit gerechnet, dass er verstimmt sein würde, aber dieser Ausbruch ließ darauf schließen, dass er sowieso schon schlechte Laune hatte. Sie drückte ihm wortlos einen Zettel mit ihrer Adresse in die Hand und winkte sich ein Taxi heran. Natürlich hätte sie bis zum Anleger auch bei Nicola und Justin mitfahren können, aber sie hatte einfach keine Lust, die Launenhaftigkeit des Bildhauers zu ertragen. Auf dem Schiff würden sie sich wiedersehen; vielleicht hatte er sich bis dahin etwas beruhigt. Es dürften anstrengende Tage werden, davon war nun auszugehen. Sie machte dem Taxifahrer ein Zeichen, dass er losfahren sollte, und lehnte sich entspannt zurück. Sie war entschlossen, die Zeit in Venedig zu genießen – mit oder ohne Nicola.

Am Anleger war es voll. Helen versuchte, die beiden Männer unter den Wartenden auszumachen, doch sie fand sie nicht. Halb erleichtert, halb beunruhigt kaufte sie sich ein Ticket und ging an Bord. Vielleicht wollte der Bildhauer ihr aus dem Weg gehen und ein anderes Schiff nehmen. Im nächsten Moment verwarf sie den Gedanken; ein solches Verhalten passte nicht zu ihm. Helen trat an die Reling und schaute den Bootsleuten beim Ablegemanöver zu. Am grauen Himmel trieben viele kleine Wolken und ließen der Sonne keine Chance, aber die Luft war angenehm mild und gab einen kleinen Vorgeschmack auf den Frühling. Helen schloss die Augen. *Irgendwie merkwürdig*, überlegte sie. *Ich fühle mich, als würde ich nach Hause kommen.*

Die Fotografin hatte gerade ihren Koffer ausgepackt, da klopfte es an der Zimmertür. Es wunderte sie nicht, dass im nächsten Moment ein Page mit einem riesigen Blumenstrauß hereinkam. Sie gab dem Diener ein angemessenes Trinkgeld und betrachtete das Kuvert, das zwischen den Blüten der Feuerlilien steckte. Vorsichtig zog sie es heraus und drehte es hin und her. Eines musste man Nicola lassen, er konnte nicht nur austeilen, er konnte genauso inbrünstig zu Kreuze kriechen und um Verzeihung bitten. Helen atmete tief ein. Die Lilien begannen bereits, ihren schweren Duft abzugeben. Sie liebte diese Blumen.

Mit einem Ruck öffnete sie den Umschlag und las: *Es tut mir leid. Jasper.*

Einen Augenblick dachte sie an einen Scherz. Aber nein, Nicola war ein Choleriker, doch intrigant war er nicht. Sie wedelte mit der Karte herum. Woher wusste Jasper, dass sie hier wohnte? Nicola hatte ihre Adresse erst seit etwa drei Stunden, und passte es zu seinem Plan, sie sofort an Jasper weiterzugeben? Nein. Sie hatte da eine andere Vermutung. Helen rief den Concierge an, der zum Glück etwas Deutsch sprach, und bat ihn, beim Blumenladen zu fragen, ob der Auftrag für den Strauß aus Deutschland gekommen sei. Keine zehn Minuten später klingelte ihr Telefon. Der Auftrag sei persönlich erteilt worden, vor etwa einer Stunde, berichtete der Hotelangestellte, und zwar von einem Mann. Helen bedankte sich und legte auf. Jasper war also in der Stadt. Genau das hatte sie sich gedacht. *Du willst spielen, na schön, dann spiele ich mit*, sagte sie in Gedanken zu ihm und beschloss, ein heißes Bad zu nehmen.

Helen lag auf ihrem Bett und aß ein paar Nüsse aus der Minibar. Sie zappte sich unkonzentriert durch das Programm und blieb schließlich bei einer italienischen Castingshow hängen. Ein Blick auf die Uhr sagte ihr, dass es bereits nach neun war. Helen war irritiert. Nicola hatte sich nicht gemeldet und auch Justin nicht. Während ein weiterer Kandidat auf RAI 1 sein vermeintliches Können unter Beweis stellte, griff sie nach ihrem Handy und wählte eine Nummer. Jasper war sofort am Apparat.

»Ich möchte mich für die schönen Blumen bedanken«, sagte sie möglichst förmlich. Der Gedanke daran, dass er vielleicht ganz in der Nähe war, ließ ihr Herz schneller schlagen. Durchs Telefon hörte sie ein Husten. Dann sagte Jasper ebenso förmlich: »Ich habe Sie während der Vernissage viel alleingelassen. Das tut mir sehr leid. Aber ich hatte Verpflichtungen. Sie verstehen.«

»Ich verstehe«, entgegnete die Fotografin, aber das war gelogen. Sie hatte keine Ahnung, was er damit meinte.

»Und wie ist das Wetter so in Venedig?«, fragte Jasper freundlich.

Das weißt du doch, dachte Helen, *guck doch mal aus dem Fenster*. Laut sagte sie: »Soweit ich das beurteilen kann, ist es recht mild, und es regnet nicht. Und in Berlin?«

»Weiß ich nicht«, entgegnete er prompt, »ich bin nicht in Berlin.«

»Ist das zu privat oder darf ich wissen, wo Sie sind?«, flötete Helen. Allmählich begann ihr diese seltsame Konversation Spaß zu machen.

»Nicola ist ziemlich sauer, dass Sie nicht bei ihm wohnen«, sagte Jasper, ohne auf ihre Frage einzugehen. »Und um ehrlich zu sein, ich finde es auch sehr schade.«

»Warum?« Helen hörte, wie klein und dünn ihre Stimme klang. »Weil ich Sie gern wiedergesehen hätte, darum.«

Einen kurzen Moment war Pause, dann ging Helen auf Angriff.

»Sie wohnen dort?«

Seine Antwort war ein kehliges Lachen, so als hätte sie einen guten Scherz gemacht. Sie spürte, dass ihn die Frage wirklich amüsierte, denn er antwortete sichtlich gut gelaunt: »Liebe Helen, Venedig ist meine zweite Heimat. Können Sie sich das nicht denken? Oder setze ich da zu viel voraus? Ich verfüge zum Glück über eigene vier Wände. Dazu hat unser gemeinsamer Freund ein Temperament, das ich nicht ständig aushalten möchte. Ich genieße ihn in kleinen Dosen. Das ist vollkommen ausreichend und unserer Freundschaft nur zuträglich.«

Helen fiel der letzte Maskenball ein, als der Galan sie in ein anderes Haus gebracht hatte.

»Du bist es«, sagte sie unvermittelt. »Gib es endlich zu.«

Wieder hörte sie ihn lachen, was sie wütend machte.

»Ich weiß nicht, was daran so witzig ist«, fauchte sie.

Jasper lachte immer noch. »Ich mag es, wenn Sie so richtig zornig werden«, sagte er. »Sie wissen gar nicht, wie entzückend Sie dann sind, Helen.«

Helen guckte auf ihr Handy. *So ein Arschloch*, dachte sie, *was bildet sich dieser Idiot eigentlich ein?*

»Ach ja, übrigens …«, hörte sie Jasper sagen. Dann drückte sie die AUS-Taste. Ein Blick zum Fernseher zeigte ihr, dass auf RAI 1 nun bekanntgegeben wurde, wer die nächste Runde erreicht hatte. Helen holte sich einen total überteuerten Weißwein aus der Minibar und drehte die Lautstärke höher. Da klingelte ihr Zimmerapparat.

Helen nahm mit Genugtuung den Hörer ab. Das war bestimmt Jasper, der in der Lobby stand und auf ihr Zimmer wollte.

»Hier ist Besuch für Sie«, sagte der Concierge.

Helen grinste. »Schicken Sie ihn hoch«, sagte sie leichthin. Der Hotelangestellte fragte anscheinend nach, dann sagte er mit bedauerndem Unterton: »Das ist schlecht. Würde es Ihnen etwas ausmachen, an die Bar zu kommen, *Signorina*?«

Helen dachte nach. Was sollte das denn nun wieder? Aber gut, wenn er noch etwas herumzicken wollte, *bitte*.

»Ich bin in fünf Minuten da«, sagte sie und legte auf. Als sie eine Viertelstunde später die Bar betrat, staunte sie nicht schlecht: Es war Camille.

»Guten Abend.« Nicolas Frau sah müde aus. Helen spürte sofort, dass sie etwas auf dem Herzen hatte, und schenkte sich jede Begrüßungsfloskel. Sie folgte ihr zu ihrem Tisch und bestellte sich einen Gin Fizz. In Camilles Augen strahlte kurz etwas wie Sympathie auf, dann wurde sie ernst.

»Lassen Sie uns grundsätzlich etwas klären, Helen. Ich weiß, dass mein Mann Sie liebt. Es ist mehr als dieses – wie soll ich sagen – Schwärmerische, was er hin und wieder entwickelt. Aber ich weiß auch, dass Sie einen anderen Mann lieben und dass Nicola sich damit wird abfinden müssen, dass Sie nicht unserer kleinen Familie beitreten möchten. Was ich sagen will: Es geht hier nicht um Sie und Nicola oder um leidenschaftliche Begegnungen.«

Helen blickte Camille irritiert an. »Worum geht es denn?«, fragte sie direkt. Sie musste sich Mühe geben, ihre Stimme fest klingen zu lassen. Camille sah sie offen an.

»Justin. Er hat sich verliebt. Ein Mädchen aus Berlin… Kaja… Nicola dreht durch. Als ich ging, hatte er sich in seinem Atelier verbarrikadiert.« Sie blickte weg. Helen sah, dass sie weinte. Es tat ihr leid, dass diese stolze, kluge Frau so traurig war. Jetzt konnte sie sich auch einen Reim auf Nicolas Verhalten machen.

»Marisol ist fort. Und glücklich verliebt. Sie sind auf der Suche nach Ihrem Galan, und Justin will nach Berlin. Nicola fühlt sich wie kastriert, verstehen Sie? Ich kenne ihn seit zwanzig Jahren, aber ich weiß nicht, wie ich damit umgehen soll.«

Ihre schmalen Schultern bebten.

»Also, ich an Ihrer Stelle wäre froh, wenn die ganze Bagage fort wäre.« Helen hatte ihr Glas genommen und prostete Camille zu. Die lächelte schwach.

»Bin ich auch«, sagte sie leise und fügte hinzu: »Ich bin wirklich eine tolerante Frau, im Sinne von sexuell tolerant. Mein Mann soll seinen Spaß haben, und ich gönne mir auch den einen oder anderen Liebhaber. Aber es ist außer Kontrolle geraten, Helen. Die letzten drei Jahre mit Marisol und Justin waren die Hölle. Glauben Sie mir.«

Helen nickte. Ihr brannte eine Frage auf der Zunge, und sie glaubte, nun sei der Moment gekommen, sie zu stellen.

»Was ist das eigentlich zwischen Nicola und Justin? Ist es Liebe?«

Camille bestellte sich einen weiteren Drink.

»Justin war einer dieser Straßenköter, die in jeder Stadt herumlungern. Nicola hat ihn mitgenommen zu uns, hat ihn aufgepäppelt, dann hat der Junge für ihn Modell gestanden. Und ist geblieben.« Sie putzte sich geräuschvoll die Nase.

»Um Ihrer nächsten Frage zuvorzukommen: Ich habe keinen Schimmer, was im Bett zwischen ihnen läuft oder nicht. Und ich möchte es auch nicht wissen. Spießig, was?«

Helen legte Camille den Arm um die Schulter. »Wenn ich es wüsste, würde ich es Ihnen sagen. Und ich finde nicht, dass Sie spießig sind. Ich habe große Hochachtung vor Ihnen. Nicola weiß wahrscheinlich gar nicht, wie sehr Sie ihn lieben.«

»Danke.« Camille putzte sich ein weiteres Mal die Nase, dann streckte sie sich und fasste nach Helens Hand.

»Und nun erzählen Sie mir von der Eröffnung, bitte. Ich weiß ja nicht, welche Erklärung man Ihnen zu meinem Fernbleiben gegeben hat, aber ich möchte nur so viel sagen: Es hatte nichts mit Ihnen zu tun. Also, wie ist die Vernissage verlaufen?«

Helen erzählte. Die Worte sprudelten nur so aus ihr heraus, und beim Sprechen spürte sie, welchen Eindruck der Abend bei ihr hinterlassen hatte. Sie berichtete von den Vorbereitungen, von den Gästen, und hielt es für sinnvoll, Camille darüber in Kenntnis zu setzen, dass Nicola alle Fotografien gekauft hatte, die gesamte Ausstellung en bloc, sehr zum Ärger seines Freundes Jasper. Camille sagte nichts. Sie kommentierte Helens Beschreibungen mit Nicken und Stirnrunzeln und schien sich ihr eigenes Bild von dem Abend zu machen. Als die Fotografin geendet hatte, bestellte Camille ein paar Vorspeisen und begann nun auch zu berichten. Helen erfuhr dabei viel über das Zusammenleben von Nicola und seiner Frau, davon, wie sie mit seinen Launen und Eskapaden umging. Sie hatte sich in jeder Hinsicht mit dem Künstler arrangiert; bei aller Liebe und Loyalität hatte sie sich eine private Zone geschaffen, zu der Nicola keinen Zugang hatte. Dazu gehörten zum einen wechselnde Liebschaften, die sich oft aus den amourösen Veranstaltungen während der Karnevalszeit ergaben und sich dann noch ein paar Monate – in einem Fall waren es sogar Jahre gewesen – fortsetzten. Zum anderen war da ihre Leidenschaft für klassisches Ballett, und wann immer sie konnte, nahm sie Unterricht oder tanzte in einer Laiengruppe.

»Ich habe gedacht, Sie wären Profitänzerin gewesen«, sagte Helen. »Sie haben eine solche Körperspannung und Grazie – bei jedem Schritt. Toll.« Sie lächelte, und Camille lächelte zurück. Helen spürte, wie gut es dieser Frau tat, sie selbst zu sein und nicht ständig hinter Nicolas Befindlichkeiten zurücktreten zu müssen. Es war schon spät, und die kleine Hotelbar hatte sich inzwischen geleert, als sich die beiden Frauen voneinander verabschiedeten.

»Kommen Sie morgen Abend zum Dinner zu uns?« Camille küsste Helen auf beide Wangen. Es war das erste Mal, dass sie so vertraut mit ihr umging. Helen dachte nach.

»Meinen Sie, das ist schlau? Vielleicht ist es besser, wir warten, bis Nicola sich etwas beruhigt hat?«

Camille seufzte. »Sehen Sie, immer geht es um meinen Mann. Aber ich kann Sie beruhigen: Das Essen ist schon lange geplant, und ich kann Ihnen versichern, es wird bestimmt sehr …«, sie suchte nach dem richtigen Wort, »sehr außergewöhnlich. Im Übrigen denke ich, dass es Ihnen gefallen wird. Und mir persönlich machen Sie auch eine Freude, wenn Sie kommen. Also?«

Helen nickte zustimmend und drückte Camille noch einmal, dann ging sie nachdenklich auf ihr Zimmer. Es war kurz nach ein Uhr nachts. Ein wenig Schlaf würde ihr guttun. Sie hatte gerade die Tür hinter sich geschlossen und wollte das Licht anmachen, da hörte sie eine Stimme.

»Lass das Licht aus.«

Helen erschrak und sah, dass jemand auf ihrem Bett saß. Er trug Straßenkleidung und die weiße Maske des Galans.

»Ich muss mit dir reden.«

»Jetzt? Ich bin müde«, sagte Helen. »Und nimm das Ding ab.« Sie ging unbeeindruckt auf das Bett zu. »Rück wenigstens ein Stück zur Seite. Ich muss wirklich ein wenig schlafen.«

Helen zog sich aus und schlüpfte unter die Decke. Vielleicht war es Jasper. Oder Justin. Oder sonst wer. Es war ihr vollkommen gleichgültig.

»Ich sagte, ich muss mit dir reden.« Der Mann zog ihr die Decke weg und beugte sich dicht über sie.

»Und ich sagte, ich bin müde.« Helen griff nach ihrer Decke und versuchte, sich wieder zuzudecken, aber der Mann hielt ihre Hand fest.

»Falls es dir noch nicht aufgefallen ist: Karneval ist vorüber, und das hier ist Verletzung meiner Privatsphäre. Also nimm die Maske ab, wenn du bleiben willst. Und lass meine Hand los.«

Helen wunderte sich, wie leicht ihr diese Worte über die Lippen kamen, aber sie hatte von dem ganzen Firlefanz die Nase voll. Der Fremde ließ sie los und rückte ein Stück zur Seite. Helen zog sich die Bettdecke bis zum Hals und drehte sich weg von ihm.

»Schade«, hörte sie ihn sagen, »ich dachte, du hättest mich vermisst.« Helen spürte, wie er seine Hand unter die Decke schob und vorsichtig über ihre Hüften strich.

»Ich vermisse meinen Galan«, hörte sie sich sagen und drehte sich wieder auf den Rücken. Seine Hand lag jetzt auf ihrem Bauch.

»Und?«, fragte er.

»Nichts und«, erwiderte Helen und schluckte.

»Warum vermisst du ihn?«, bohrte der Mann nach und begann, mit den Fingerspitzen ihren Bauch zu streicheln, ganz zart, bis zu den Brustansätzen und zurück. Helen versuchte, sich zu konzentrieren und eine Antwort zu geben, aber das war auf einmal gar nicht mehr so einfach. Sie streckte sich und spürte, wie die Lust in ihr erwachte. Vielleicht gehörte dieses Gespräch auch zum Spiel, und vielleicht war es eine Möglichkeit herauszubekommen, warum Jasper sich so verhielt, denn dass er es war, der sie touchierte, daran bestand für sie absolut kein Zweifel.

»Ich vermisse die Nähe, die er mir gegeben hat. Das Gefühl. Und ich vermisse seinen Kuss.« Helen schluckte. Ja, sie vermisste ihn wirklich sehr. Sie zuckte zusammen. Er hatte seine Hand zwischen ihre Schenkel gelegt und trommelte mit den Fingerkuppen auf ihren Venushügel. Unwillkürlich öffnete sie sich ihm, und er verstand sofort. Er kroch unter die Decke und schob ihre Beine noch mehr auseinander. Dann begann er sie zu streicheln, den Kitzler zu reiben, im ersten Moment war ihr die Berührung fast unangenehm, weil sie so intensiv war. Eine Hand drückte ihren Bauch nach unten und hielt sie damit fest, die andere nahm immer mehr Besitz von ihr. Helen begann zu schwitzen. Er hatte eine Art, ihr Lust zu bereiten, die sie vorher nicht gekannt hatte. Es hatte etwas Besitzergreifendes an sich, was keinen Widerspruch duldete, und ging dabei vollkommen auf ihre Bedürfnisse ein. Dieser Mann kannte ihren Körper fast besser als sie selbst. Seine Finger spielten mit ihr, drangen in sie ein, glitten an der feuchten Scham entlang, drangen wieder ein. Helen stöhnte. Sie spreizte ihre Beine, so weit es ging, und da spürte sie es. Mit kleinen, langsamen Bewegungen reizte seine Zunge ihre erogenen Zonen. Sie reagierte mit einem Schwall an Nässe, der aus ihr herauslief, und krallte sich am Kopfkissen fest. Er machte es so gut, es war einfach unglaublich. Jetzt war seine Hand an ihrer Vagina, zog die Hautfalten auseinander, und er stieß mit seiner Zunge in sie hinein. Helen heulte auf. Er wusste genau, dass sie kommen würde, gleich, jetzt. Jetzt … In ihrem Schoß explodierte etwas, löste sich in Hitze auf, verströmte sich bis in ihre Fingerspitzen. Sie spürte, dass er sich mit einem Kuss auf ihre Scham von ihr löste, und griff nach seinem Arm, um ihn zu sich hochzuziehen, doch er nahm ihre Hand fort und schlüpfte am Fußende des Bettes unter der Decke hervor. Ohne ein weiteres Wort an sie zu richten, ohne jede Geste ging er zur Tür. Sie konnte ihn nicht sehen, aber seine Schritte verrieten es. Helen wurde übel. Sie fühlte sich auf einmal zutiefst gedemütigt. Bevor sie etwas sagen konnte, hatte er bereits die Zimmertür hinter sich geschlossen und war fort.

18

Helen hatte schlecht geschlafen. Immer wieder war sie hochgeschreckt, hatte IHN zwischen ihren Schenkeln gespürt. Nun saß sie vor einem Café direkt am Markusplatz und beobachtete die Unmengen an Tauben, die sich dort niedergelassen hatten und ab und zu wie ein grauer Nebelschwarm aufgeschreckt davonstoben. Sie zog die Decke um ihre Beine fest und rieb sich die Hände. Es war zwar kalt, aber sie mochte es, an der frischen Luft zu sein, und tunkte mit Appetit das süße Frühstücksgebäck in ihren Caffè Latte.

Zu ihrer Verwunderung hatte sich Nicola immer noch nicht gemeldet. Wahrscheinlich hatte er sich während der Verbarrikadierung in seinem Atelier schrecklich betrunken und schlief nun seinen Rausch aus. Sie machte sich nicht ernsthaft Sorgen um ihn; wenn ihm wirklich etwas zugestoßen oder ihre Hilfe erwünscht gewesen wäre, hätte sich Camille bestimmt gemeldet. Diese Camille … Helen ließ das Gespräch mit Nicolas Frau Revue passieren und dachte, wie anstrengend es sein musste, mit einem Alphatierchen wie diesem ungestümen Bildhauer zusammenzuleben.

Es war kurz nach zehn, und der Platz war – abgesehen von den gefiederten Plagegeistern – noch leer. Helen blickte sich um. Nichts Interessantes weit und breit. Sie spürte, wie ihre Müdigkeit verging, und bestellte einen weiteren Caffè. Um sich irgendwie zu beschäftigen, nahm sie ein deutsches Magazin, das sie während des Fluges bereits durchgeblättert hatte, aus ihrer Tasche und begann zu lesen. Die Themen berührten sie nicht wirklich, aber sie genoss das Gefühl, als Touristin und ohne jede Verpflichtung in den Tag hinein zu leben.

»Helen.«

Sie blickte hoch, obwohl sie bereits am Klang der Stimme erkannt hatte, dass es Jasper war. Sie wollte es nicht zulassen, aber sie konnte sich nicht dagegen wehren: Ihr wurde heiß. Szenen der letzten Nacht tauchten wie Fetzen in Bruchteilen von Sekunden vor ihrem inneren Auge auf.

»Was willst du?«, fragte sie ruhig.

»Ich will mich mit dir unterhalten«, antwortete er ernst und setzte sich neben sie. Helen legte ihre Zeitschrift zur Seite und kniff die Augen zusammen, um ihn wie ein Fotomotiv zu fixieren. Soweit sie feststellen konnte, wirkte er weder unsicher noch schuldbewusst.

»Reden? Ich weiß nicht, was wir zu bereden haben.« Sie trank einen Schluck und wärmte sich die Hände an ihrem Glas. »Das wusstest du heute Nacht auch nicht.«

»Also du warst es.«

»Das weißt du doch.«

Helen betrachtete ihn genau. Sie legte ein paar Münzen auf den Tisch und stand auf. Während sie sich aus ihrer Decke wickelte, sagte sie leise: »Dein Abgang war das Allerletzte. Und damit das klar ist: Ich stehe für deine – oder eure – Spielchen nicht zur Verfügung.«

Sie wandte sich zum Gehen. Zu ihrem Ärger erhob sich Jasper ebenfalls und trat an ihre Seite.

»Meine Gründe interessieren dich nicht?«

»Absolut nicht«, antwortete Helen, und ihre Augen blitzten voll Zorn.

»Das ist schade«, erwiderte Jasper und blieb unvermittelt stehen. Helen ging weiter, sie hörte ihn rufen: »Ich könnte in deinen Augen ertrinken, weißt du das!«

»Wie geht es dem Hamster?« Helen lag auf ihrem Bett und telefonierte mit Nina. Sie schätzte die resolute Art ihrer Freundin und hoffte, Nina werde sie mit ein paar Alltagsgeschichten ablenken. Aber Nina schien heute nicht in der Stimmung für lange Telefonate zu sein. Sie berichtete im Stakkato von den Besichtigungsterminen für die neue Wohnung, die sie hinter beziehungsweise vor sich hatte, und erklärte nüchtern, mit dem Kind sei so weit alles in Ordnung. Und sie müsse jetzt los. Charlottenburg, Altbau, Stuck. Der Makler habe ein Faible für Medienleute, und sie hoffe, den Zuschlag zu bekommen. Helen wünschte viel Erfolg und drückte die AUS-Taste. Sie blickte aus dem Fenster und sah Möwen vor dem Hotel kreisen. Ihr Schreien war laut und aggressiv und ließ ihre Laune weiter in den Keller rutschen. So hatte sie sich ihr Wiedersehen mit der Lagunenstadt nicht vorgestellt.

Helen sah auf die Uhr. Bis zum Dinner war noch reichlich Zeit. Sie würde sich jetzt wie eine ganz normale Touristin benehmen und den Dogenpalast besichtigen. Oder irgendetwas anderes. Hauptsache, sie musste nicht an Jasper denken. Ihr Blick fiel auf die Feuerlilien. Hätte sie sich vielleicht doch mit ihm unterhalten sollen? Zweimal hatte sie ein Gespräch verweigert. Vielleicht gab es ja eine akzeptable Erklärung für sein Verhalten. Sie roch an den Blumen und genoss den intensiven Geruch, den sie verströmten. Nein, er wollte einfach Dominanz beweisen und mit ihr umspringen, wie es ihm gefiel. *Peitsche und Zuckerbrot*, dachte Helen, *aber nicht mit mir. Der Karneval ist endgültig vorbei.* Sie zog ihre Daunenjacke an, packte den Fotoapparat ein und machte sich auf den Weg.

Auch der Nachmittag war vergangen, ohne dass Nicola oder Camille sich gemeldet hatten. Helen war nach einem ausgiebigen Streifzug durch die touristischen Ecken der Stadt wieder in ihrem Hotel angekommen und ließ Badewasser einlaufen. Als ihr Handy läutete, sah sie auf dem Display, dass Marisol anrief. Sie nahm das Telefon mit ins Bad und ließ sich unter eine duftende Schaumdecke gleiten.

»Wo steckst du?«, begann Marisol das Gespräch ohne Begrüßung.

»In der Wanne«, antwortete Helen und schnipste Schaumflocken von ihren Beinen. »Und wo bist du?«

»Bei Nicola«, sagte Marisol, als wäre es das Selbstverständlichste von der Welt, »er hat heute Geburtstag.«

»Oh.« Das hatte Helen nicht gewusst. Aber selbst wenn doch, Geburtstage konnte sie sich nicht merken, und ihre Freunde nahmen es ihr nicht krumm. »Und Adrian?«, wollte sie wissen.

»Ist auch hier. Und die kleine süße Kaja auch. Fehlst nur noch du… Magst du nicht etwas früher kommen? Dann haben wir noch etwas Zeit zum Reden.« Marisols Stimme wurde ganz leise. »Nicola ist so ausgerastet, du glaubst es nicht. Muss ich dir erzählen.«

Helen nahm ihren Rasierer vom Wannenrand und begann, ihr rechtes Bein zu bearbeiten.

»Was soll ich ihm denn schenken? Hast du eine Idee?«

»Nichts«, kam die schnelle Antwort, »wir schenken ihm nie etwas. Dass wir da sind, ist sein Geschenk.«

Die Fotografin guckte zufrieden auf ihr rasiertes Bein und wandte sich nun dem anderen zu. Kein Geschenk – darauf wollte sie es lieber nicht ankommen lassen. Irgendeine Kleinigkeit würde sie schon noch auftreiben.

»Gut«, sagte sie zu Marisol, »ich ziehe mich nur schnell an, dann komme ich zu euch rüber.«

Sie legte das Handy beiseite und tauchte komplett unter. *Wenn alle da sind, wie Marisol sagt, dann ist Jasper auch dabei*, dachte sie. *Freue ich mich auf ihn*, fragte sie sich, *oder nicht?* Sie tauchte noch einmal unter und hielt die Luft an, solange sie konnte. Dann erklärte sie ihr Bad für beendet und rief den Concierge an. Vielleicht hatte der ja eine Idee, was sie schenken könnte.

Etwas nervös stieg Helen aus dem Boot, das sie zum *Palazzo Fiore* gefahren hatte. Der Assistent des Concierge hatte Konzertkarten für die Berliner Philharmonie Anfang Juni gebucht. Das war zwar noch lange hin, und wahrscheinlich würde sich Camille mehr darüber freuen als ihr Mann, aber für Helen war es mehr ein symbolisches Geschenk. Nicola sollte wissen, dass sie auch in Zukunft mit ihm befreundet sein wollte, auch wenn sie seine Liebe nicht erwidern konnte. Als sie den Klopfer an der Eingangstür benutzte, wurde ihr etwas mulmig. Für einen winzigen Moment war die alte Unsicherheit wieder da, das Gefühl, dass die ganze Situation sie überforderte. Dazu kam die Ungewissheit, wie der Abend verlaufen würde. Die Fotografin war froh, dass es Marisol war, die ihr öffnete. Sie machte eine Geste, nicht zu sprechen, und zog Helen auf Zehenspitzen die Treppe hoch in ihr altes Schlafzimmer. Erst hier fiel sie ihr um den Hals und drückte ihr einen Kuss auf den Mund.

»Ich freu mich so, dass du da bist«, sagte sie gut gelaunt.

Helen nickte und legte den Umschlag mit dem Geburtstagsbrief für Nicola zur Seite.

»Na, dann erzähl mal. Ich bin ganz Ohr.« Sie ließ sich auf das große Bett fallen, zog die Stiefel aus und legte sich ein Kissen auf die Füße. Jetzt, wo es Abend wurde, war es wieder ziemlich kalt draußen, und sie hatte auf der kurzen Bootsfahrt sehr gefroren. Marisol warf sich mit Schwung neben sie und strich Helen eine Strähne hinter das Ohr.

»Ich muss dir was beichten«, sagte sie und machte ein betont ernstes Gesicht dabei, »aber du darfst nicht böse sein, ja?«

Helen zog die Stirn kraus. »Na, da bin ich aber gespannt.«

Marisol schien nachzudenken, wie sie die richtigen Worte finden sollte. Sie seufzte und sagte knapp: »Es ist ein Maskenball. Nicola hat sich einen Maskenball gewünscht. Darum habe ich dich auch gebeten, etwas früher zu kommen. Damit wir noch ein schönes Kostüm für dich finden.« Sie grinste etwas verlegen.

Helen atmete tief aus. Darauf hatte sie nun gar keine Lust. Aber sie wusste, sie konnte sich dem Wunsch des Bildhauers schlecht widersetzen.

»Ist es ein größerer Kreis, oder sind wir unter uns, sozusagen?«

»Nur wir. Keine Fremden.«

»Wie geht es Nicola eigentlich? Hat er sich wieder beruhigt?«

»Ich habe ihn heute noch nicht gesehen. Keine Ahnung.«

»Kommt Jasper auch?«, wollte Helen wissen.

»Davon gehe ich aus«, erwiderte Marisol. »Und nun komm. Ich mag es nicht, wenn man sich beeilen muss. Das weißt du doch.«

Sie gab Helen noch einen Kuss und stand auf. Neben dem Schrank stand ein Paravent; entweder war er neu oder Helen hatte ihn bisher noch nicht bemerkt. Marisol schob ihn beiseite. Jetzt konnte Helen einen Sessel sehen, auf dem mehrere Kostüme lagen.

»Guck mal«, meinte Marisol, »hier ist eine kleine Vorauswahl. Ich weiß ja inzwischen, was du magst.« Sie lächelte zweideutig. »Also komm her und probier die Sachen an.«

Helen stand nun auch auf und ging auf den Sessel zu. Letztendlich war es ihr vollkommen gleichgültig, was sie anziehen würde. Sie nahm ein Kleid nach dem anderen zur Hand.

»Was ziehst du denn an?«, fragte sie, immer noch unentschlossen.

»Ich gehe als Columbine, es ist mein Lieblingskostüm«, antwortete Marisol so ernsthaft, dass Helen schmunzeln musste. »Na, dann such mir was aus. Mir ist es egal.«

»Das hier.« Marisol hielt ihr das antike Gewand hin, das sie beim letzten Ball selbst getragen hatte.

»Toll«, sagte Helen ironisch. »Ein super Kostüm. Da kann ich ja gleich nackt rumlaufen.«

Marisol verdrehte die Augen. »Natürlich mit Augenmaske. Aber wir sind doch unter uns. Jeder weiß doch, wer in welchem Kostüm steckt.«

Da hatte Marisol Recht. Sie nahm ihr das Kleid aus der Hand und begann sich auszuziehen. Marisol huschte zur Tür.

»Ich bin gleich wieder da«, rief sie noch, dann fiel die Tür ins Schloss.

Helen stand vor dem Spiegel in Marisols Badezimmer und betrachtete sich. Hatte das Kostüm an ihrer Freundin ganz klassisch ausgesehen, so wirkte es bei ihr total modern. Die Fotografin hatte die Haare streng zurückgegelt und hielt sie mit einem dreiteiligen Haarreif in Fasson, dazu trug sie eine kleine goldene Augenmaske ohne jede Verzierung. Entgegen ihren sonstigen Gewohnheiten hatte sie den Mund in einem leuchtenden, warmen Rot geschminkt. Außerdem hatte sie sich ausgiebig bei Marisols Körperpuder bedient und betrachtete entzückt den goldenen Schimmer, den viele kleine Farbpartikel auf ihrer Haut erzeugten. Ihre Füße steckten in den Sandalen, die auch Marisol getragen hatte; zumindest war es derselbe Stil.

Sie sah auf ihre Uhr. Dafür, dass Marisol sofort hatte wiederkommen wollen, war sie schon lange fort. Helen betrachtete sich. Sie glitt mit ihren Händen über die Brüste, spürte, wie die Nippel auf das Streicheln reagierten. Einen Moment schloss sie die Augen. Sie wünschte, es wären SEINE Hände. Helen seufzte. Sie verabschiedete sich von der attraktiven blonden Frau im Spiegel und ging in Marisols Schlafzimmer, um noch etwas TV zu gucken. Irgendwann würde ihre Freundin schon auftauchen. Sie verspürte kein Bedürfnis, ganz allein zu den anderen in die Halle zu gehen. Helen zappte sich gerade durch das Programm, als es an der Tür klopfte. Ohne nachzudenken, antwortete sie. Irritiert blickte sie hoch und sah den Galan in der Tür stehen. Sie machte den Fernseher aus und warf die Fernbedienung auf das Bett.

»Bist du es?«, fragte sie ihn ohne Begrüßung. Die Frage war überflüssig; der Galan trug nur eine schmale Halbmaske über Augen und Stirn, und sie konnte sehr gut erkennen, zu wem das Gesicht gehörte.

»Ich bin der, nach dem du dich sehnst«, antwortete er und machte einen Schritt auf sie zu. Er reichte ihr seine Hand. »Wir werden erwartet, meine Liebe.«

Helen hatte sich vorgenommen, diesen Abend irgendwie hinter sich zu bringen. Sie nahm seine Hand und schritt mit ihm die Treppe hinunter. An ihrem Ende wartete der Dreispitz auf sie; er trug wie Helen nur eine kleine Maske um die Augenpartie herum. Breitbeinig und selbstbewusst stand er da, die Arme weit geöffnet. Helen konnte nicht anders, sie ließ die Hand ihres Galans los, beschleunigte den Schritt, lag im nächsten Moment in seinen Armen.

Nicola flüsterte an ihrem Ohr: »*Anima mia*. Meine Seele. Du…«

Helen spürte, dass Nicola litt. Da war ein Zittern in seinem Timbre. *Du bist nackt und hilflos*, dachte sie, *denn du bekommst zum ersten Mal nicht das, was du willst. Ich könnte dir wehtun*, dachte sie, *aber das werde ich nicht. Du bist mir wichtig. Sehr wichtig sogar.* Ihre Nervosität war auf einmal wie weggeblasen. Sie wusste, sie konnte diesem Abend ihren Stempel aufdrücken. Jasper, Nicola, sie alle… sollten sich noch lange an diesen Geburtstag erinnern.

Nicola hielt sie fest umschlungen, tanzte mit ihr durch das Foyer in den Speisesaal hinein. Und wirklich, alle waren sie da. Eine bezaubernde Marisol als Columbine, der Harlekin Justin in seinem silbrig glänzenden Gewand, Adrian als Bajazzo und Camille mit dem Rüschenkragen Elisabeths I. Neben Justin saß ein zarter Page in roter Livree mit weiß gepuderter Perücke. Das musste Kaja sein. Helen lächelte. Kaja war die Novizin heute Abend, und es sollte sie wundern, wenn Nicola nicht wieder sein Recht der ersten Nacht geltend machen würde.

Würdevoll geleitete sie der Dreispitz zu ihrem Platz. Der Galan hatte sich bereits gesetzt und deutete auf den leeren Stuhl neben sich. Helen spürte, wie ihre Beine zu zittern begannen. Alles war so vertraut. Und so fremd. *Karneval ist vorbei*, rief sie sich ins Gedächtnis, doch dann hörte sie Nina leise sagen: Es ist alles in Ordnung… *Vielleicht ist ja wirklich alles in Ordnung, und ich bin nur eine hysterische Kuh*, überlegte sie. Mit einem Kopfnicken dankte sie dem Galan, der ihr den Stuhl zurechtgeschoben hatte, und versuchte, sich auf den Dreispitz zu konzentrieren. Er stand am schmalen Ende der Tafel und schlug zart mit dem Messer an sein Glas.

»Freunde. Geliebte… um mich.« Er räusperte sich, und Helen spürte, dass Tränen in ihr hochstiegen.

»Heute ist mein Geburtstag, und ich bin glücklich, meine Liebsten um mich zu wissen. Marisol…«, seine Stimme wurde ganz leise, »steh auf, mein Kind.«

Marisol gehorchte und empfing den Applaus der Anwesenden.

»Marisol, mein Liebchen – wir haben köstliche Stunden geteilt, wer wüsste das besser als du. Und nun übergebe ich dich dem Mann deines Herzens. Willkommen in meinem Haus, Adrian.«

Der Bajazzo war aufgestanden und verbeugte sich. Justin

warf eine Handvoll Konfetti in seine Richtung und pfiff auf den Fingern.

»Justin. Steh auf.« Nicolas Stimme klang brüchig.

Helen spürte, wie schwer es Nicola fiel, die Contenance zu wahren. Einen Moment war sie versucht, zu ihm zu laufen und der Szene ein Ende zu machen. Justin tat, wie geheißen, und machte eine ausladende Verbeugung in Nicolas Richtung. Der dankte mit einem Nicken.

»Justin. Mein Lebensmensch. Du hattest die Wahl, und du hast dich entschieden. Gegen mich und für eine bezaubernde Schönheit. Page, steh auf.«

Kaja folgte ebenfalls dem Befehl des Bildhauers und verneigte sich vor der Tischgesellschaft. Als Justin ihre Hand fasste und sich setzte, sagte Nicola mit dumpfer Stimme: »Ich erwarte euch beide am Ende dieses Abends in meinem Schlafzimmer.«

Helens Herz klopfte. Sie war sich sicher, nun war sie an der Reihe. Zu ihrem Erstaunen galt die nächste Ansprache jedoch ihrem Tischherrn.

»Mein Freund – mein Bruder.« Nicola musste eine Pause machen; es schien ihn sehr anzustrengen. »Ich verstehe deine Lust, nicht deine Ziele. Doch wir werden immer Freunde und Brüder sein, ganz gleich, was kommt. *Tempus fugit, amor manet.*«

Die Zeit vergeht, die Liebe bleibt… Helen spürte, wie die Nervosität in ihr hochkroch und ihr den Atem nahm. *Sag doch etwas zu mir*, dachte sie, *irgendetwas Unwichtiges, aber bitte, lass diesen Moment vorbeigehen.*

»Mein Weib. Camille.« Nicola steckte die Hand aus und ergriff die seiner Frau. »Keine ist besser. Klüger. Sanfter.«

Helen sah, dass Nicola Tränen die Wangen herabliefen. *Ich muss hier weg*, ging es ihr durch den Kopf. *Sofort.*

Nicola war zu Camille getreten und vor ihr auf die Knie gesunken. Er hielt ihre Hand auf seinem Kopf.

»Ich bin nichts ohne dich«, flüsterte er, »aber gemeinsam sind wir die Welt. Und mehr.«

Camille zog ihn an ihre Brust, weinte. Nicola weinte auch; er gönnte sich diesen Moment der Schwäche. Unwillkürlich fielen Helen Jaspers Worte ein: ein dekadenter Selbstdarsteller. Der Bildhauer stand auf, nahm sich zusammen. Sein Körper straffte sich. Er zeigte auf Helen.

»Wo hört das Begehren auf, wo fängt die Liebe an – du erinnerst dich, schöne Helena? Sag mir, hast du in unserem Kreis eine Antwort gefunden?«

Die Fotografin sah ihn konsterniert an. Sie wollte aufstehen, doch der Galan hielt sie am Handgelenk fest.

»Lass ihn«, sagte er ruhig, »lass ihm diese letzte große Szene.«

Helen gab nach und blieb sitzen.

»Du hast viel gelernt, meine Liebe, kann das sein? Am meisten, denke ich, wohl über dich selbst. Oder irre ich mich?«

Helen schluckte und spürte, wie sie errötete. Allmählich hatte sie genug von Nicolas theatralischem Gehabe. Sie erhob sich, bevor ihr Tischherr sie festhalten konnte.

»Was willst du, Nicola? Sag doch einfach, was du von mir willst.«

Die Miene des Bildhauers hellte sich auf, er lächelte, aber die Mundwinkel sahen aus wie eingefroren.

»Ich will dich hier, meine Schöne, *coram publico*, auf diesem Tisch, jetzt und sofort. Und wenn du dann immer noch meinst, dieses Haus – mich – verlassen zu müssen, werde ich dich nicht aufhalten.«

»Wie du willst.«

Helen ging langsam um den Tisch herum. Es war so still, dass sie eine Stecknadel hätte fallen hören können. Nicola stand immer noch an seinem Platz, doch sein aufgesetztes Lächeln war einem Ausdruck des Erstaunens gewichen. Als sie vor ihm stand, schob er achtlos Geschirr und Gläser zur Seite und fasste sie an den Hüften. Helen lehnte sich an die Tischkante und löste das mehrfach gewickelte Band, mit dem ihr Kleid unter der Brust zusammengehalten wurde. Das Gewand war nun offen und fiel zu beiden Seiten auseinander. Sie umfasste ihre Brüste und bot sie Nicola zum Kuss. Er stöhnte und saugte gierig an ihren Brustwarzen, dann hob er sie hoch und setzte sie auf den Tisch. Helen ließ sich nach hinten sinken und zog ihn auf sich. Sie hörte, dass er seine Hose öffnete, und einen Moment später war er in ihr. Sie kannte ihn inzwischen recht gut, aber sie konnte sich nicht daran erinnern, dass er jemals so hart und groß gewesen war. Seine Stöße taten fast weh, und sie versuchte, die Beine so anzuziehen, dass er nicht allzu tief in sie eindringen konnte. Nicola schien das zu merken, denn er lachte leise auf und drückte ihre Oberschenkel gegen seine Brust. Dann verlangsamte er seine Bewegungen und legte eine Hand auf ihren Venushügel. Er strich um ihren Kitzler herum, berührte ihn aber nicht. Helen spürte, dass sie feucht wurde. Ein Zittern ging durch ihren Körper – sie hatte Lust, sie genoss die Situation, die Zuschauer – und sie wollte mehr. Sie musste Nicola beipflichten: In den letzten Wochen hatte sie eine ganze Menge über sich gelernt.

»Ist das alles, was du kannst?«, keuchte sie. Ließ er sich provozieren? Seine Antwort war ein tiefer Stoß, der sie aufschreien ließ.

»Was willst du?«, fragte Nicola, und seine Stimme war heiser vor Erregung. »Sag es mir.«

»Ich will, dass du mir zusiehst«, erwiderte Helen, »ich mache es mir selbst, und du guckst zu. Wie alle anderen hier auch.«

Nicola lachte auf. »Ein schlechtes Geschäft, mein Täubchen. Und wo bleibt mein Spaß? Ich habe Geburtstag, vergiss das nicht.«

Er drückte sich mit seinem ganzen Gewicht auf sie und drang wieder tief in sie ein. Helen fühlte sich wie gepfählt.

»Ich habe eine andere Idee«, flüsterte der Dreispitz, »wir machen das jetzt stundenlang, während die anderen essen und trinken. Du wirst kommen, wieder und wieder, und du wirst mich anbetteln, dass ich endlich aufhöre.«

Er fasste sie um die Hüften und zog sie noch näher an sich heran. Sein Gesicht kam näher, er küsste sie. Helen stöhnte auf. Sie wusste nicht, wie er es anstellte, aber er machte sie wahnsinnig. Wieder ein Stoß. Sanft diesmal, langsam. Noch einer. Und ein Kuss. Helen gab ihren Widerstand auf. Er nahm sie mit einer Mischung aus Kraft und Vorsicht und beobachtete ihre Reaktionen ganz genau. Helen hörte um sich herum Stimmen und Tellerklappern. Anscheinend waren die anderen wirklich beim Essen. *Eine bizarre Situation*, dachte sie, *ich liege auf einem Esstisch und lasse mich durchficken, und um mich herum findet ein Dinner statt.*

»Spürst du das?« Nicola machte ganz kleine Bewegungen. Helens Herz raste. In ihren Ohren war ein Rauschen; es füllte ihren ganzen Kopf und ließ sie fast ohnmächtig werden. Diese Lust – wann hatte sie jemals solche Lust erlebt? Nicola küsste sie auf den Mund, saugte an ihrer Zunge, an ihren Lippen.

»Na komm schon«, sagte er zärtlich und verharrte still in ihr. Und sie kam. Ein Beben ging durch ihren Schoß, wieder und wieder. Sie krallte sich in seinen Armen fest, warf ihm ihr Becken entgegen.

»So ist es gut«, sagte Nicola und machte weiter.

19

Ich kann kaum laufen.« Helen stand mit Marisol in der Küche und trank ein Glas Champagner. Marisol sah sie besorgt an.

»Kein Wunder. Er hat fast zwei Stunden durchgehalten. Ich hab gedacht, der hört überhaupt nicht mehr auf.«

Ein bewunderndes Lächeln huschte über ihre Wangen.

»Übrigens: Es sah geil aus mit euch beiden.« Sie prostete Helen zu. »Ungewöhnlich nur, dass keiner von uns mitmachen durfte. Na ja.« Sie trank einen Schluck und griff nach der Flasche.

»Meinst du, die Konzertkarten haben ihm gefallen?«, wechselte Helen das Thema. Marisol nickte, während sie die Gläser noch einmal füllte.

»Ich denke schon. Aber wie ich schon sagte, er macht sich nichts aus Geschenken. Er wünscht sich nichts, und wir schenken nichts. Nimm es nicht persönlich.«

Helen blickte an sich hinunter.

»Weißt du was, ich gehe jetzt duschen. Falls mich jemand sucht – in einer halben Stunde bin ich wieder da.«

Als sie in ihrem Zimmer stand und in den Spiegel über dem Kamin blickte, erschrak sie. Sie wusste, dass sie vollkommen derangiert war, aber so schlimm hatte sie es sich nicht vorgestellt. Schnell streifte sie ihre Kleidung und die Sandalen ab. Sie griff sich ins Haar. Der Reif und die Maske waren irgendwie weg. Spontan entschied sie sich für ein kurzes Wannenbad. *Schon das zweite heute Abend*, dachte sie und drehte die Wasserhähne bis zum Anschlag auf. Ihr Herz klopfte immer noch viel zu schnell, sie war immer noch aufgewühlt von dem Erlebten. Nicola hatte es mal wieder geschafft und sie tief beeindruckt. *Mit Betonung auf tief… Trotzdem. Ich liebe dich nicht*, überlegte Helen und stieg in die Wanne.

»Wie geht es dir?« Jasper stand lässig im Türrahmen, in der Hand eine Flasche Rotwein. Helen erschrak, sie hatte ihn nicht kommen hören.

»Gut«, sagte sie betont fröhlich und tauchte unter. Als sie wieder hochkam, saß er auf dem Wannenrand.

»Nimm endlich diese dämliche Maske ab«, sagte sie und wischte sich den Schaum aus den Augen. »Du benimmst dich einfach lächerlich.«

»So«, erwiderte er ernst, »ich benehme mich also lächerlich. Und du? Wie benimmst du dich?«

»So wie ich es für richtig halte«, antwortete Helen und griff sich ein Badetuch. Sie stieg aus der Wanne und marschierte an ihm vorbei ins Schlafzimmer. Der Galan folgte ihr. Er nahm zwei Gläser vom Kaminsims und schenkte ihnen Wein ein.

»Du musst total entkräftet sein«, sagte er leise und reichte ihr ein Glas. »Ich habe schon viel erlebt, aber das noch nicht. Cheers.«

Helen lächelte matt.

»Ich muss mich jetzt beeilen. Ich habe Marisol versprochen, in einer halben Stunde wieder unten zu sein.«

Jasper machte eine abwehrende Handbewegung.

»Unten ist alles – sagen wir mal, in Aktion. Da vermisst dich niemand. Im Übrigen habe ich Nicola darüber in Kenntnis gesetzt, dass ich den Rest des Abends mit dir allein verbringen werde und dass er sich bitte mit Justin und Kaja oder mit sonst wem amüsiert.«

»In Kenntnis gesetzt«, echote Helen, »aha. Und wenn ich lieber allein sein möchte? Oder zurück ins Hotel? Oder beides?«

Der Galan trank einen Schluck und zuckte mit den Schultern.

»Ich bleibe trotzdem bei dir.«

»Abgelehnt.«

»Ich denke, du kannst etwas Nähe jetzt ganz gut gebrauchen.«

»Danke, ich hatte schon Sex heute, wie du vielleicht mitbekommen hast.«

»Das meine ich nicht.« Jasper trat auf sie zu und nahm ihr Glas, stellte es neben das andere auf den kleinen Tisch am Kamin. Er zog sich aus, langsam, und legte sich wortlos ins Bett. Helen betrachtete ihn und wusste nicht, was sie tun sollte. Außerdem begann sie zu frieren. Der Raum war nicht sonderlich gut geheizt. Wieder hatte sie Ninas Worte im Ohr … *Es ist alles in Ordnung …*

»Und nun?« Helen hatte sich ebenfalls unter die Decke gelegt und starrte auf den Baldachin über ihr. Dieses Zimmer war voll mit Erinnerungen. *Erinnerungen, die für ein ganzes Leben reichen*, dachte sie, *und ich erlebe das alles in wenigen Wochen.*

»Wir machen da weiter, wo wir heute Nacht aufgehört haben, oder?« Der Galan rückte an sie heran und zog die Bettdecke etwas zurück.

»Wie ich schon sagte, dein Abgang war das Allerletzte. Und noch eine Wiederholung: Ein nackter Mann mit Halbmaske macht einen lächerlichen Eindruck.«

Jasper quittierte ihre Aussage mit einem Lachen.

»Vielleicht gehört das alles zum Spiel.«

»Ein doofes Spiel, auch da wiederhole ich mich.«

Helen verschränkte die Arme über der Bettdecke. Sie fror, und sie fühlte sich immer noch wund von der Begegnung mit Nicola. Trotzdem hatte sie Lust auf den Mann neben ihr.

»Wie hast du das eben gemeint, wie ich mich benehme?«,

wollte sie wissen. Jasper nahm ihre Hände zwischen seine Handflächen und wärmte sie.

»Du urteilst schnell über andere, Helen, besonders über mich. Meinst du nicht, dass ich dein Verhalten ab und an auch als zumindest befremdlich empfinden könnte?«

Helen entzog ihm ihre Hände. Das stimmte. Vor nicht einmal zwei Monaten hatte sie ganz andere Moralvorstellungen gehabt, hatte sich beim Sex ganz anders verhalten. Und Frauen waren bis dahin auch kein Thema gewesen. Und nun …

»Du meinst, ich habe mich verändert?« Sie sah ihn voll Interesse an. Als er nichts sagte, überlegte sie, wie sie ihr Verhalten am besten erklären konnte.

»Ich denke eher, ich habe viel gelernt, wie Nicola es ausgedrückt hat. Aber ich bin immer noch ich.«

»Wie bist du denn?«, fragte er und strich mit einem Finger an ihrem Hals entlang. Wieder musste Helen nachdenken.

»Tiefgründige Themen für einen solchen Abend«, sagte sie, um etwas zu sagen. »Wie siehst du mich denn?«

Jasper starrte nun auch an die Decke.

»Ich habe eine unbekümmerte, begabte, attraktive Frau kennengelernt. Aber immer, wenn ich ihr nahekomme, zieht sie sich zurück. Sie versteht mich falsch, weil sie mich falsch verstehen will. Es ist kompliziert, weißt du.«

»O nein.« Helen setzte sich im Bett auf. »Du bist ein Mann, der immer seinen Willen durchsetzen will. Der immer bestimmen will. Da verstehe ich überhaupt nichts falsch. Du lebst in ständiger Konkurrenz zu Nicola, weiß der Teufel, warum.« Ihre Augen glitzerten vor Wut. »Und wenn dir wirklich etwas an mir liegen würde, hättest du nicht zwei Stunden zugeguckt, wie dein Freund mich durchnagelt.«

»Siehst du«, sagte der Galan und seufzte, »es ist kompliziert.«

Die nächsten Minuten herrschte Stille. Als Jasper aufstand, spürte Helen einen kleinen Stich. Er war bestimmt wieder eingeschnappt, und der Abend würde einmal mehr im Missklang enden. Als sie bemerkte, dass er lediglich Wein und Gläser holte, atmete sie auf.

»Dachtest du etwa, ich würde schon gehen? Das hättest du wohl gern.« Er schenkte nach und gab ihr ein Glas, dann krabbelte er schnell wieder unter die Decke. Helen sagte nichts, sie trank das Glas in wenigen Schlucken leer.

»Trink nur«, sagte er mit süffisantem Tonfall, »ich mag Frauen, die willenlos sind.«

»So viel kann ich gar nicht trinken«, fauchte Helen und ließ sich in die Kissen fallen. Ihr Schoß tat weh, sie hatte Hunger, und sie war müde. Und sie wollte nicht mehr reden. Mit diesem Mann war sowieso kein vernünftiges Gespräch möglich. Sie drehte sich auf die Seite und versuchte zu entspannen. Aus dem Erdgeschoss drang laute Musik; jemand musste die Anlage hochgedreht haben. Genervt legte sie sich wieder auf den Rücken. An Schlaf war wirklich nicht zu denken. Sie blickte zur Seite; Jasper saß immer noch da und drehte sein Glas in der Hand hin und her. Er schien nachzudenken.

»Das ist gruselig mit der Maske. Nimm sie endlich ab. Bitte.«

Helen griff nach dem Band, mit dem sie am Hinterkopf geschlossen war, doch der Galan drehte sich weg.

»Bist du schon wieder eingeschnappt?«, fragte sie.

»Nein«, antwortete er ruhig, »ich weiß nur überhaupt nicht, was ich jetzt machen soll.«

Helen ging nicht darauf ein. »Ich kann nicht schlafen«, maulte sie. Jasper sah zu ihr herüber. Die Fotografin musste lachen. »Ist es ein Fetisch? Geht es bei dir nur mit Maske?« Sie kicherte und zog sich die Decke hoch bis zu den Augen.

»Und wenn?« Jasper beugte sich zu ihr. »Wäre das schlimm?«

Helen sah ihn erstaunt an. *Wenn es wirklich so ist, habe ich ihn gerade ziemlich verletzt*, überlegte sie. *Das wollte ich nicht.* Sie kroch aus ihren Kissen und reckte sich zu ihm hoch.

»Entschuldige bitte. Ich wusste nicht... Ich hätte nie gedacht... man lernt halt nicht aus, hm?«

»Helen.« Er tätschelte ihre Hand. »Du glaubst auch alles, was?« Dann brach er in schallendes Gelächter aus.

Das war für die Fotografin zu viel. Mit einem Satz war sie aus dem Bett gesprungen und schrie ihn an: »Raus hier, du Mistkerl. Verarschen kann ich mich alleine. Raus!«

»Das willst du doch gar nicht.« Jaspers Stimme klang sanft, aber es war ihm anzumerken, dass er immer noch sehr amüsiert war. Er schlug die Decke zurück und klopfte auf die Matratze. »Nun komm schon, sei nicht zickig.«

In Anbetracht der niedrigen Raumtemperatur fügte sich Helen.

»Ich wollte respektvoll sein«, sagte sie leise, »aber von Respekt hast du ja keine Ahnung. Und noch einmal: Ich habe auf deine Spielchen keine Lust.«

»Worauf hast du denn Lust?«, fragte der Galan. »Soll ich uns was zu essen holen?«

Helen guckte ihn verwundert an.

»Um ehrlich zu sein, ich habe während eures Showprogramms keinen Bissen runterbekommen, und allmählich spüre ich den Alkohol. Also. Magst du?«

Die Fotografin nickte. Jasper stand auf, zog seine satinglänzenden Kniebundhosen an und warf sich sein Hemd über. Dann war er verschwunden. Helen horchte. Unten wurde immer noch laute Musik gespielt; es war Lachen zu hören. Sie konnte sich nicht so recht vorstellen, dass er bald wiederkommen würde. Wahrscheinlich würden ihn die anderen überreden, noch ein wenig mit ihnen zu feiern.

Helen blickte auf die leere Bettseite. Sie hatte sich eben mal wieder schrecklich über ihn aufgeregt, aber jetzt, wo er fort war, vermisste sie ihn. Ein Blick auf die Uhr zeigte, dass es weit nach Mitternacht war. Eine merkwürdige, nein, eine denkwürdige Nacht war das. Nicolas Ansprache, ihre leidenschaftliche Umarmung, die viel mehr gewesen war als Sex, dann Jasper …

Alles erschien ihr wie ein einziger Rausch, und sie bekam langsam Angst, dass alles mit einem bösen Kater enden würde. Das Leben hier war eine Parallelwelt, ein Ausnahmezustand. Sie würde nicht immer so weitermachen können. Sie war keine Camille. Aber was wäre die Alternative? Ein durchschnittliches Leben in einer großen deutschen Stadt, geborgen in dem üblichen sozialen Netzwerk? Hier und da was fürs Bett, ansonsten Karriere und Single-Urlaube auf Sylt? Sie hatte einmal ein Buch gelesen, es war schon lange her. Die Autorin beschrieb darin genau ein solches Leben und gab ihm die Schulnote »Drei plus«. Helen wusste, ein solches Leben wollte sie nicht – aber sie würde unweigerlich darauf zusteuern, wenn sich dieser Reigen irgendwann einmal aufgelöst hatte.

Sie hörte die Zimmertür knallen und blickte hoch. Der Galan trug ein Tablett mit etwas Essbarem darauf, wie es schien. Als er näher zum Bett kam, konnte sie zwischen den Düften der Antipasti gebratenes Gemüse und Thunfischsauce ausmachen. Er reichte ihr das Tablett und zog sich wieder aus. Dann wanderte er im Zimmer umher, brachte das Holz im verlöschenden Kamin erneut zum Brennen und steckte Kerzen an.

Zufrieden brummend glitt er unter die Bettdecke. Helen grinste ihn an.

»Ich hätte nicht gedacht, dass du zurückkommen würdest«, sagte sie, »zumindest nicht so schnell«, und hielt ihm eine Gabel mit *Vitello Tonnato* hin. Er nahm den Bissen dankbar nickend an und lehnte sich mit einem Seufzer zurück.

»Jetzt beginnt der angenehme Teil des Abends«, sagte er. Es klang so, als meinte er es ernst. Helen nickte. Die Vorspeisen waren köstlich, und sie war froh, endlich etwas in den Magen zu bekommen. Sie zeigte mit der Gabel auf seine Maske.

»Abmachen.«

Jasper lachte. »Das musst du schon mir überlassen«, sagte er und nahm sich ein paar Oliven, die mit Kapern gefüllt waren.

»Du machst es, um mich zu ärgern, habe ich Recht?« Helen kaute auf einem Olivenkern herum.

»Wenn du meinst«, erwiderte er gut gelaunt und nahm ihr das Tablett vom Schoß.

»Was wird das jetzt?«, fragte Helen irritiert. »Vielleicht bin ich ja noch nicht fertig!«

Jasper stellte das Tablett vorsichtig neben dem Bett ab und drehte sich zu Helen, die ihn kritisch anguckte.

»Jetzt kommt das Dessert«, antwortete er und strich ihr über die Wange.

»Es ist wirklich nicht schön, wenn ich deine Augen nicht sehen kann«, sagte Helen leise. »Nimm dieses Ding ab.«

Jasper ging nicht darauf ein. Er zog sie in seinen Arm, legte sich halb auf sie.

»Weißt du noch, was du Nicola angeboten hast, beim Dinner gestern Abend?« Wieder streichelten seine Finger sanft die Konturen ihres Gesichtes nach. Helen sah ihn an, überlegte.

»Dass ich es mir selbst mache und er zugucken soll?«

Sie schluckte. Dieser Mann machte ihr eine solche Lust, unglaublich. Der Galan nickte und strich über ihre Brüste. Helen hielt die Luft an. Sie fühlte sich immer noch wund und wie ausgehöhlt, aber gegen ihre wachsende Erregung konnte sie nichts machen. Er rutschte tiefer mit seiner Hand, legte sie auf ihre Scham. Helen zuckte zusammen.

»Keine Angst, ich berühre dich nicht … das überlasse ich dir.« Er nahm ihre Hand und legte sie auf ihren Bauch.

»Du hast doch Lust, oder? Zeig mir, wie viel Lust du hast.«

Helen wurde heiß. Dieser Moment der Intimität ließ ihr Herz schneller schlagen. Sie blickte ihn an, suchte seine Augen, fixierte eine Stelle in diesem künstlichen Gesicht, um sich irgendwo festhalten zu können. Er streichelte ihre Brüste, drückte sie, aber seine Berührungen waren ohne Hast, ohne Gier. Helen betrachtete weiterhin sein Gesicht, spürte seinen Atem ihre Wange streifen, wünschte sich einen Kuss. Er hielt sie, ohne sich zu bewegen, wartete. Helen begann sich zu entspannen. Die Hitze in ihr ließ ihre Haut glühen; sie leckte über ihre Oberlippe. Der Schweiß schmeckte salzig. Helen öffnete die Schenkel, berührte ihre Schamlippen, als gehörten sie einer anderen Frau. Sie spürte sofort, wie feucht sie bereits war, und streichelte die Zone um den Kitzler herum, tastete sich bis zur Vagina vor. Auch wenn sie sich weit und ausgeleiert fühlte, sie war so eng, als hätte es ein Intermezzo mit Nicola in dieser Heftigkeit nie gegeben. Helen spreizte die Beine, setzte die Füße auf. Ihr Liebhaber nahm sie fester in den Arm, spielte mit ihren Brustwarzen. Sie wusste, er betrachtete sie die ganze Zeit, und das machte sie an.

Sie seufzte und schloss die Augen.

»Sieh mich an«, forderte er, »ich will deine Lust sehen.«

Helen antwortete mit einem unwilligen Knurren, aber sie gehorchte. Ihre Hand war vorsichtig; sie wusste, dass sie im Grunde überreizt war.

»Es ist schön, dir zuzuschauen«, sagte er leise und legte seine freie Hand auf ihren Bauch. Helen schluckte. Sie bekam Gänsehaut, ihre Beinmuskeln zitterten. Während sie sich mit der einen Hand streichelte, legte sie die andere Hand vor ihre Vagina. Dann traute sie sich und steckte den Zeigefinger hinein. Es fühlte sich gut an, aber Jasper in ihr hätte sich zehnmal besser angefühlt, da war sie sich sicher. Sie zog den Finger zurück und nahm seine Hand, die immer noch auf ihrem Bauch lag. Sie nahm seinen Daumen und drückte ihn in die Nässe. Er verstand sofort und drang in sie ein, bewegte den Daumen aber nicht. Helens Atem wurde lauter. Sie wusste, sie war gleich so weit.

»Küss mich«, stöhnte sie, »gib mir einen Kuss. Nur einen. Bitte.«

Der Galan tat, als habe er sie nicht gehört, und antwortete nicht. Er hielt sie fest und verharrte regungslos. Helen war den Tränen nah. In ihrem Schoß sammelten sich Energien, sie spürte die Nässe zwischen den Schenkeln, wusste, dass sie schwitzte. Unter ihrem Nabel explodierte etwas, das ihren ganzen Körper ausfüllte und sie zum Schreien brachte.

»Ich liebe es, wenn du kommst«, sagte Jasper und deckte sie zu. Dann zog er sie wieder in seinen Arm, und im nächsten Moment waren beide eingeschlafen.

Als Helen aufwachte, war sie allein. Es verwunderte sie nicht, aber sie bedauerte es irgendwie. Sie musste nicht auf die Uhr sehen, um zu ahnen, dass es bereits Mittag war. Auf dem Weg ins Bad versuchte sie, sich die Nacht noch einmal in Erinnerung zu rufen. Es war Erotik pur gewesen mit IHM, so viel stand fest.

Lustlos nahm sie eine Dusche. Sie war immer noch erschöpft, hatte Muskelkater in den Beinen und im Bauch, aber zum Glück hatte sie keinen Kater. Ohne sich im Spiegel Beachtung zu schenken, trocknete sie sich ab und stieg in Hose und Bluse. Das war zwar völlig ungemütlich, aber sie hatte nichts anderes dabei als die Sachen, mit denen sie am Vorabend in den Palazzo gekommen war.

Aus der Küche kam leises Radiogedudel; am Tisch saß ein völlig übernächtigter Justin.

»Wo sind die anderen?«, wollte Helen wissen und ging zum Kühlschrank, um nach Eiern zu gucken. Sie brauchte etwas Herzhaftes, und zwar auf der Stelle.

»Liegen alle noch im Bett.« Justins Stimme klang jung und verletzlich. Sie nahm die Eier und stellte sich an den Herd.

Während sie Rührei für Justin und sich zubereitete, berichtete er vom weiteren Verlauf der Geburtstagsfeier. Zunächst habe man noch gut gelaunt die eine oder andere Flasche getrunken, dann habe sich Nicola mit Kaja zurückgezogen.

»Du kennst ihn ja. Sein Gehabe mit dem Recht der ersten Nacht.« Justin rührte in seiner Kaffeetasse herum. Das Geräusch machte Helen nervös. Sie gab ihm den Teller mit einer großen Portion Eier, nahm sich selbst auch etwas und setzte sich ihm gegenüber.

»Und wo ist sie jetzt?«

»Bei ihm.« Justin schluckte.

»Hey.« Helen legte ihre Hand auf seine. »Kaja ist ein tolles Mädchen, und sie ist weder unerfahren noch naiv. Sie hat dir doch bestimmt vom *Duke* erzählt.«

Justin nickte.

»Siehst du«, versuchte Helen ihn weiter zu beruhigen, »sie kann zwischen Liebe und Sex unterscheiden, wie wir alle hier. Und dass sie dich liebt, sieht ein Blinder mit Krückstock.«

Sie lächelte ihn aufmunternd an. Jetzt erschien auch auf Justins Gesicht ein Lächeln.

»Morgen sind wir alle wieder in Berlin«, sagte sie und holte sich noch etwas Brot, »und dann war alles hier ein schöner Traum.«

Das weitere Frühstück verlief schweigsam, und Helen kehrte ins Hotel zurück, ohne sich von den Gastgebern verabschiedet zu haben. Als sie auf den Bootssteg kletterte, um von dort zum Hoteleingang zu gelangen, fiel ihr auf, dass das Licht schon wieder schwächer wurde. Morgen Nachmittag würde sie wieder in Berlin sein, und so blieb ihr nur noch dieser Abend, um zu entscheiden, ob sie auf längere Zeit in Venedig leben wollte.

Helen beschloss, einen langen Spaziergang durch die abendliche Stadt zu machen. Sie zog sich bequeme, warme Sachen an, nahm ihre Fototasche und schlug den Weg zum Campanile ein. Die wenigen Menschen, die ihr begegneten, sahen erfreulicherweise aus wie Einheimische. Es war wie in jeder Stadt am frühen Abend. Die Pendler kamen heim, es wurde gekocht und gegessen. In den Gassen trieb ein Küchengeruch den nächsten vor sich her. Helen bekam Appetit. Sie hatte bei ihrem Streifzug durch die Altstadt das eine oder andere Motiv gefunden; sie hatte die Details an Häusern und Schildern fotografiert, um sich später besser an diese Straßen erinnern zu können. *Kann ich hier leben*, dieser Gedanke trieb sie von Gasse zu Gasse, *und will ich es überhaupt?*

Als sie den Campanile passiert hatte, ließ sie sich treiben. Es fiel ihr immer noch schwer, sich im Gewimmel der Brücken und Kanäle zu orientieren, aber sie setzte auf den Zufall. Vielleicht würde sie das Haus der Casparis noch einmal sehen oder die Mauern, hinter denen das Waisenhaus lag. Sie dachte an die Scharade mit den drei Pagen, an Scaramouche, an einen Galan, der nicht ihr Galan gewesen war … Als sie sich an die Situation mit den vielen Dreispitzen erinnerte, in deren Mittelpunkt sie auf einmal gestanden hatte, lief ihr ein Schauer über den Rücken. Jasper hatte sie fortbringen lassen, hatte sie vor einem unschönen Erlebnis bewahrt. *Sein Haus*, dachte sie, *ich muss sein Haus finden. Vielleicht ist er da. Vielleicht können wir heute miteinander reden.* Auf einmal wusste sie, warum es sie heute Abend in die Straßen getrieben hatte. Es war nicht die Motivsuche – sie suchte nach ihm. Die Fotografin blieb abrupt stehen und versuchte, sich zu erinnern. Was war ihr im Gedächtnis geblieben, welche Details?

Inzwischen wurden Gassen und Stege von Laternen beleuchtet. Es hatte leicht zu regnen begonnen, und die feinen Tropfen setzten sich sofort in ihrer Jacke fest und machten sie schwer. Helen packte ihren Fotoapparat ein und steckte die

Hände in die Jackentaschen. Es war ein Irrsinn, hier hin und her zu laufen und zu glauben, sie werde den kleinen Palazzo finden. Sie war ohnmächtig gewesen. Sie hatte keine Erinnerung daran, wie weit der Weg zu Jaspers Haus gewesen war. Helen spürte, dass sie hungrig war. Aber um diese Zeit hatten die kleinen Lädchen, in denen die Touristen Wasser und Zeitungen kaufen konnten, bereits geschlossen. Und für einen Restaurantbesuch hatte sie weder die Zeit noch das passende Outfit. Mit knurrendem Magen ging sie weiter, versuchte sich zu erinnern. Aber da war nichts. Sie war bei ihm aufgewacht, sie hatten ziemlich heißen Sex gehabt… Als Nächstes fiel ihr das Frühstück am Tag darauf mit Nicola ein. Da war sie schon wieder im *Palazzo Fiore* gewesen.

Helen spürte ein Vibrieren in der Jackentasche; es war ihr Handy. Eine SMS: *Hallo, Ihr Lieben – neue Adresse ab April: Knesebeckstraße 39, 10719 Berlin – Gruß und Kuss an alle, Nina.* Der Vermieter schien also wirklich auf Medienleute zu stehen, wie Nina es erhofft hatte. Helen freute sich für sie. Vielleicht sollte sie Ninas alte Wohnung übernehmen? Helen starrte auf das Handydisplay, überlegte, ob sie eine Antwort schicken sollte. Der Regen wurde stärker, und sie stellte sich in den nächsten Hauseingang, um nicht vollkommen nass zu werden. Auf einmal machte es *klick!* in ihrem Kopf. Warum war ihr das nicht schon früher eingefallen?

Sie wählte sich ins Internet ein und gab in der Suchmaschine »Jasper von Schöning Venedig« ein. Ein paar Sekunden später scrollte sie sich durch die Ergebnisse. Nichts. Sie versuchte es noch einmal, jetzt mit dem Zusatz »Palazzo«. Sie seufzte. Kein Erfolg. Helen überlegte. Wem oder was galt Jaspers Interesse? Historischen Gärten. Sie änderte erneut die Suchvorgaben und wartete. Es war der vierte Eintrag auf der Seite, der ihr die gewünschte Information gab. Der Artikel aus dem Jahr 1995 berichtete von den Ambitionen des Berliner

Unternehmers von Schöning, historische Gärten und Parkanlagen zu bewahren. Es folgten diverse Adressen – eine davon befand sich in Venedig. Helens Herz machte einen Sprung. Es war zwar nur eine Chance, aber eine reale. Und was hatte sie schon zu verlieren?

Das Navigationssystem ihres Handys führte sie kreuz und quer über nasses Kopfsteinpflaster, über Brücken und durch enge Gassen. Dann ging es nicht weiter. Sie musste sich ein Boot nehmen. Die Fotografin schaute sich um und entdeckte ein kleines Restaurant. Zuversichtlich betrat sie das kleine, gepflegte Lokal. Schnell fand sich ein Gast, der sie übersetzen wollte, wenn auch zu einem total überteuerten Preis. *Egal*, dachte Helen, *ich muss wissen, ob er da ist. Jetzt.*

20

Eigentlich hatte Helen den Fahrer des Bootes bitten wollen, auf sie zu warten, doch bevor sie ihre Italienischbrocken beieinander hatte, war er bereits mit lautem Motorengeräusch hinter der nächsten Kanalbiegung verschwunden. Sie blickte sich um, spürte etwas wie Schüchternheit in sich aufsteigen. Wenn er nicht da wäre, was dann? Oder wenn er in Gesellschaft wäre, vielleicht hatte er ja eine Freundin hier in Venedig. Oder einen Freund. Sie grinste. Einen Moment waren ihre Gedanken wieder zu Nicola und seiner unkonventionellen Lebensführung abgedriftet.

Sie trat auf die Tür zu, die sich in einer abweisend hohen Mauer befand, und betätigte einen unscheinbaren Klingelknopf. Ein Namensschild gab es nicht, nur ein kleines Metallschild mit einem Wappen. Helen wartete, doch es rührte sich nichts. Sie klingelte noch einmal. Nichts. Der Regen tropfte von den Haaren in ihr Gesicht, sie war inzwischen vollkommen durchnässt. *Na gut, ein Versuch noch*, überlegte sie trotzig, *und wenn das auch nicht klappt, hat mich die Stadt hier zum letzten Mal gesehen.* Helen nahm ihr Handy und wählte Jaspers Nummer. Er war nach dem ersten Läuten am Apparat.

»Wieder fit?«, fragte er ohne Begrüßung. Er klang entspannt, im Hintergrund waren andere Stimmen zu hören. Scheinbar hatte er Besuch. Helen fühlte sich auf einmal reichlich deplatziert. Sie war eine blöde Kuh, ihn ohne Aufforderung besuchen zu wollen. Das hatte ja in die Hose gehen müssen.

»Helen?«

»Ja.« Die Fotografin wischte sich das Wasser aus den Augen. Oder heulte sie etwa?

»Wo bist du? Hört sich an, als wärst du draußen bei dem Sauwetter.«

»Ich stehe vor deiner Tür, und die Klingel geht nicht«, sagte sie leise.

»Welche Klingel? Ich denke, du fliegst erst morgen nach Berlin.«

»Ich stehe vor der Tür am *Canale* irgendwas.« Helen schniefte. Es war immer dasselbe mit ihr. Anstatt einen anständigen Abgang zu machen, endete es wie auf Bestellung im Chaos. Jedes Mal und immer. Sie blickte auf ihr Display. Jasper hatte aufgelegt. Die Fotografin blickte sich um. Kein Restaurant oder Hotel weit und breit. Wie sollte sie bloß von hier wegkommen? In dem Moment öffnete sich die Tür, und Jasper zog sie in den Hof. Er nahm sie an der Hand und lief mit ihr ins Haus.

»Die Klingel ist defekt«, sagte er und strahlte. Dann war er schon wieder fort und kam kurz darauf mit ein paar dicken Handtüchern zurück.

»Ausziehen«, sagte er betont streng und drückte ihr die Handtücher in den Arm. Dann wandte er sich der Treppe zu und lief hinauf.

»Ich lass dir ein Bad ein«, rief er von der Galerie herunter, »lauf bloß nicht weg.«

Helen hatte das Gefühl, zur Abwechslung mal irgendetwas richtig gemacht zu haben. Sie schälte sich aus den nassen Sachen und wickelte sich in die Handtücher.

»Komm hoch«, rief Jasper von oben. Sie stieg die Stufen hinauf und versuchte, sich an die Nacht hier zu erinnern. Es wollte ihr nicht gelingen. Auf der Galerie schob Jasper sie kommentarlos ins Badezimmer und wandte sich sofort wieder zur Tür. Er hatte anscheinend nicht die Absicht, ihr beim

Baden zuzugucken, was Helen ein wenig irritierte. Im Türrahmen drehte er sich noch einmal um.

»Du findest mich in der Küche«, sagte er und strahlte immer noch. Helen bediente sich beim Badezusatz und genoss das heiße Wasser. Erst jetzt spürte sie, wie kalt und durchgefroren sie war. Sie blieb lange in der Wanne, ließ immer wieder warmes Wasser nachlaufen, betrachtete ihre Fingerspitzen, die allmählich schrumpelig wurden. Schließlich nahm sie einen Bademantel vom Haken neben der Tür – dem Geruch nach war es seiner –, wuschelte ihre Haare einigermaßen trocken und machte sich auf den Weg in die Küche. Als ihr der Duft von Pasta und Kräutern in die Nase stieg, merkte sie wieder, wie hungrig sie war. Sie lief auf den einzigen erleuchteten Raum im Erdgeschoss zu und fand Jasper pfeifend am Herd vor. Sie wusste nicht, wann sie ihn jemals bei so guter Laune erlebt hatte. Als er sie bemerkte, schüttelte er den Kopf.

»So nicht. Sofort hinsetzen.« Er drückte sie auf einen Stuhl, und sie hörte, wie er erneut die Treppe hochlief. Eine Minute später legte er ihr ein paar handgestrickte Socken in den Schoß. Dann trat er wieder an den Herd.

»Magst du Muscheln?« Er nahm etwas aus der Pfanne, drehte sich zu ihr um und steckte es ihr in den Mund.

»Herzmuscheln«, erklärte er, »ganz frisch.«

»Um ehrlich zu sein, ich würde im Moment so ziemlich alles essen. Ich hab schrecklichen Hunger.«

Als sie sein erstauntes Gesicht sah, lachte sie auf, allerdings galt ihr Lachen mehr ihr selbst als ihm. Sie wusste, in dem viel zu großen Bademantel und mit den dicken Socken sah sie alles andere als sexy aus. Aber das war ihr egal. Sie hatte ihn gesucht – und gefunden.

Jasper legte den Kopf schief und meinte betont ernsthaft: »Meine Küchenkunst ist dir also – gelinde formuliert – wurscht?«

»Genau.« Helen sah ihn prüfend an. »Ist ganz komisch, du so ohne Maske. Hm.« Jasper erwiderte nichts darauf, sondern stellte Gläser und eine Flasche Wein auf den Tisch.

»Aufmachen«, sagte er knapp und gab Helen einen Korkenzieher.

»Und?« Jasper hatte die kleinen Pergamentpäckchen geöffnet, denen ein unwiderstehlicher Duft entströmte.

»Das Geheimnis sind die Orangen«, ergänzte er und hob sein Glas.

Helen prostete ihm zu und atmete das Aroma der Kräuter ein. Sie spießte eine Herzmuschel auf, noch eine, und stellte fest: »Lecker.«

Helen horchte in sich hinein. Irgendetwas war anders. Sie blickte zu Jasper – und sofort wieder weg. Irgendwie war sie verlegen. Ihr Verstand sagte ihr, dass das totaler Blödsinn sei, schließlich kannte Jasper sie im wahrsten Sinne in- und auswendig, trotzdem. Sie spürte ein Prickeln, das sie bis jetzt nicht bemerkt hatte.

»Nachschlag?« Jasper stand mit einem weiteren Pergamentpäckchen neben ihr. Sie nickte und hielt ihm ihren Teller entgegen.

»Super«, sagte sie und kaute, »klasse Rezept. Wirklich.«

Jasper nickte und schob seinen Teller zur Seite.

»Warum bist du hier?«, fragte er. Seine Stimme war dunkel, genau wie seine Augen. Helen hatte augenblicklich auch keinen Hunger mehr. Sie stellte ihren Teller auf seinen und sah ihn offen an.

»Ich habe dich eben gesucht.«

Jasper nickte und drehte sein Weinglas.

»Im Regen? Abends? Einfach nur so?« Sein Blick hielt ihren fest. Helen schluckte.

»Ich wollte wissen, wie du bist. Und wer du bist. Wer du wirklich bist.«

»Und?« Er war aufgestanden und räumte lautstark Teller und Kochgeschirr zusammen. Helen kuschelte sich in ihren Bademantel und zog die Beine auf den Stuhlsitz.

»Weiß ich nicht.«

»Wer weiß das schon, oder?« Jasper reichte ihr die Hand.

»Es ist schon spät, und du fliegst morgen nach Berlin. Ein wenig Schlaf wird dir guttun.«

Er nahm sie in den Arm und führte sie die Treppe hoch in ein Schlafzimmer. Helen wusste nicht, ob es SEIN Zimmer war, aber hier, daran konnte sie sich erinnern, hatten sie lustvolle Stunden verbracht. Sie ließ den Bademantel fallen und kroch unter die gestärkten Leinendecken. Ob er zu ihr kommen würde? Sie wünschte es sich. So sehr. Jasper schürte das Kaminfeuer an, da klingelte sein Handy. Er suchte ihren Blick, als er das Gespräch annahm, und setzte sich zu ihr auf die Bettkante.

»Sie ist hier, mach dir keine Sorgen.« Er lächelte und strich Helen eine Strähne aus dem Gesicht. »Ja. Sie wird dich anrufen. Bevor sie fliegt. Ich richte es aus. *Buona notte.*«

Jasper schaltete sein Handy aus und sagte leise: »Nicola. Wer sonst.« Er seufzte und nahm ihre Hände, führte sie zum Mund, küsste die Fingerspitzen.

»Ihr seid alle irre, kann das sein?«, fragte Helen. Jasper nickte.

»Nicola ist mein Bruder«, brach es aus ihm heraus. Und dann erzählte er. Davon, dass Nicola sein Halbbruder sei, das Ergebnis einer stürmischen Liaison. Sein Vater habe sich immer um Nicola gekümmert, aber der habe den vermeintlichen Makel des unehelichen Sohnes nie verwunden. Als drei Jahre nach Nicola er geboren worden sei, habe sich der Vater zu seiner deutschen Familie bekannt, und Nicola habe außer einer geregelten finanziellen Versorgung nicht viel von seinem Vater gehabt. Erst nach dem Tod seiner – Jaspers – Mutter habe es noch einmal den Versuch eines Neuanfangs mit der Venezianerin gegeben.

»Es war zu spät«, sagte Jasper leise, »einfach zu spät.«

Helen sagte nichts und hörte weiter zu. Sie erfuhr, dass Nicola immer großen Wert darauf legte, seinem Bruder eine Nasenlänge voraus zu sein.

»Wollte ich eine Frau, nahm Nicola sie und ließ sie fallen«, erklärte Jasper dumpf, »wollte ich ein Haus, ein Auto – immer war Nicola da und nahm es mir weg.«

Helen nahm seine Hand und drückte sie.

»Nicola ist ein erfolgreicher Künstler. Er hat keinen Grund, neidisch zu sein.«

»Wer hat schon Grund dazu? Sag es mir.«

Jasper hob Helens Kinn und sah ihr in die Augen.

»Unserer Familie geht es mehr als gut, wir sind finanziell absolut unabhängig. Nicola könnte Pulswärmer stricken und hätte sein Auskommen, glaub mir.«

Er strich über ihre Wange und fuhr fort. »Ich war in Camille verliebt, damals an der Uni. Sie studierte Tanz, ich Landschaftsarchitektur. Dann kam Nicola. Den Rest kennst du.«

Helen nickte.

»Ich wollte bei Marisol einen Schrank kaufen – wer kaufte ihn wohl? Nicola. Und Marisol gleich dazu.« Er lachte bitter auf.

»Oder der *Palazzo Fiore*. Ich wollte ihn kaufen, restaurieren, seinen Garten instand setzen. Tja.«

Er sah sie an wie jemand, der nun nichts mehr zu verbergen hat.

»Nicht dass du denkst, ich mag meinen Bruder nicht, im Gegenteil. In kleinen Dosen genossen ist er wunderbar, aber Tag für Tag ist er einfach nur anstrengend. Und seitdem er dich bei mir kennengelernt hat, ist er wie aus dem Häuschen. Er würde sich den rechten Arm abhacken, damit du ein Mitglied seiner Familie wirst. Ich übertreibe nicht, Helen. Ruf ihn an. Er wird es dir bestätigen. Aber …«

Jasper schienen die passenden Worte zu fehlen, er quälte sich beim Weitersprechen.

»Aber … es geht nicht um dich. Das ist das Schlimme. Es geht nur um die Befriedigung seiner Eitelkeit. Und es geht darum, dass ich dich will, das ist es.«

»Du willst mich?« Helen tat erstaunt. »Ich dachte, es ist ein Spiel, und ich bin der Preis?«

Jasper lachte auf.

»Nein, so einfach ist das nicht. Als ich dich zum ersten Mal gesehen habe, wusste ich, da ist etwas anders als sonst. Aber als das Dinner bei mir stattfand, das, wo du Nicola kennengelernt hast, war ich wohl nicht cool genug. Ich wollte dich wegschicken, hab noch deine Jacke geholt, aber es war zu spät. Er hat gespürt, dass ich mich in dich verliebt hatte. Und von da an, da hast du Recht, haben wir gespielt.«

»Komm zu mir.« Helen hatte die Decke hochgenommen und klopfte auf die Matratze. »Na los.«

Jasper schlüpfte zu ihr, schmiegte sich an sie.

»Was willst du noch wissen?«, fragte er. »Die Gelegenheit ist günstig.«

Er nahm sie in den Arm. Helen wunderte sich einmal mehr über diesen Mann.

»Was sollte das Theater mit der Maske?«, wollte sie wissen. Jasper grinste, bevor er etwas sagte.

»Zunächst fand ich es ganz reizvoll, dass du mich nicht erkannt hast, oder besser, mich nicht zuordnen konntest. Aber dann …«, er machte eine lange Pause und sah sie ernst an, »habe ich gemerkt, dass du mich durchschaust, und so war es ja auch. Und als ich merkte, wie sehr ich dich mag, habe ich gedacht: Mal gucken, wie lange sie das mitmacht. Wie groß ihre Toleranz ist. Die Maske hatte nichts mit Nicola zu tun. Ich wollte nur wissen, ob du mich auch mit allen Schrullen und Unzulänglichkeiten lieben könntest, das war alles.«

Helen nickte wieder, aber sie war weit weg in Gedanken. Ihre Fantasie trug sie wie das Geschoss eines Katapults durch die vergangenen Wochen. Jaspers Garten. Das *Duke*. Thilo und Nina und Ninas Kind. Adrian. Die kleine Kaja. Ein leidenschaftlicher Nicola. Der ungestüme Surfboy Justin, die ihrem Mann so ergebene Camille. Marisol, sehr zielorientiert, und irgendwo dazwischen: Jasper.

»Warum hast du mich nie geküsst?«

Helen fand, es war an der Zeit, diese Frage zu stellen. Jasper hatte sich ausgestreckt und blickte auf den Baldachin über seinem Bett.

»Weil ich wusste, ich würde süchtig werden nach deiner Berührung. Und ich wollte Nicola gegenüber nicht noch emotionaler erscheinen. Du weißt doch, schöne Helena: Liebe äußert sich. Ob man will oder nicht.«

»Wer hat das gesagt?«, fragte Helen.

»Ein Dichter, glaube ich. Oder ein Philosoph? Egal. Zumindest war es jemand, der die Welt kennt. Und die Frauen.«

»Und die Frauen«, echote Helen. Ihre Brüste waren heiß, sie selbst war heiß, und sie hoffte, ihre Blicke würden ihn endlich zum Schweigen bringen. Ihre Augen trafen sich. Sein Gesicht war auf einmal ganz nahe, und sie spürte seinen Atem an ihrem Ohr.

»Was willst du?«, fragte er und biss sie ins Ohrläppchen. »Sag mir, was du willst.«

»Ich will einen Kuss«, sagte Helen und staunte über die Sprödigkeit ihrer Stimme, »ich will einen Kuss von meinem Galan.«

»Warum?« Jasper sog den Duft ihrer Haare ein, küsste ihren Hals. »Warum, Helen?«

»Weil seine Küsse sprechen können, darum. Als er mich geküsst hat, war alles ganz einfach. Es gab ihn und mich und uns. Darum.«

»Darum«, Jasper hielt sie noch fester und sah aus dem Fenster hinaus in die Nacht, »darum … Aha.«

Helen war wie in einem Rausch gefangen, in einem Traum. Jasper war bei ihr, küsste ihre Brüste, leckte die Achseln, den Hals.

»Meinst du, du könntest dich mit Venedig anfreunden?«

Helen räkelte sich unter seinen Liebkosungen. *Es ist alles in Ordnung*, hörte sie Ninas Stimme wie ein Mantra in sich klingen. *Alles in Ordnung.*

»Hier gibt es bestimmt noch viele Gärten.«

Helen kicherte, Jaspers Drei-Tage-Bart kitzelte sie. Sie richtete sich halb auf und betrachtete ihren Bauch. Jasper schob sich gerade zwischen ihre Schenkel.

»Die man fotografieren kann, meine ich.«

Jasper schnurrte wie ein Kater. Doch schnell schob er sich wieder hoch bis zu ihrem Hals und sagte leise: »Genießen, nicht quatschen.«

Helen sagte nichts und überließ sich seinen Händen.

»Hey.«

Sie sah ihn an.

»Du hast da was in deinem Haar …«

»Den Trick kenne ich schon«, antwortete Helen und spürte, wie sich ihre Säfte sammelten. Sie wollte diesen Kerl und keinen anderen. Ihr war so heiß. Sie legte seine Hand auf ihre Brust.

»Fühl mal, ganz heiß«, flüsterte sie. *Nimm mich endlich*, dachte sie, *na mach schon.*

»Den Trick kenn ich schon«, sagte Jasper und liebkoste mit der Zunge ihren Hals, »halt mal still.«

Helen spürte eine Hitze in sich aufsteigen, die sie nur zu genau kannte. Und sie kannte das Spiel. Sie drehte den Kopf zur Seite und sagte mit gezierter Stimme:

»Tut mir leid, Küsse sind nur meinem Galan gestattet.«

»Da hab ich ja Glück gehabt.«

Jasper sah sie an, und sie wusste, er war es. Auf ihn hatte sie gewartet, ihr Leben lang. Er lächelte, seine Lippen kamen näher.

»Zu Ihren Diensten, *Signorina.*«